却是旧相识

王立 著

中国出版集团　现代出版社

图书在版编目（CIP）数据

却是旧相识 / 王立著．-- 北京：现代出版社，
2021.8

ISBN 978-7-5143-9533-4

Ⅰ．①却… Ⅱ．①王… Ⅲ．①散文集－中国－当代
Ⅳ．①I267

中国版本图书馆 CIP 数据核字（2021）第 199397 号

却是旧相识

作　　者	王　立	
责任编辑	徐　芬	
出版发行	现代出版社	
地　　址	北京市安定门外安华里504号	
邮政编码	100011	
电　　话	010-64267325　010-64245264（兼传真）	
网　　址	www.1980xd.com	
电子邮箱	xiandai@vip.sina.com	
印　　刷	成都市兴雅致印务有限责任公司	
开　　本	787mm×1092mm　1/16	
印　　张	16	
字　　数	251千	
版　　次	2022年1月第1版　2022年1月第1次印刷	
书　　号	ISBN 978-7-5143-9533-4	
定　　价	59.80元	

目录

CONTENTS

111 / 中卷

171 / 下卷

上卷

范蠡：《史记》内外皆传奇

《史记》中的范蠡波澜壮阔

钱锺书在《管锥编·史记会注考证》中说到《史记·货殖列传》：

当世法国史家深非史之为"大事记"体者，专载朝政军事，而忽诸民生日用；司马迁传《游侠》已属破格，然尚以传人为主，此篇则全非"大事记""人物志"，于新史学不啻乎辟鸿蒙矣。

太史公自序曰："布衣匹夫之人，不害于政，不妨百姓，取与以时而息财富，智者有采焉。"道出其作《货殖列传》之主旨。

所谓"货殖"，即"滋生资货财利"之商业贸易。那是两千多年前的西汉，无论是在此之前，还是在此之后，在漫长的历史时期，"重农抑商"一直是历代封建政权的经济政策，而司马迁作为一位史官，关注到了社会经济之于国家发展、百姓生计的重要性，其引《周书》中曰"农不出则乏其食，工不出则乏其事，商不出则三宝绝，虞不出则财匮少"，随后补充了一条："财匮少而山泽不辟矣。"并强调"此四者，民所衣食之原也"。太史公的物质观、经济观，体现了他观照现实、洞察人性的大情怀。

以太史公的卓绝见识，吴越春秋之范蠡是无法绕过的"货殖"大家。范蠡不仅政治谋略过人，而且经商才能卓异，深得太史公喜爱，其事迹记录在《越王勾践世家》与《货殖列传》中。

太史公对范蠡的描写可谓浓墨重彩，极是生动。予我印象最深的是范蠡劝谏越王勾践所说的："持满者与天，定倾者与人，节事者以地。"顺应天道、人道、地道者，方成大事，乃与老子"人法地、地法天、天法道、道法自然"的哲学思想一脉相承，这是范蠡为人处世、从政经商的立足点，他充满智慧的谋略、高度远见的前瞻、一如既往的理智……无不源于这个中心。

范蠡的老师计然，既是经济学家，又是隐世谋士，越王勾践询其伐吴之计，他只以经济学的角度论述治国方略："知斗则修备，时用则知物，二者形则万货之情可得而观已。旱则资舟，水则资车，物之理也。平粜齐物，关市不乏，治国之道也。……"其总纲要旨就是遵循自然法则与客观规律，发展经济，富国强民。范蠡听懂了，勾践也听懂了，待到越国兵强马壮之时，伐吴则水到渠成了。这使我想起当代伟人邓小平的著名断言："发展才是硬道理。"这朴素而又深刻的真理，是对两千五百年前计然强国之策的呼应，或者说是传承。

作为越王勾践的谋臣，范蠡在越国的每一个转折关头，都会清醒地提出自己独到的见地，且与文种等尽心辅佐，力挽狂澜，方使卧薪尝胆的勾践得以复国雪耻。

老师计然对范蠡的影响实在太深刻了，他喟然叹服道："计然之策七，越用其五而得意。既已施于国，吾欲用之家。"老师的经济学，已在治国上大放光芒，接下来他要实践在治家中。故在越国成就霸业之后，范蠡决然请辞，越王勾践自是不准，要与范蠡共治国家，否则"将加诛于子"。范蠡说了六个字："君行令，臣行意。"他遵从自己的内心，毫不犹豫，争一个江湖自由身，在致文种的信中如是写道："越王为人，长颈鸟喙……可与共患难，而不可共处乐。"范蠡在越为臣四十余年，若无这般识人术，岂能抛下锦绣江山泛舟而去！

事实上，锦绣江山也好，荣华富贵也罢，只是臣子的单向幻想而已，伴君如伴虎，范蠡看透了人心，而文种没有彻悟，果然落得个"赐剑而尽"的悲剧下场。

顺应天道、人道、地道者，治国能成就大业，治家亦能致巨富。范蠡浮海出齐，名"鸱夷子皮"，父子勠力治产，很快跻身富豪，齐人慕其贤，拜为相，范蠡以为久受尊名乃不祥，便还印散财而去。到了陶邑，范蠡以"朱公"为名，定居经商，又获得巨大财富。而对范蠡"富好行其德"之品格，太史公尤为推崇。

吴越春秋一叶扁舟上的主人，以经济之道、货殖之术，成了一位天下皆知的中国商圣。

在《史记》中，太史公以较大篇幅写到了一桩案子：朱公（范蠡）的次子杀了人，"囚于楚"，他深知杀人偿命乃天经地义，然重金可赎命，"乃装黄金千镒，置褐器中，载以一牛车"，遣少子前往营救，但长子以"家有长子曰家督"的名义固执请行，并以自杀相威胁，他母亲亦支持长子，规劝朱公。在母子相逼之下，无奈的朱公只好遣长子携金而去，但他心中明白，次子回不来了。果然，长子往楚后，带回了弟弟的死讯，携归的还有送而复还的黄金。

为什么呢？因为长子没有听从父亲的嘱咐。在他临行前，朱公修书一封，并告诫长子，把书信与黄金交给他的楚国好友庄生后，任其处置，千万不要与他发生任何事端，以免节外生枝。朱公长子赴楚后，找到庄生，发现他"家负郭，披藜藿"，是个清贫书生，心里颇犯嘀咕，但还是遵父所嘱，奉上书信与黄金。庄生对他说，立即归家去，勿留楚地，你弟弟就会出狱，不要问为什么。但朱公长子未依庄生所言，而是私留在楚国，还用自己带来的黄金去打点楚国的贵人——当然是楚王身边的人。不久，楚国贵人告知他，楚王即将大赦，弟弟自当放还。他心中惦记着给庄生的千镒黄金，便前往庄家辞行，庄生惊见他还在楚国，立即明白其来意，让他进屋取金去，长子"独自欢幸"，何等得意！——实际上，庄生收下黄金，原是要待事成之后再奉还给朱公的，岂料朱公长子这番折腾，顿时令他深感羞辱——后来的结果是，楚王先杀了朱公次子，再行大赦令。朱公长子何曾明白，赦免与否，幕后推手就是他看走了眼的庄生，庄生的地位是"以廉直闻于国。自楚王以下，皆师尊之"。

洞悉人心的朱公之所以要让长子去楚救弟，乃因少子生在福中，轻财弃财，毫不吝惜，而长子历经艰辛打拼，深知钱财来之不易，不肯轻易放手，结果害死了弟弟。而在赴楚营救之前，无论是夫人还是长子，都不会相信朱公的未卜先知，朱公亦无法以充分的理由说服他们。

人间许多事，即使英明如范蠡，有时也只能是无可奈何花落去。

这则记述绝非闲笔，而是大有深意。太史公借此告诫世人，告诫今天的我们，应该葆有怎样一种金钱观、财富观！

诺贝尔医学与生理学奖获得者、丹麦著名医学家芬森说过："不要站在道德的制高点上俯瞰别人，也永远别去考验人性。"无论是权力、地位，还是金钱、美色，人性普遍存在的弱点，决定了考验的结果，绝大多数人无法拒绝现实利益的强大诱惑，在红尘俗世中特立独行的人，永远只是极少数。

《史记》外的范蠡丰富多彩

吾乡桐邑一地是吴越春秋时期两国边境要塞，当年范蠡护送西施入吴，经御儿，过千金乡，到檇李墟，在这条路线上留下了一路的遗迹，一路的传说。

檇李墟，即今桐乡市濮院镇，地处吴疆越界，乃"吴越往来孔道"。

这吴越兵燹相争之地，作为越国的上大夫、越王勾践的重臣，范蠡对越国御儿的前线地形地势了如指掌，训练兵卒，排兵布阵，在吾乡檇李墟幽湖南有"藏兵坞"，训练有素的越军藏身坞中，伺机征战吴军。

范蠡一行寓居在檇李墟百丈河边，西施每天临波妆洗，倾脂水于河，河流转弯处，即名"胭脂汇"。由于奔波劳累，西施的心口病又犯了，食欲不振，随行医护束手无策。范蠡从集市上买了一筐檇李回到寓所，西施一见檇李，心生喜欢，以指甲在果子上轻轻一掐，顿时果汁香溢，舌尖生津，遂双唇一吮，感觉香如醴，甘逾蜜，这琼浆玉液沁入肺腑，令她心情舒畅，胃口大开，一连吃了好多枚檇李。待吃完了一筐檇李后，其病不治而愈。明代钱谦益诗曰："语儿亭畔芳菲种，西子曾将疗捧心。"清代朱彝尊亦诗："听说西施曾一掐，至今颗颗爪痕添。"

檇李墟一地是太湖吴语的苏沪嘉片区，范蠡在与当地百姓的交流中，听出了西施的吴语声调与他们具有很大的差别，尽管西施在会稽接受了歌舞、步履、礼仪、语言等训练，但与软糯的吴语相比，西施的越语腔调仍很明显，她可是负有迷惑吴王夫差心志的重大使命，这是越王勾践复国报仇的重要一环，西施的语言如不过关，如何取悦吴王夫差？范蠡赶紧请来槜李墟的姑娘们，日常与西施相伴，教习吴语。西施是一个聪明伶俐的姑娘，很快拥有了一口地道的吴侬软语，婉转柔美，令人沉醉。

范蠡与西施有没有发生情爱故事？《史记》中没有记载，连西施的名字也没有，但民间的传说自是生机勃勃，代不绝书。唐人陆广微著有《吴地记》，这样写道："（嘉兴）县南一百里，有语儿亭。勾践令范蠡取西施以献夫差，西施于路与范蠡潜通，三年始达于吴，遂生一子。至此亭，其子一岁能言，因名语儿亭。"从越国（绍兴）到吴国（苏州）途中，水道陆路间，朝夕相处中，西施主动钟情于范蠡，俗话说"男追女隔座山，女追男隔层纱"，范蠡能抵挡得住这绝代美女么？当然不能，便两情相悦，而且生下了一个儿子，故历经三年的时间才到达吴国。陆广微的这般演义，为后世文人的创作提供了广阔无边的想象空间。

风情万种的越女西施入了吴宫，其"沉鱼"之美媚煞了吴王夫差！越一千两百年之后的大唐盛世，出了个杨玉环，拥有"羞花"之貌，唐玄宗李隆基钟爱之极，诗人白居易说是"后宫佳丽三千人，三千宠爱在一身"。对于绝色佳人，一国之君与市井百姓一样，都是没有丝毫抵抗力的。

卧薪尝胆的越王勾践果然如愿以偿，"卒复雠寇，遂殄大邦"（《史记》），在越王雄霸吴越，欲图一统中国时，范蠡携西施归隐江湖，再次来到了槜李墟。范蠡已过花甲之年，依然风姿挺拔，西施已是美少妇，依然倾国倾城。他们悄然隐居在槜李墟的洗足滩，在百丈河边开了一爿绸庄，由范蠡设计图案，西施织锦刺绣。这般天作之合，自是生意兴隆。槜李墟的姑娘们得知后，纷纷前来向西施学习织锦刺绣的手艺，这可是千载难逢的好机会。

范蠡牛刀小试，已露商圣峥嵘。然而，为了躲避越王勾践的缉捕，范蠡很快带着西施远遁他乡，出齐赴陶，经商致富，"天下称陶朱公"，是民间公认的"财神爷"。

范蠡、西施与槜李墟有了如此这般的因缘，古镇百姓对他们深蕴"乡亲"之谊，旧时筑有范蠡宅、西子妆楼、妆桥、语儿亭、语儿桥等，至少在清初的古镇，西施昔日妆楼犹存，范蠡泛舟幽湖尚在。而代代相传的各种美好传说，真切地表达了老百姓对他们的怀念之情。

元末，一代大儒宋濂寓居濮院读书治学时，精选了"濮川八景"并赋诗，其中一首是《妆楼旭照》：

晓云一带舞衣轻，脱体风流最惜卿。

莫道故人心不见，半帘春色露倾城。

当宋濂踏上西子妆楼时，旭日冉冉升起，晓云初出岫，绮丽似舞衣，他仿佛看到了妩媚风流、惹人爱怜的西施，纵然佳人不再，半帘春色中犹见她倾国倾城的模样。

《史记》中有"朱公居陶，生少子"的记载，只是少子之母不详——当然希望她是西施。历史上的范蠡，若按他入越、灭吴、归隐、经商的时间段推测，他居陶生少子时，已过花甲，他的原配夫人早已过了生育年龄。那么，少子的生母是谁？如果不是范蠡另娶了妻室，或许便是随他归隐的西施，这才符合槜李墟百姓的善良愿望。只有"沉鱼"之美，没有"沉江"之殇，"有情人终成眷属"，何况，他们郎才女貌，实是一对真正的神仙眷侣。

而范蠡遗传的商圣风范，西施传授的刺绣绝艺，始终在濮院古镇绵延相续。

宋元以降，濮院居民以丝绸为主业，以机为田，以梭为耒。元代，濮氏家族在苏杭嘉湖四郡中间打造了一个万商云集的丝绸交易中心，"濮绸"被誉为"天下第一绸"。明清时期，濮院名列江南五大织造名镇，成为"嘉禾一巨镇"。而今之濮院，不牧羊、不产毛的江南水乡，居然神奇地成了中国毛衫第一市，全球毛衫产业基地，相继跻身浙江省时尚小镇，中国特色小镇。

无论是古代的濮绸，还是今天的毛衫，槜李墟的后人传承了中国商圣范蠡的经商基因、经商品德，还有中国古代四大美女之首西施织锦刺绣之心灵手巧、工匠精神，故而风生水起，独领风骚。

人世间成大业者，必顺应天道、人道、地道，智者慧心，缺一不可。

西施：沉鱼之美，沉江之殇

一

　　古越会稽山脉西麓的苎萝山在我国的名山大川中名不见经传，因遍植苎麻、葛萝，故名为"苎萝山"。所谓山不高而挺拔、林不茂而奇秀，实是因了这位忍辱负重、以身许国的绝代佳人西施而闻名遐迩。

　　唐代诗人李商隐诗曰："西施寻遗殿，昭君觅故村。"苎萝山青，浣江水碧，西施殿风景区依山而建，古苎萝村、苎萝亭、夷光阁、浣纱石等历史遗迹、文化景观，还有千古流传的传说故事，是古越后人对于绝代佳人西施的深情怀念。岁月无涯沧海桑田，西施殿屡毁屡建，成为浙江诸暨的著名文化景点。西施殿景区曲径回廊，山水亭阁，草木葱茏，其错落有致的江南风情，既绮丽繁华又温婉柔美。

　　伫立于栩栩如生的西施塑像前，看她一身后妃装束的仪容，透露出越女村姑的清丽，风姿绰约中似有不尽忧思、万千心事。

　　吴越春秋的烽火硝烟，从历史的云烟深处席卷而来。兵强马壮的吴国打败了越国，把越王勾践和范蠡押作人质，服侍吴王夫差。勾践为报灭国之仇，暂栖于夫差膝下，看坟喂马，装得十分忠诚老实。有一次，夫差久病未愈，勾践为表忠心，亲尝夫差的"人中黄"，禀告夫差：大王之恭其味苦且酸楚，其疾十日内便可痊愈。夫差大悦。对勾践放下了戒备之心的夫差，不久就把勾践放回了越国。

"汝忘会稽之耻邪？"越王勾践被吴王夫差释归回越后，为了磨砺意志、报仇雪耻，每次就餐前必先尝吃苦胆，永远铭记屈辱，晚上就寝时身下垫着柴草，时刻居安思危。勾践这个中国第一忍者在两位谋臣文种、范蠡的辅佐下，卧薪尝胆，励精图治。勾践采纳了文种的伐吴七术："一曰捐货币，以悦其君臣；二曰贵籴粟囊，以虚其积聚；三曰遗美女，以惑其心志；四曰遗之巧工良材，使作宫室以罄其财；五曰遗之谀臣，以乱其谋；六曰疆其谏臣使自杀，以弱其辅；七曰积财练兵，以承其弊"（明代·冯梦龙《东周列国志》），经过十年生聚、十年教训，使越国渐渐强盛起来。厉兵秣马、伺机复国的勾践，最终乘虚而入，打败了吴国，被围困在秦余杭山上的吴王夫差黯然自杀。消灭了吴国的越王勾践，成为春秋末期的最后一个霸主。

我在青少年时代的日记中，曾经多次把这一联警句摘抄下来：

> 有志者，事竟成，破釜沉舟，百二秦关终属楚；
> 苦心人，天不负，卧薪尝胆，三千越甲可吞吴。

我在内心以越王勾践的人生精神激励自己奋发图强。直到后来，当我阅读了许多吴越争霸的史料后，一个柔弱的美女形象居然把我心中强大的越王勾践渐渐淡化了。

她，就是苎萝山麓苎萝村的浣纱女西施。

二

西施，名夷光，出生于一个贫寒山村的家庭中，父亲砍柴卖柴，母亲浣纱织布。西施粉面桃花，天生丽质，而且是个勤劳的越国女儿，既帮母亲浣纱，又随父亲卖薪。"芙蓉洁脂绿云鬟，眼波横处皆多情"，青山秀水滋养的西施清新淳朴，禀赋绝伦。其一颦一笑，风情万千，连颦眉抚胸的病态，亦为邻女所仿，这使古代东方哲学大家庄子为我们留下了"东施效颦"的典故："故西施病心而颦其里，其里之丑人见之而美之，归亦捧心而颦其里。其里之富人见之，坚闭门而不出；贫人见之，挈其妻子而去之走。彼知颦美，而不知颦之所以美。"又有传说，西施在古越国浦阳江边临水浣纱，清澈的水波中，悠游的鱼儿惊其美色，呆呆地沉入了江底。从此，"沉鱼"就成了西施的代名词。西施与王昭君、貂蝉、杨玉环被称为中国古代四大美女，其中西施位居榜首，是美的化身。"情人眼里出西施"的说法就是如此得来的。

就是这样一个绝色美女的双肩，担起了复国大业的重任。

针对吴王夫差淫而好色的弱点，文种向越王勾践破吴献计中便有了"遗美女，以惑其心志"之计，勾践为了洗耻复国，已不惜一切代价，他命范蠡等几经寻觅，得诸暨苎萝山卖薪女西施、郑旦，准备进献夫差。当时，勾践有一个爱姬认为，真正的美女必须具备三个条件：一是美丽容貌；二是善歌能舞；三是优雅体态。西施具备了美貌的首要条件，其他两个条件必须加以悉心调教而成。勾践觉得言之有理，命人花了三年时间，对西施与郑旦教习歌舞、步履、礼仪等。经过发愤勤练，美丽的西施既歌舞翩跹又礼仪得体，举手投足之间尽显妩媚柔婉。

在民间广泛流传的故事中，西施与范蠡一见钟情，但是，两个相爱的人因为复国大计而无缘共结连理。迫不得已的范蠡奉命把西施、郑旦进献给了敌国的吴王夫差。

罗绫锦衣、眉黛含春的西施在跨入吴宫大门的一瞬间，是充满了哀伤绝望的疼痛，还是义无反顾的决绝？后人已无法猜详得知，只能看到这样一个令人感伤的结局：西施与范蠡的爱情从此画上了永远的句号。

三

古越山村的美女西施就这样被推上了历史舞台，推进了政治中心，成为越国横空出世的超级红粉间谍。在强权政治面前，每个人都是身不由己的，违抗圣命丢了性命不说，还要连累家人。越女西施只能忍辱负重，以身许国。

吴王夫差得了西施、郑旦两个越国美女，龙颜大悦，朝拥夕陪，不亦乐乎。为了取悦西施，夫差既在姑苏台建春宵宫，又在灵岩山筑馆娃宫，与西施饮酒戏水，日夜相伴。

因为西施擅长舞蹈，夫差便命人凿空馆娃宫一条长廊的岩石，然后置放一排大缸，上铺漂亮的木板。穿上木屐的西施裙边缀满了小巧的铃铛，每当西施在这长廊上翩跹起舞时，木屐踩出的声音，通过木板下大缸的回声，有节奏地传来，与她裙边的那些铃铛声交织在一起，"铮铮嗒嗒"清脆悦耳，其绝色美貌和优美舞姿，使吴王夫差如痴似醉。他把西施的舞蹈称为"响屐舞"，并把这个长廊命名为"响屐廊"。

越女西施已是三千宠爱集一身，然而她却是身吴心越，强作欢颜。

沉湎于女色的吴王不能自拔，无心国事，众叛亲离，终致朝政荒废。吴越争战的刀光剑影消弭在朝歌暮弦、笙歌缭绕中。

我想，吴王夫差对西施一定是动了真情，他可以弃江山而不顾，倾一国之财力，博美人一笑。美人一笑，倾国倾城，纵是错爱，又有何妨？重情重义的一国之君，就这样心甘情愿地为一个负有特殊使命的美人付出了所有，甚至万里江山。夫差应是无悔，西施应是有恨。几度春秋，千百昼夜，夫差对西施款款深情，让美人享尽了人间宠爱，在西施幽怨的心灵深处，曾否泛起动情的涟漪？亡吴而归的西施，面对夫差的真情，或许只有宿命般的无奈与忧愁。

西施殿右侧的古越台，在"卧薪尝胆"匾额下，供奉有成就了帝王霸业的越王勾践塑像，谋臣文种、范蠡分立两侧，凝重而又肃穆，然而具有讽刺意味的是，他们面对的是一泓红粉池。这红粉池，暗合了唐代诗人皮日休诗句中"越王大有堪羞处，只把西施赚得吴"的讽喻之义，如同明镜一般，映照着越王勾践灭吴雪耻的"堪羞处"。

我想，成为政治殉葬品的西施，内心一定是异常痛苦的。背井离乡，生离死别，再也不能在青山碧水间自由快乐地生活；再也不能与父母一起鬻薪、浣纱；再也不能找一个心心相印的爱人相伴终生。

为了越国的利益而牺牲自我、不辱使命的西施，其最终归宿在历史的传说中也变得光怪陆离，蒙上了神秘的色彩。

在"吴王亡身余杭山，越王摆宴姑苏台"之际，范蠡携西施乘扁舟、游五湖，隐逸民间，成为经商奇才，又富而行其德，人称"陶朱公"。

满腹经纶、文韬武略的范蠡，退隐江湖时曾遣人致书文种：

> 吾闻天有四时，春生冬伐；人有盛衰，泰终必否。知进退存亡而不失其正，惟贤人乎！蠡虽不才，明知进退。高鸟已散，良弓将藏；狡兔已尽，良犬就烹。夫越王为人，长颈鸟喙，鹰视狼步。可与共患难，而不可共处乐；可与履危，不可与安。子若不去，将害于子，明矣。

急流勇退的范蠡具有明智的政治前瞻性，可惜文种不以为然，留任越王勾践的大臣。后来，勾践果真听信谗言，赐剑于文种。谋略过人的文种这才如梦初醒，悲凉自尽。而就是这把宝剑，吴王夫差用它还赐死了吴国忠臣伍子胥。帝王所为若出一辙，而忠臣良将的命运亦殊途同归。

四

唐代学者陆广微著有《吴地记》，引《越绝书》所记载的"西施亡吴国后，复归范蠡，同泛五湖而去"。西施有如此美好的归宿，贴近了大众的善良期待与人文情怀，后世多少文人为此连篇累牍，佳构抒怀。

然而，春秋战国时期的墨子在《墨子·亲士》如是写道："是故比干之殪，其抗也；孟贲之杀，其勇也；西施之沈，其美也；吴起之裂，其事也。"在文言文中，"沈"与"沉"是通假字。墨子生活的年代，与越国灭吴的时期最近，作为一个著名的思想家、哲学家，墨子对吴越争霸的历史应是了然于心，几乎是一个历史见证者，且知悉美女西施惨烈赴死的情节，故而披露了西施沉江而死的真相。墨子所记的比干、孟贲、吴起，皆史有其人，以其严谨之笔，虚构一个西施来论述他的观点，几乎是不可能的。

《吴越春秋·逸篇》中这样记载道："越浮西施于江，令随鸱夷而终。"鸱夷是古代以牛皮制成的盛酒容器。吴王夫差赐剑令伍子胥自裁后，以鸱夷敛尸浮江。从这个记载来看，鸱夷子皮同样成了西施最终的归宿。

明代小说家、戏曲家冯梦龙的《东周列国志》是一部长篇历史演义小说，西施的结局是遭到了越夫人的谋杀："勾践班师回越，携西施以归。越夫人潜使人引出，负以大石，沉于江中，曰：'此亡国之物，留之何为？'"——虽然这是小说家之演绎，但这种可能性完全存在。

所以，后人对范蠡浮海出齐后自谓"鸱夷子皮"这个古怪的名字，不断分析猜测，其中引人注目的论点是："鸱夷子皮"透露了西施命运的秘密信息，当然也关乎了范蠡与西施的情爱之殇。越国灭吴后，复国功臣西施惨遭越王勾践夫妇毒手暗算，被装入鸱夷子皮，压上巨石，沉江而亡。作为西施的情人，范蠡援救不及，心如刀割，决然辞官归隐。为了纪念心爱的西施，昭示勾践夫妇的残暴，故名"鸱夷子皮"。

昔读《红楼梦》，觉得清代的曹公雪芹认同了西施沉水而亡的悲剧，他借林黛玉之笔写了《五美吟·西施》（《红楼梦》第六十四回《幽淑女悲题五美吟 浪荡子情遗九龙佩》），其中题"西施"：

> 一代倾城逐浪花，吴宫空自忆儿家。
>
> 效颦莫笑东村女，头白溪边尚浣纱。

倾国倾城的美女，实乃红颜薄命，而那个效颦的东村女却能平安终生，浣纱至白头。

国色天香的西施沉江殒命，令后人为之悲怆心碎。

五

"越锦何须衣义士，黄金只合铸娇姿。"当生命失去了自由、当意志强加上枷锁时，纵是宫殿威仪、黄金塑身又如何？临水浣纱、担柴卖薪之从容，山情水意、清风明月之悠闲，粗茶淡饭、两情相悦之舒畅，在吴越战火风云中，成为西施永远不能实现的梦想。

山水无言，时光沉默，西施灰飞烟灭的内心之痛，无处话悲凉，谁能知晓谁能体察？从苎萝山下、浣江水畔的古苎萝村负重赴吴的西施，就这样走出了古越大地，走进了沉重的历史之中。

唐琬：欲笺心事，独语斜阑

一

沈园，我梦幻中的情爱圣地！你是一阕柔情缱绻的诗篇，是一首催人泪下的歌儿。

再一次来绍兴，又是烟花三月。总是情不自禁，再来沈园凭吊追踪。沿着碎石铺砌的曲幽小径，一路寻寻觅觅。我在寻找什么？绿树繁花、蜂飞蝶舞的人间胜景，果然已是梦里依稀成往事？

走近孤鹤轩，惊见门柱上那副对联：

宫墙柳一片柔情付与东风飞白絮
六曲栏几多绮思频抛细雨送黄昏

这一瞬间，让人吟得遗恨满怀，多少叹息。移步假山，飞檐高翘的亭阁中，石桌石椅一如往昔，迎候着不再重来的故人。我轻轻拂去尘埃，悄悄地落座。茫然四顾，怅然若失。

因为唐琬已香消玉殒，因为爱情已逝云烟中，这昔日的一泓碧水，纵然有垂柳轻拂，却已不再清澈；曾经秀挺的青青玉竹，虽然还是一派绿荫婆娑，但已了无生机；那依然精巧的凉亭阁楼，在风侵雨蚀中满面尘垢。

南宋的春风悠悠地吹拂而来，绮丽而繁华，却吹不散满腹相思，缱绻深情。或许是心有灵犀终相逢，踌躇沈园的陆游邂逅了相别十年的前妻唐琬。她正与夫君赵士程相偕游园。

唐琬与陆游乍然相逢，不禁错愕。四目相对，泪眼蒙眬。

莫道命运捉弄人，有缘无分难聚首。

世传唐琬与陆游乃表兄妹，他们自幼青梅竹马，情趣相投。及至长大，青春年华的一对年轻人，丽影成双，吟诗作对，爱意盈盈。双方父母与亲朋好友无不认为他俩是天造地设的一对眷侣佳偶。后陆家以一只精美无比的家传凤钗作信物，订下了唐家这门亲上加亲的婚姻大事。

有情人终成眷属。新婚燕尔的唐琬与陆游伉俪恩爱，琴瑟相和。

沉浸在温柔乡中的陆游，淡了应试功课进仕为官之心，这使陆母渐起不满之意。

陆母对陆游的管教向来严厉，期望甚高。她一心盼望的是陆游金榜题名，光宗耀祖。昔是姑姑、今为婆婆的陆母，对唐琬大加训斥，命她以丈夫前途为重，淡薄儿女之情。可是，鱼水之欢的唐琬与陆游缠绵依旧，婆媳矛盾日益加深。一日，陆母去寺庙求签卜算，得到陆游与唐琬命理不合、必遭非难的凶签，既惊又怕，急急回府，便严命陆游休了唐琬。陆游自是不舍，怎奈母亲以死相逼！

陆游对母亲素来孝顺，虽然心痛如刀绞，终是母命难违，把唐琬送归娘家。多情的诗人不忍就此一去各分东西，另置别院安置唐琬，一有机会便前往相聚。后陆母察觉，恼怒不已，命陆游另娶王氏女为妻，彻底斩断了陆游与唐琬的深深情丝。而唐琬也由家人做主嫁给了同郡士人赵士程，这个皇家后裔、门庭显赫的赵士程知书达理，宽厚重情，以满腔爱意抚慰了饱受心灵创伤的唐琬。

从此，唐琬与陆游天各一方，把爱与思念埋藏在心灵深处。

曾经看过越剧《陆游与唐琬》，其中有个情节令人疼痛。

陆游含泪相问唐琬："为什么不等我？"无语凝噎的唐琬颤抖着双手递上了那封婆婆转交的休书，是陆游写给唐琬的字迹：

若要重聚，等我百年。

陆游看罢，顿时悲恸万分。他千里迢迢捎回给唐琬的锦书，清清楚楚写着：若要重聚，等我三年！是陆母把"三"改成了"百"。这一字之改，让两个相爱的人永远地错过了一生。为了儿子的锦绣前程，陆母已不惜任何手段，非要拆散这对人间好鸳鸯不可。

封建礼教如同一把寒光凛凛的"双刃剑"，无情地封杀了一对青梅竹马、浓情蜜意的爱侣。

这一错手，沧海桑田物是人非，山盟海誓烟消云散。

二

十年后的沈园偶遇，俩人唯有百感交集，此情却是无以遣解。

善解人意、温婉多情的唐琬征得夫君赵士程同意，便遣致酒肴，借以抚慰不期而遇的故人。

然而，长歌当哭，情何以堪！这细巧精致的越瓷酒杯里，斟满的不是琥珀色的黄滕酒，而是永远也饮不尽的人生苦酒。

陆游悲从中来，临壁作词《钗头凤·红酥手》："红酥手，黄滕酒，满城春色宫墙柳。东风恶，欢情薄，一怀愁绪，几年离索。错！错！错！……"年轻的诗人急疾书罢，一掷柔毫，早已肝肠寸断，泣不成声。

碧色绣襦、长裙曳地的唐琬，一字一句面壁吟来，珍珠般的泪珠从她那双秀美哀伤的眼睛、从她的心灵深处奔涌而来。

翌年，唐琬再临沈园，面壁读词，触景生情而悲恸不已，和词一阕：

世情薄，人情恶，雨送黄昏花易落。晓风干，泪痕残，欲笺心事，独语斜阑。难，难，难！

人成各，今非昨，病魂常似秋千索。角声寒，夜阑珊。怕人寻问，咽泪妆欢。瞒，瞒，瞒！

唐琬一阕《钗头凤·世情薄》，如杜鹃啼血，凄艳异常。琴瑟相和成绝唱，相思似灾落黄泉。

从此，"沈园"永远地攫住了陆游的心灵。在这江南名园中，只有陆游能真切地感受到唐琬的举手投足、音容笑貌是如此的生动，触手可及。她的呼吸、她的泪水、她的那双红酥手、她幽怨感伤的眼神……无不让陆游梦魂萦绕。然而天人永隔，有悲有痛，有悔有殇，有思有念，这满园的花柳草木、亭台楼阁知否？永逝人间、黄土垅中的唐琬知否？

人生暮年的陆游，依然无限眷恋这沈园，只因尘缘未了，旧情难舍。

> 梦断香消四十年，沈园柳老不吹绵。
> 此身行作稽山土，犹吊遗踪一泫然。

写下这首七绝的这一年，重游沈园的陆游已七十五岁，而唐琬作别人世已四十年。他俩于沈园久别重逢，带来的只是绵绵无绝期的怆痛。陆游八十四岁那年，在沈园留下了最后一首诗："沈家园里花如锦，半是当年识放翁。也信美人终作土，不堪幽梦太匆匆。"次年一月，诗人与世长辞。陆游与唐琬的不解情缘，终生缠缠绕绕，成为他心中永远的疼与痛……

三

唐琬作成《钗头凤》不久之后，忧伤满怀的她悄然作别人世。从此，陆游已不能再执一回红酥手，再饮一杯黄滕酒。天上人间，无处相觅。爱情两个字，道来太心伤。一天又一天，一年又一年，直至天荒地老，此心永殇。

时过八百多年，我徘徊于沈园，如临其境感同身受。花木扶疏的亭阁中，依稀可见两个痴情人手执一杯黄滕酒、深情凝视泪湿春衫的双眸；惊鸿照影的葫芦池，曾经印证了一对伤心人洒泪诀别、一个向东一个向西的背影；孤鹤轩前的宫墙上两首《钗头凤》，镌刻了一曲流传至今的爱情悲歌。

情缘的纠缠，终是疼痛而幸福的。生前身后，只要深深地爱过、疼过，这心灵便有了寄托、有了依归，便可以刻骨铭心，生死相许。

因为陆游与唐琬，因为千古绝唱《钗头凤》，我想，我与陆游一样再也走不出这多情的沈园了。

多情应是沈园魂！

方孝孺：读书种子，骨鲠之士

方孝孺，是一个令人疼痛至极的名字。

那是六百多年前的南京，七月酷暑的古都，天地灼热异常，仿佛要燃烧了一般，正当盛年的方孝孺受磔刑而身裂，那一刻，石头城碧血花开，而一根根硬骨犹自铮然作响……

一

"读书种子"，是世人给予方孝孺的美誉。

方孝孺（1357—1402年），字希直、希古，号逊志，浙江宁海人。他出生于祖上数代皆从儒的书香门第，自幼警敏好学，目光炯然，每天读书厚过一寸，其好学不倦，于此可见。

明洪武四年（1371年），方孝孺十五岁那年，父亲方克勤出任山东济宁知府，他随父赴鲁，攻读不懈。方克勤任职三年，为官清廉，以德治政，勤政为民，济宁民众颂曰："孰罢我役？使君之力。孰成我黍？使君之雨。使君勿去，我民父母。"洪武八年（1375年）春，方克勤应召入朝，太祖朱元璋"嘉其善治，命礼部赐宴款待"。就在这一年，济宁任上的方克勤因遭属吏上书诬陷，被谪役于南京江浦。

　　齐鲁大地是儒家文化发源地，方孝孺在这四年间，度过了从少年到青年的人生成长期，儒学之思想精髓，圣贤之遗迹风韵，耳濡目染，根植于心。父亲方克勤罹祸获贬，对方孝孺而言，应该深切感受到了官场中的不测风险。

　　方孝孺与父亲来到了长江北岸的江浦，这是他第一次踏上京师之地。那时，十九岁的他还不知道未来会与朝廷发生惊天动地的激烈纠葛，直至血染大明宫殿。

　　劳役中的方克勤深知仕途渺茫，寄厚望于孝孺，命子前往京师，师从浙江同乡、大儒宋濂。宋濂是明朝"开国文臣之首"，与刘基并称为"一代文宗"，时任奉议大夫、国子司业，他惜才爱才，师生一见，投缘相契，从此铸就一场感天动地的师生情。

　　次年九月，方克勤因"空印案"牵连而被处死，悲痛万分的方孝孺泪别老师，扶柩归里。

　　洪武十年（1377年），宋濂告老还乡，方孝孺前往浦江从学，与老师朝夕相处。

　　孝孺敬师爱师，尽得其学，而宋濂亦师亦父，这可以从他为这个得意门生写下的《送方生还宁海并序》中可窥一斑，极尽赞誉："岂知万牛毛，难媲一角麟。古今二千载，有如星在辰。"又勉励寄望："敬义以为衣，忠信以为冠。慈仁以为佩，廉知以为鞶。特立睨千古，万象昭无昏。"洋洋千字，情深谊厚。

　　而方孝孺对老师亦是常怀仁孝、感恩之情。洪武十四年（1381年），一生谨慎的宋濂一家横祸飞来，罹难迁蜀。方孝孺闻知，挥笔而作《吁天文》，悲情与深情一齐涌来：

　　臣有寿年，禄庆在天，未逮臣身，愿输弗享，以延师之修龄。启帝心，俾师克复故里，居建乃家勿坠。

　　方孝孺多么希望上苍能延长老师的寿命，多么希望帝王能放还老师回归故里，然而，这只是他一个美好的心愿！就在那一年六月，流放途中的宋濂病卒于川东夔州，他在生前没有看到方孝孺的《吁天文》，若泉下有知，当能感受孝孺之深厚孝心。

后来，方孝孺获任汉中府教授，每过夔州，必前往恩师墓地伤痛祭奠，在蜀献王聘其为宾师后，方孝孺奏请蜀献王抚恤宋濂遗孤，以纾解恩师一家生活之困境。

这般高情厚爱，温暖世道人心。直到今天，依然令我深感其人性之美，人性之温度。

方孝孺生命中最重要的两个人，一个是父亲，一个是恩师，都断送在云诡波谲的大明政治风云中。

仕途纵是如此险恶，方孝孺断了入仕之心么？没有。其实，这是天下士子的共同宿命，孔子、屈原、李白、杜甫、苏轼……代有天纵之才横空出世，皆怀修身齐家治国平天下之宏愿，即使如飞蛾扑火，亦义无反顾。

当然，大明王朝的视线也从未放弃过在野的方孝孺，只因其旷世才学。

明洪武十五年（1382年），方孝孺二十六岁，东阁大学士吴沉、内阁大学士揭枢向朝廷举荐方孝孺，且又是宋濂门生，自是引起太祖朱元璋的高度重视，下诏召见。

方孝孺于宁海启程，前往南京。青年才俊，举止端庄。太祖慧眼识才，便对皇太子说："此庄士，当老其才。"意谓这位正人君子，须得加以磨炼，其才干方臻成熟，当是可用之才。

一晃十年，时已洪武二十五年（1392年），方孝孺三十六岁。

我对六百多年前的方孝孺充满了不同寻常的情感，是因为他游历过我的家乡——濮院这个江南小镇。他的老师宋濂元末时曾居濮院读书治学，得到濮氏家族的礼遇，待如贵宾，从而为濮家大院留下了一份深情的文化大礼——《濮川八景诗》。嘉禾巨族濮氏自宋室南渡以后定居梧桐乡，悉心经营而致富贵流传，赫赫世家乃使名震东南，历经二百三十多年，到了江山易主后的明代，忽然遭到朝廷诏命七十二支分栖而居的毁灭性打击，顷刻风流云散。因而，在这个丰裕静美的嘉禾永乐市，再也没有濮氏这样开明仁义的富豪巨族了。

方孝孺盘桓于濮川时，那是一个桃花盛开的春天，濮家大院依然是小桥流水，依然是机杼声声、依然是车水马龙，只是不见了濮家主人，他满怀伤感地留下了一首关于濮院的诗作《泊舟幽湖》：

> 十载飘零一梦中，桃花依旧艳东风。
>
> 濮家旧院今何在？到处机杼说女红。

"十载飘零一梦中"，依时间推断，应该就是方孝孺二十六岁到三十六岁这十年间，他江湖漂泊，尚不得志。

就在这一年底，方孝孺又获荐赴京，然而太祖说："今非用孝孺时。"——还得下沉历练。实际上，主要是因为方孝孺"仁义王道"的施政理念与朱元璋"重典治国"的执政思想不合拍、不匹配，所以，方孝孺仍得不到重用。太祖深知方孝孺之才学，故给了他一个大明教育机构的职衔，赴任陕西汉中府学教授，"日与诸生讲学不倦"。蜀献王朱椿是个好读书、做学问的人，仰慕方孝孺才学，延为宾师，教化蜀人，蜀献王表其居曰"正学"，方孝孺之"正学先生"尊称由此而来。

明洪武三十一年（1398年），方孝孺四十二岁。明太祖朱元璋驾崩，皇太孙朱允炆即位，是年"秋七月，召汉中府学教授方孝孺为翰林院侍讲"，这一次，方孝孺正式进入了天子的视野。

属于方孝孺的时机来了，已过不惑之年的他再次进京，心怀明王道、致太平的理想，终成庙堂上的新贵。

然而，谁也无法预料，仅约四年，以天下为己任的方孝孺迎来了比他父亲、比他老师更为惨烈的灭顶之灾。

二

士为知己者死。

方孝孺入京后，先后获任翰林侍讲、翰林学士之职。建文帝朱允炆自幼聪明好学，熟读儒家经典，每有疑惑，招来方孝孺讲解释疑。朱允炆在日常政务中，对方孝孺甚是信任，或"国家大政事辄咨之"，或"命孝孺就扆前批答（大臣奏事）"。堪为帝师的方孝孺则视年轻的建文帝为知遇之君，尽心尽责辅佐朝政。

朱允炆没有经历过血与火的战争洗礼，国事智囊团是一帮文人，如兵部尚书齐泰、太常寺卿兼翰林学士黄子澄是洪武十八年同榜进士，皆为儒家学者，而方孝孺虽然没有走科举之路，但其道德文章名重海内。

仁政是儒家的追求。书生治国，有理想，有抱负，有热血，"建文新政"的核心思想是仁义礼治，这与朱元璋严刑峻法、铁腕治国的方略大相径庭，因此从一开始就埋下了深深的隐患。

"建文新政"从顶层设计到落地实施，理想很丰满，现实很骨感，仅仅四年间，重文轻武的"秀才朝廷"就面临着覆灭的危机。主要原因是朱允炆的削藩之策，动了特权阶层的"奶酪"，点燃了熊熊战火。建文元年（1399 年）七月，燕王朱棣以"诛齐黄，清君侧"为名而起兵南下，史称"靖难之役"。那时，建文朝把持军政大权者是齐泰和黄子澄两人，因此，在翰林院担纲编修《太祖实录》《类要》的总裁方孝孺，其名字还没有真正进入朱棣的视野中。

吴人姚广孝是朱棣的谋士，"靖难之役"的主要策划者。作为一个擅长吟诗作画的高僧，他对方孝孺惺惺相惜，所以在北平时恳求朱棣："城下之日，彼必不降，幸勿杀之。杀孝孺，天下读书种子绝矣。"姚广孝预见到方孝孺必忠贞不贰，故先给燕王打了预防针，朱棣领首允之，应该是记住了"方孝孺"这个名字。

"燕兵起，廷议讨之，诏檄皆出其手。"作为文学博士的方孝孺，执掌翰林院文字之职，起草诏书、檄文乃是本职工作之一。直到建文后期，兵情紧急，人事浮动，方孝孺开始深度介入军政事务。

然而，燕王的铁甲洪流已汹涌南来，势不可当。

大明殿堂上的方孝孺，虽满腹经纶，却无救国之万全谋略；纵书生意气，无法力挽狂澜于既倒。

一路攻城略地的燕兵，渡江而至，兵临城下，年轻的建文帝朱允炆闻之忧惧，召集大臣廷议——四年来，新帝与群臣在此议决的无数政事，诏告全国各地，是真正的皇权中心。但是，面对削藩而引起的燕兵靖难，无论是政治谋略，还是军事战略，殿堂中的君臣显然是应对无方的，甚至可以说步步皆错，满盘皆输。这次廷议，已是末日来临之际，君臣都满腹心事，十分沉重。有大臣劝帝离京避祸，以图他日复兴。方孝孺则主张固守京城，以待援兵，还铮言道"即事不济，当死社稷"。《礼记·曲礼》中有云"国君死社稷"，在生死存亡之际，方孝孺祭出了儒家经典，这既是对建文帝的忠谏，也是对自己的惕厉。

建文四年六月十三日（1402年7月13日），"乙丑，金川门启，燕兵入，帝自焚。是日，孝孺被执下狱。"建文朝轰然倒塌。

燕王朱棣攻陷京城四天后登基即位，命方孝孺起草诏书。但见方孝孺，一进宫殿，便放声悲哭，响彻殿宇。《明史·方孝孺列传》中记曰：

> 成祖降榻，劳曰："先生毋自苦，予欲法周公辅成王耳。"孝孺曰："成王安在？"成祖曰："彼自焚死。"孝孺曰："何不立成王之子？"成祖曰："国赖长君。"孝孺曰："何不立成王之弟？"成祖曰："此朕家事。"顾左右授笔札，曰："诏天下，非先生草不可。"孝孺投笔于地，且哭且骂曰："死即死耳，诏不可草。"成祖怒，命磔诸市。

逆天改命的朱棣这才真正认识了一身硬骨的"读书种子"，盛怒之下，早已忘了谋士姚广孝的请托，必以血腥的杀戮发泄心头之恨。在那一刻，朱棣也许觉得方孝孺甚至比他起兵诛杀的齐泰和黄子澄两人更可恶。因为，这个不识时务的文弱书生居然敢与他这个新帝宛若仇雠！

按明崇祯《宁海县志·方孝孺传》中记载，方孝孺以死抗命，彻底激怒了朱棣："汝焉能遽死，朕当灭汝十族。"一个是手无缚鸡之力的儒生，一个是执掌生杀大权的帝王，这样的对峙，明白人都知道这是以卵击石，自取灭亡，偏偏方孝孺执迷不悟。

方孝孺只知道，眼前的朱棣是一个篡夺侄子皇位的乱臣贼子，他怎么能够为这样的君王效命？

迄今为止，没有确切的史料可以证实方孝孺是否说过这句话："便十族，奈我何！"但是方孝孺之"不合时宜"的言行，无疑深深地刺激了南下篡位的朱棣，而生酷戾之心，行暴虐之事。

雄才伟略的帝王虽然胸怀天下，却容不得一颗特立独行的"读书种子"。

明末清初的余姚籍浙江名士黄宗羲在《明儒学案》中叹道："又以先生激烈已甚，致十族之酷。夫成祖天性刻薄，先生为天下属望，不得其草，则怨毒倒行，无所不至，不关先生之甚不甚也。"作为浙江同乡，黄宗羲对方孝孺的灭族惨案是深怀同情的——天下人同怀此情。

方孝孺灭族之惨烈，透过发黄的纸卷记载的文字，至今令人不寒而栗。刽子手当着方孝孺的面，杀戮一个又一个方氏家人，以试图摧毁这个固执得不可思议的文人之刚烈气节。方孝孺虽万箭穿心，志亦不屈。然而，当他看到弟弟方孝友被押至刑场时，这个浙江硬汉不禁流下了悲痛欲绝的泪水。面临罹难的手足兄弟也是一条好汉，留诗劝慰哥哥："阿兄何必泪潸潸，取义成仁在此间。华表柱头千载后，旅魂依旧到家山。"而后从容赴死。八百多口人，刽子手行刑七天方休，血流成河，触目惊心！同时，数以千计的方孝孺之族亲、门生被流放远戍。——后世记述究竟是不是演义？究竟距离真相有多远？今人已无法得知。《明史》中记载："丁丑，杀齐泰、黄子澄、方孝孺，并夷其族。"史中的"夷其族"，且有"妻郑及二子中宪、中愈先自经死，二女投秦淮河死"之记录，从中可见，方孝孺父系一族是灭了门的。

"夷其族"这三个字，足以摧毁个体生命的心理承受能力，即使坚硬如铁——但是，方孝孺心比铁坚。

决意殉难的方孝孺获磔刑而死，时在建文四年六月丁丑（1402年7月25日），终年四十六岁。

磔刑，是分裂肢体的酷刑，是个体生命难以承受之痛。

每次打开这历史一页，那闪闪发光的金銮殿，都令我恐惧而战栗。

那年的七月，火炉一般的南京，因为方孝孺血洒石头城，如烈火燎原，深深灼伤了天下士子的心灵，永不愈合，迄今依然隐隐作痛。

三

天降乱离兮，孰知其由？

三纲易位兮，四维不修！

骨肉相残兮，至亲为仇，

奸臣得计兮，谋国用猷！

忠臣发愤兮，血泪交流，

经此殉君兮，抑又何求？

呜呼哀哉兮，庶不我尤！

这是方孝孺慷慨就戮前的《绝命词》（清·谷应泰《明史纪事本末》）。

从洪武十五年（1382年）方孝孺第一次应召赴京，到建文四年（1402年）方孝孺赴难殉身，这二十年间，他从江湖走上仕途，走进庙堂，看似达到了人生的巅峰，岂料不仅受磔身裂，而且还连累了至亲族人。

南京，是方孝孺实现光荣与梦想之所，又是他人生至暗之地。

方孝孺临终的眼看到了自己一家的夷族惨祸，二十年来他与京城、与天子的恩怨，以如此残酷的方式收场，无疑是一场天地动容、神鬼共泣的人间悲剧。

骨鲠之士方孝孺舍身尽忠，殉于社稷，以生命维护的是一种体制、一种纲常、一种正统，这在他的心中，认为是一种必须坚守的信念，是值得为之献身的忠贞，他不屑于与谋逆篡位者为伍，哪怕失去富贵、哪怕失去生命、哪怕灭了十族，轻生死而重名节，迂执到底，至死无悔。

"忠信以为冠"，是老师宋濂对他的殷切教诲，也是千百年来儒家的君子之道。

面对南下篡位的朱棣，方孝孺当然有机会选择苟且偷生的命运，然而，他无法背叛植根于内心的"忠信"思想。

方孝孺把自己的"忠信"只献给建文帝，而绝对不能献给篡位成功的永乐帝。

现代文豪鲁迅在纪念"左联"五烈士的著名散文《为了忘却的记念》中，写到柔石时想起了方孝孺："他的家乡，是台州的宁海，这只要一看他那台州式的硬气就知道，而且颇有点迂，有时会令我忽而想到方孝孺，觉得好像也有些这模样的。"这个"硬气"，便是鲁迅对方孝孺的认同。

作家李国文撰有《方孝孺之死》一文，他认为，方孝孺"以死抗争的古老做法，在今天看来，便是十分的愚不可及了"。其文最后一句话是："活着，才是一切。"李国文轻松一笔，其"好死不如赖活"的生存哲学就把方孝孺的气节给抹去了，消解了方孝孺之死的意义。

当然，如果浅薄地以值与不值来论方孝孺之死，生存价值的天平自是失衡的。然而，试问天下士子尚有几分硬骨在？恐怕只多媚骨以苟且偷生，而独缺硬骨以舍生取义！

南京午朝门公园乃明故宫遗址，有一方大石平卧其中，青灰色的石面上，可见绛褐色斑纹错杂相连，每当雨后，血色鲜红，犹闻血腥，都说这是方孝孺受戮时鲜血沁入所致，故名：方孝孺"血迹石"。

血迹石系自然所化，南京传有此说，实为故都百姓铭记忠贞之士耳！

呜呼！我为孝孺一哭，悲恸千秋……

朱彝尊：滔滔天下，知己是谁

曝书亭主人朱彝尊在晚年编纂《曝书亭集》时，一定有好友劝他删了《风怀二百韵》，但是他"欲删未忍，至绕几回旋，终夜不寐"，最终还是决定"渠宁不食两庑豚，不删风怀二百韵"，哪怕不能入祀孔庙——这是对先贤道德文章最高的肯定，是至高无上的荣誉，为什么朱彝尊为了这区区二百韵而决然放弃可以预见的身后哀荣？

只有一个原因，《风怀二百韵》铭刻了他痛彻一生的爱情。对于晚年的竹垞先生而言，那不是一场风花雪月的游戏，而是真正的旷世绝恋。

一曲《风怀二百韵》，一卷《静志居琴趣》，只为一个人倾诉情衷，只为一个人歌哭飞扬。

这个人是谁？值得一代词宗朱彝尊如杜鹃啼血、哀鸣声切？

她，是朱彝尊的妻妹，冯寿常，字静志。

一

时光从曝书亭回溯到嘉兴碧漪坊，这条街上有朱氏祖宅，相距百步之处，便是冯家，主人冯镇鼎是归安县儒学教谕。

朱家是嘉兴名门，朱彝尊的曾祖父朱国祚，字兆隆，明万历十一年（1583

年）举进士第一，善文事，精书艺。累官至少保、太子太保、户部尚书、武英殿大学士。

只是，到了朱彝尊父亲朱茂曙这一辈，家道已中落。因为伯父朱茂晖无子，所以朱彝尊过继给他为嗣子。

在朱彝尊与冯家长女冯福贞定亲之后，家境贫寒的朱家连聘礼都无力支付。

那么怎么办？只好让朱彝尊入赘到了冯家。冯教谕生了四个女儿，没有儿子，也正好需要一个男丁支撑门户。清顺治二年（1645年），十七岁的朱彝尊成亲。妻子冯福贞十五岁，小姨冯寿常才十岁。

一个十七岁的文艺少年，又是名门之后，因为贫寒而做了冯家的上门女婿，朱彝尊胸中自有块垒难消。岳父冯教谕毕竟是个读书人，眼光独到，看到了朱彝尊天赋般的才华，他经常得意地对来客称赞女婿为"吾家千里驹也"。

敏感的朱彝尊当然不会忘了赘婿的身份，男子的尊严、自由的意志，只能小心藏匿，规规矩矩地做人家的女婿。

妻子冯福贞，字海媛，是一个传统的贤惠女子，伺候丈夫，生儿育女，典型的妇道人家。朱彝尊若是寻常男儿，有这样的妻子，夫复何求？

然而，朱彝尊偏是文曲星下凡，不会潦潦草草、平平庸庸地了此一生的。

朱彝尊大婚那一年，清兵入禾，碧漪坊的朱、冯两家离家避难。冯家徙居海盐练浦塘东的冯村。这年九月，朱彝尊生母唐氏病卒。顺治六年（1649年），朱彝尊挈妻随岳父一家迁居到梅里（王店）。这时，冯寿常从十岁长到了十四岁，正是她姐姐冯福贞结婚的年纪了。

如花绽放的一个青春少女，模样秀丽，性格活泼，且喜欢文艺，临帖赋词。"蛾眉新出茧，莺舌渐抽簧。慧比冯双礼，娇同左蕙芳。"在《风怀二百韵》中，朱彝尊如是写道。对于青年朱彝尊而言，冯寿常才是他的女神呀！

从此，朱彝尊的感情世界开始风生水起了。

起初，朱彝尊把冯寿常当作妹妹一样来对待，教习诗词，应该还有临帖练字，如东晋书法家王献之的传世精品《洛神赋》的十三行残帖，这是三国时期曹操之子、文学家曹植的辞赋名篇。朱彝尊有词《两同心·认丹鞋响》记曰：

认丹鞋响，下画楼迟。犀梳掠、倩人犹未，螺黛浅、俟我乎而？看不足，一日千回，眼转迷离。

比肩纵得相随，梦雨难期。密意写、折枝朵朵，柔魂递、续命丝丝。洛神赋，小字中央，只有侬知。

"洛神赋，小字中央，只有侬知。"朱彝尊把自己与冯寿常比作曹植与洛水女神，虽然"一日千回，眼转迷离"也看不够眼前的美少女，但他会与曹植一样自我克制"收和颜而静志兮，申礼防以自持"，而这一点，只有冯寿常心中明白。这是他们共同的秘密。冯寿常以"静志"为字，也正来源于此。

这是他们情感最是纯真、最是美好的时期。

兰心蕙质的冯寿常，少女情窦一开，自然有各种理由去找姐夫。姐姐冯福贞只当她还年纪小，不曾有任何想法，只知道操持家务。

深闺中的冯寿常因为父母管束严格，当然不可能经常去姐夫书房的。母亲遣以刺绣，她满怀愁意，心不在焉，"方便借人看，不把帘垂地"，帘子不放下来，只为方便一个人看到，而这人只能是朱彝尊无疑。

同在一个屋檐下生活，一切不以人的意志为转移，只有天意。这在朱彝尊的长短句中可以领略他们之间的情愫：

《西江月》：殷勤临别为披衣，软语虫飞声里。
《玉栏杆》：兰汤浴罢纳新凉，携纤手，夜深尔汝。
《洞仙歌》：只合并头眠，有限春宵，切莫负，暖香鸳锦。

这是朱彝尊的视角，那个少女的一举一动，一颦一笑，牵住了他的情思。从这些诗句中，也可以看到冯寿常对朱彝尊的倾心，当然，这个时期的少女之心，对于爱是朦胧的，但喜欢是肯定的。

二

朱彝尊为名门之后，冯寿常又是生在儒学之家，在书香门第的旧式家庭，他们只能发乎于情，止乎于礼。但是，暗中的约会与幽期，情海亦是波涛汹涌，足以冲垮那张礼法之网。

冯家的人很快意识到了某种危险，采取了防范措施。冯教谕分给女儿、女婿田宅，命他们搬出冯家，自立门户。朱彝尊当然知道岳父大人的意思，今后连与冯寿常见一面都不容易了，更遑论谈情说爱了。

离开冯家的那一刻，朱彝尊的心痛，也许只有冯寿常知道。

逢年过节，朱彝尊携家人前往岳父家走亲，当然能与冯寿常相逢见面，但不再似从前般自如，需要避人嫌，偷偷幽会，又提心吊胆。

朱彝尊与冯寿常如此两情相悦，可不可以把她娶进门来？按明清时期的社会习俗，妻妾成群都没有问题。然而，朱彝尊本身是入赘冯家的，又只在里中设馆课徒，收入微薄，家中的开支有时还要岳父家接济。

古有娥皇、女英姐妹同嫁帝舜为妻，朱彝尊应该有过这样的梦想。冯寿常起初有婚约的男子已不幸夭折，机会确实是存在的，但是冯家决不会成此美事。因为长女婿养家糊口尚且艰难，所以一定要为次女寻一户殷实人家，使其衣食无忧。这是天下父母共同的心理状态。朱彝尊就是有怨言，也只能暗自责怪。

这一天终究还是来了。十九岁的冯寿常出嫁至江苏吴中，岳父冯教谕命朱彝尊随船送亲。一百余里水路，仿佛万水千山，让这一对有情人跋涉得好累、好苦，乃至形销骨立。真应了唐诗中的"君恨我生迟，我恨君生早"的千古憾惜，一切皆时也，命也。这一年，朱彝尊二十六岁。

朱彝尊对冯寿常深深的情思，最终化成了一首著名的《桂殿秋》：

> 思往事，渡江干，青娥低映越山看。
> 共眠一舸听秋雨，小簟轻衾各自寒。

冯寿常既嫁，朱彝尊当慧剑斩情丝。但是，情丝如何能斩断？犹丝丝缕缕地缠绕着他的心，让他难以自已。这一年，朱彝尊春秋两度游吴门，究竟为了什么？心上人已嫁为他人妇，只为排遣这份浓得化不开的情。

次年，岳父冯教谕选授绍兴府学训导。又过一年，时任广东高要县（今广东省高要市）知县的海宁盐官人杨雍建聘朱彝尊为塾师，教授其子。这年夏天，朱彝尊前往岭南而去。

从此，朱彝尊或游历，或居家，过上了书剑飘零的日子。书剑飘零，主要的原因或许是逃避，逃避这个伤心之地，其次才是做学问，谋生计。

顺治十五年（1658年）四月，三十岁的朱彝尊自粤启程回浙。据研究者考证分析，在冯寿常归宁或婿居期间，朱彝尊旧情复燃，追求妻妹，其间虽曲曲折折，终成美事。

合了红颜薄命之说，冯寿常的丈夫不幸早逝，儿子也忽遭夭折。遭此大劫，实为人间悲剧，郁郁寡欢的冯寿常归家来住。

朱彝尊看到夫亡子夭、一身素衣的冯寿常，他的内心情感泛起了怎样的波涛？情爱的自私，使他只看到冯寿常"缟衣添绰约，星靥婉清扬"的美丽，却没有对她的悲剧命运表示同情。我想，他应该还有一种窃喜，因为命运又把冯寿常推到了他的面前。

朱彝尊迫切地"窃拟凤求凰"，然而，欲火焚身的他与冯寿常欲通款曲而未成。那时，身陷不幸命运的冯寿常内心是非常矛盾的，她难以面对现实，只能以礼自防。

朱彝尊归家这年十一月八日，一家人从西河村仍迁还梅里。而立之年，搬家时仍只有"一箱书卷，一盘茶磨"，但他却是十分开心，因为船上"恰添了个人如画"——这个人就是冯寿常。姐姐搬家，她跟来散心。从这点上看，她没有真正抗拒朱彝尊的追求。

这当然乐坏了朱彝尊。这个痴情公子，已走火入魔了，而不再内敛。

一个是步步紧逼，志在必得。一个是无可奈何，紧锁心扉。

似乎是下一年元宵节，朱彝尊一家往岳父家走亲，全家都出门看灯了，朱彝尊照例居家读书、写作，听得楼梯有足屦声，他知道这是冯寿常回来了——

这是他朝思暮想等待的那个人，便赶紧出门赶上去，但是没有追到，因为冯寿常加快了脚步，"径仄春衣风渐逼，惹钗横翠凤都惊落"，她迅速潜回香阁关了门。

冯寿常处在道德与礼法的折磨中，不敢越雷池一步。面对惊鹿似的冯寿常，朱彝尊当然不能强求。他在《红娘子》中如此叹道："别泪看频堕，密约何曾果。七夕星河，中秋院落，上元灯火。悔当时花月可怜宵，镇相逢闲坐。"

密约者是谁？当然是朱彝尊。七夕不成约中秋，中秋无果待元宵，一次也没有成功过。在这场爱情追逐中，他是强烈而又单向的主动。

望穿秋水的朱彝尊还矫传夫人之命把冯寿常请来，欲成美事。妻子冯福贞尽管是个家庭妇女，操持家务，相夫教子，但她毕竟出生于儒学门第，受过良好教育。她知道文人风流，放浪不羁，在外狎妓吟诗，只能放之任之。但是在家里，她要为家庭名誉考虑，特别是孀居在家的妹妹，万一传出了不伦之情，如何是好？所以，有一次冯寿常来家，过了一夜后，不动声色的冯福贞一大早就把妹妹送回了娘家。

这让朱彝尊甚是懊恼，但又不能对夫人发泄，只能在诗中暗自伤感："仲冬二七，算良期须果。若再沉吟甚时可。况熏炉渐冷，窗烛都灰，难道又各自抱衾闲坐。"

三

人间种种事，只要有了"执着"两个字，终会守得云开见月明，情事当然也一样。

锲而不舍的朱彝尊，寻找着各种机会与冯寿常单独相处、出游，多少的甜言蜜语，或许还有声泪俱下的真情表白，终于打开了女神的心扉，他成功地在冯寿常的锦鬓插上了定情物——金簪："金簪三寸短，留结殷勤，铸就偏名有谁认。"（《洞仙歌》）近代著名学者冒广生的《小三吾亭词话》记有：曩闻外祖周季贶先生言：十五六年前，曾见太仓某家藏一簪，簪刻"寿常"二字。

——这支多情的金簪，在主人身后流落他人之手，如今不知又在何处？

在《风怀二百韵》中，朱彝尊如此深情地写道：

> 乍执纤纤手，深回寸寸肠。
>
> 背人来冉冉，广坐走佯佯。
>
> 啮臂盟言履，摇情漏刻长。

与佳人定情的时刻，是多么的美妙，多么的激动人心。甚至，情不自已的朱彝尊把两人做爱的过程也随笔写了下来：

> 已教除宝扣，亲为解明珰。
>
> 领爱蜻蜒滑，肌嫌蜥蜴妨。
>
> 梅阴虽结子，瓜字尚含瓤。
>
> 捉搦非无曲，温柔信有乡。

瞧，朱彝尊纵笔驰骋，把性爱中的佳人裸体形象呈现无遗了。其中，"梅阴虽结子，瓜字尚含瓤"，很多人觉得猥亵，似乎也是。然而，仔细一思量，这就是朱彝尊浓情蜜意时刻的所见实录，是把玩还是欣赏？应该是后者。历尽千辛万苦，好不容易把佳人追到手，每一寸肌肤，每一个部位，他都要欣赏个够。

在清初那样一个封建时代，朱彝尊如此直笔写来，实在够得上惊世骇俗。虽然前有明代的《金瓶梅》极艳，但这是虚构的小说，而且作者"兰陵笑笑生"也是假托其名。朱彝尊就不同了，真人真事，无遮无掩。

在两人世界里，礼法消失了，家人隐去了。想来，无论是冯家父母，还是冯福贞，那时候真是无可奈何了，只有隐忍。

正是青春年华好时光，朱彝尊与冯寿常颠鸾倒凤，如胶似漆：

> 暮暮山行雨，朝朝日照梁。

朝朝暮暮还不够。在《采桑子·五月六日》，朱彝尊有诗记曰：

携来九子同心粽，蒲酒犹深。夜帐轻容，续命丝长针再缝。

须知后会浑无据，难道相逢。十二巫峰，峡雨轻回第四重。

"峡雨轻回第四重"，一连合欢四次，"战斗力"够强大，这就是爱情的巨大动力。

冒广生在《风怀诗考》中对冯寿常详加考证："崇祯乙亥为其人生年。顺治癸巳为出嫁之年（十九岁）。戊戌十一月二十七日为定情之日（二十四岁）。康熙丁未闰四月则其卒之月也（三十三岁）。中间自戊戌至丁未凡十年。而除甲辰五月先生游大同后不复再见，实只七年。"

七年时间，无论是朱彝尊，还是冯寿常，都是他们人生中琴瑟和鸣的一段美好时光。

而在这七年中，朱、冯两家也发生了重大变故，朱彝尊的岳父冯镇鼎、生父朱茂曙先后去世。

对于志在千里的朱彝尊来说，情爱固然是重要的，但是他还有更重要的事情要做：修身，齐家，治学，诗文。

与冯寿常的鱼水之欢已七年，就是真正的夫妻，也已是七年之痒了，最初强烈的爱渐渐平淡了。朱彝尊的心情是不是这样，后人无从知晓，只知道他从三十六岁开始游历四方了。

此后三年间，朱彝尊投居山西曹幕，嘉兴人曹溶时任山西按察副使，富藏书，工诗词，与朱彝尊堪为忘年交。曹溶是开浙西词派先河的人物，是朱彝尊等浙西词人的引领者与导师。因此，他们之间的诗情文谊绵延了三十多年。

那么，家中的冯寿常呢？她与朱彝尊的七年时光，已提前消费了一生的情爱。绚烂至极，归于平淡。一个孀居在家的女子，父亲故去，心上人远游。而且，因为有了与姐夫的这场不伦之恋，姐妹俩一定产生了隔阂，不可能再恢复到从前的姐妹情了。姐夫对姐姐的爱本就稀少，她插足其中，瓜分了这份爱，以冯寿常之聪慧，她怎么会不知道呢？只因朱彝尊太执着，自己最终无法以礼自防，守不住最后一道防线。

从道德层面而言，冯寿常知道自己不是一个从一而终的节妇了，而再嫁他人，她打心底里是不愿意的，她心中有人，就是姐夫朱彝尊。

然而，偏偏就是他，使冯寿常陷入了人生的深渊。如果不是朱彝尊唤醒了她的情欲爱恋，她或许可以如古井枯木般做一个守节妇人，或者可以再嫁他人苦度光阴。是天从人欲的朱彝尊把她引领到了情爱的巅峰，又将她抛弃在了冰冷的低谷，许了她一时的情，没有许她一生的爱。

七年时间里，朱彝尊没有安顿好她的未来，把她悬在了半空，这才是她内心最深的悲哀。

倒不是说朱彝尊是个负心汉，他是个痴情人，但是他只顾自己"天从人欲"，在追逐合欢的那些年月里，一定对冯寿常许诺过终身相伴，否则冯寿常也不会抗拒了那么久，才接受他的求爱。但他一直没有行动，没有把她娶进门。如果朱彝尊真正爱她到生死相许的程度，能一去三年不归吗？

这使冯寿常感到未来一片黑暗，望不到尽头，她一病不起。这与其说是相思成疾，还不如说是忧虑成病。

自知来日无多的冯寿常，给朱彝尊写了一封信，附上一缕青丝。朱彝尊在《换巢鸾凤》下阕写道："飞燕，书乍展。哽咽泪痕，犹自芳笺染。玉镜妆台，青莲砚匣，定自沉吟千遍。解道临行更开封，背人一缕香云剪。知他别后，凤钗拢鬓深浅。"这是冯寿常留给朱彝尊最后的念想。

如果朱彝尊能及时赶到冯寿常的病床前，或许还能枯木逢春，铁树开花，但是没有如果，一缕芳魂去，再无招魂术。

冯寿常临终的眼睛，始终没有再见朱彝尊一面。

说什么山盟海誓，道什么情真意切，怪只怪命运无常，捉弄于人。

一代佳人，年轻的生命以悲剧告终，时年三十三岁。

后来，朱彝尊悲恸成词："易求无价宝，惟有佳人，绝世倾城再难得。薄命果生成，小字亲题，认点点泪痕犹裹。怪十样蛮笺旧曾贻，只一纸私书，更无消息。"

难道真是"薄命果生成"？不是，绝对不是！那一把致命的风刀霜剑，朱彝尊敢说脱得了干系？

写到这儿，我心底忽然一酸，双眼顿时模糊。酸楚的泪水，只为了那个朱彝尊眼中"慧比冯双礼，娇同左蕙芳"的冯寿常而流。

四

冯寿常之英年早逝，对朱彝尊情感的打击，无疑是巨大的，他这样写道："口似衔碑阙，肠同割剑铓。"

就在这一年，悲痛中的朱彝尊作成长短句八十三首，总名《静志居琴趣》，只为冯寿常一个人而写。还把自己的书房命名为"静志"。两年后，又吟诗《风怀二百韵》，为他与冯寿常的爱恋之情画上了一个句号，以志永恒的纪念。

朱彝尊在《静志居诗话》中提到《风怀二百韵》时说："长律至百韵，已为繁复矣。元美哭于麟，乃增益至一百二十。元瑞哭元美，则更倍之。盖感知己之深，不禁长言之也。"

知己！这让我深思了很久——谁是谁的知己？

冯寿常临终前，不知流了多少泪水，不知有多少遗恨，知己呢？远在天边。

读了不知多少遍《静志居琴趣》《风怀二百韵》，心头总是充满憾惜。

冒广生认为"世传竹垞《风怀二百韵》为其妻妹作，其实《静志居琴趣》一卷，皆《风怀》注脚也。"所言极是，两者结合来读，方能完整追寻朱彝尊与冯寿常的情爱故事。

朱彝尊十七岁入赘冯家时，冯寿常才十岁，是看着她长大成人的，除了爱情，还有一份亲情在内。冯寿常十二三岁时，就引起了朱彝尊不寻常的情思，"两翅蝉云梳未起，一十二三年纪"，那个时候的冯寿常，当然还不知道她会与身边这个风流才子发生一场千回百转的情事。

而这场情事，始终是朱彝尊主动的，毕竟是自己的姐夫，冯寿常有千般顾忌，万般无奈，在朱诗中完全可以体会出来。

无论是《静志居琴趣》，还是《风怀二百韵》，朱彝尊以自己的主观感受，写出了他对冯寿常的暗恋与追逐，婉拒的惆怅，邂逅的欣喜，苦恋的纠结，定情的沉醉，合欢的狂热，悼亡的伤痛，当然还有深深的追悔。但是，冯寿常的血肉生命、思想意志，她的欢乐与痛苦，她的期待与绝望，在朱彝尊的笔下都几乎消隐了，或者她仅仅是李夫人、王昭君、关盼盼、谢道韫、卓文君、瑶姬、洛神、桃叶、窅娘、甄宓等历史名媛佳人的混合体，她的形象与情感，她的呼吸与泪水，全都湮没在了朱彝尊强大的话语场中。

当然，朱彝尊对冯寿常还是满怀深情的，否则不会写下这样的诗句"永逝文凄戾，冥通事渺茫。感甄遗故物，怕见合欢床"；否则也不会甘冒不韪执意把这注定引起后世非议的情事入诗编集。毕竟冯寿常不是朱彝尊曾经偶遇的那些歌伎舞女，如细细、吕二梅、饼儿、蜡儿、张绮绮、张伴月、陈郎、晁静怜……与她们或一时有真情，到底只是逢场作戏。唯有冯寿常，足以让他终其一生都能相思感怀，念念不忘。

设若——这是一个残酷的命题——设若冯寿常不死，就在梅里或嘉兴任何一个地方苟且偷生，一任芳华老去，朱彝尊还会有如此知己大爱吗？

作为文艺女青年的一代佳人，燕钗蝉鬓的冯寿常是牺牲了自己的名节，甚至为情所伤而命归黄泉，以此成全了朱彝尊的一场艳情盛宴。

站在冯寿常的立场，设身处地想一想，这何尝不是充满悲剧的人生错爱呢？

冯寿常卒后，年已四十的朱彝尊在《百字令·自题画像》中有如此浩叹："滔滔天下，不知知己是谁。"不知知己是谁？他不是以冯寿常"感知己之深"吗？当然，这只是一个落魄书生对自己前途与命运的失意喟叹，而不是特指情感世界的知己。

清初与朱彝尊齐名的词人纳兰性德有一首悼念亡妻之作《荷叶杯》：

知己一人谁是？已矣。赢得误他生。有情终古似无情，别语悔分明。

莫道芳时易度，朝暮。珍重好花天。为伊指点再来缘，疏雨洗遗钿。

这是纳兰对知己至情至性的真挚体现。

细思量冯寿常生前身后事，恍觉她才应发出悲情幽怨的天问：

滔滔天下，不知知己是谁？

越三百四十多个春秋，往事早已风流云散。对也好，误也罢，痴情或者薄义，遗恨或者痛悔，一切都只是"空中传恨"了。

王孟英：大国名医，仁心济世

　　清代咸丰、同治之际，江南大地经历了一场前所未有的惨痛浩劫。太平天国农民起义后期的主要战场在长江下游的苏浙皖，因为长达数年的拉锯战，大规模的霍乱暴发了。天灾人祸一齐袭来，致使江南生灵涂炭，民不聊生。

　　咸丰十一年（1861年）秋，一代杏林大家寓居到了江南丝绸名镇濮院，他就是清代名医王士雄。

　　王士雄（1808—1863年），字孟英，小字篯龙，号半痴山人，又号梦隐。

　　王孟英出生在医学世家，曾祖父王学权，字秉衡，是清代著名医学家，著有《重庆堂随笔》。先从安化徙居浙江盐官，后侨居钱塘（杭州）。王士雄的祖父王国祥、父亲王升皆通医术，业医为生。

　　道光元年（1821年），十四岁的王孟英经历了人生最大的一次打击，他的父亲不幸罹病而逝。父亲在弥留之际，执子之手叮嘱道："人生天地间，必期有用于世，汝识斯言，吾无憾矣！"少年王孟英伏地泣拜，把父亲的临终遗言铭记在心。

　　怎么做一个于世有用的人？谨遵父亲遗训的王孟英闻先哲有"不为良相则为良医"之语，便决意用十年时间埋首研习医学，并要求舅舅帮助照料家事。舅舅自是十分支持，把王孟英的书斋命名为"潜斋"，让他不要顾及家事，在"潜斋"中潜心修学。

当时，王孟英家有七人，全赖母亲支撑与舅舅照料。然而，对于一个没有经济来源的家庭而言，生活始终捉襟见肘，经常连隔日的粮食都没有，自然不是长久之计。这年冬季，王孟英父亲的挚友金履思念旧怜孤，推荐王孟英去婺州孝顺街佐理盐务。瘦小而又懂事的王孟英深知家境之艰辛，便携医书数卷，含泪泣别家人，只身一人前往人生地不熟的异乡金华。

王孟英在盐务公司是做会计工作的，货物进出频繁，他白天忙碌于记账，几乎没有空闲时间。到了晚上，同事们喝茶聊天、逛街看景，而王孟英却一个人躲到房间里，苦读医书。按王孟英后来的自述是："公余之暇，辄披览医书，焚膏继晷，乐此不疲。"

王孟英医学上的才华，在十七岁那一年崭露头角。这年夏间，盐业主管周光远时年二十七岁，白白胖胖的一个壮汉，上完厕所后忽然"体冷自汗，唇白音低"，躺在那儿动弹不了了。身边的人赶紧请来医生诊治，医生认为是患了痧病，开了芳香开窍的药物。这时，王孟英偷偷上前给周光远把了一下脉，不觉大吃一惊，因为病人的脉搏已经是"微软欲绝"了，他立即大声说道："此病已是阳气快要消失的症状了，绝非痧邪内闭，如再投香散，则加速病危！"众人看他是个十几岁的毛头小孩，自是不屑一顾，言语间还夹带着嗤笑。然而，王孟英深知人命关天，便据理力争，力排众议。幸好气若游丝的周光远神志尚还清醒，肯定了王孟英的想法。

周光远的气息更加微弱了，抓药也来不及了，急中生智的王孟英立即把随身佩戴了三年的姜——这是他出门远行时妹妹琴仙送给他的，四五钱重——解了下来，煎成一碗姜汤，给周光远灌了下去，果然转危为安。王孟英又差人买来人参、黄芪、白术、炙甘草等药，煎熬后让周光远服下，培补元气。经过王孟英的诊疗，周光远的身体很快康复了。

这个瘦小的王孟英居然拥有如此神奇的医术，所有在场的人无不刮目相看，争相传扬。特别是周光远，从此对王孟英十分疼爱，视若亲弟，并把他调到身边工作，还逢人叙说亲身经历。这使得王孟英的医术名声在婺州传开了，开始有病人络绎不绝地前来求诊。

就这样，王孟英除了白天工作、晚上钻研医籍以外，还要经常给人治病。理论与实践的结合，使他的医术不断精进。

道光九年（1829年），二十二岁的王孟英娶钱塘徐政杰的女儿为妻后，辞别婺州，定居杭州，业医为生。

王孟英聪明好学，博采众长，所以学识过人。更重要的是，他独具一副救人于危难的古道热肠，敢于担当，一心赴救。而自古到今，有许多医生一旦遇到疑病危症，则明哲保身，一推了之，唯恐毁了一世医名。

患者无论是病重还是病危，甚至是其他医生给判了"死刑"的患者，王孟英都毫不犹豫地接手诊治，从不轻言放弃，尽力医救——这才是患者真正的天使啊！而且，王孟英劳神费心多少个昼夜，终于把病人从死亡线上抢救过来后，从来不肯多收一点儿病人的诊金。

道光十七年（1837年）八九月间，江浙一地霍乱甚烈，夺命无数，王孟英的前妻——"性极贤淑"的夫人也不幸遽逝。作为著名的温病学家，王孟英痛定思痛，开始潜心研究霍乱病症并予以救治，撰写了《霍乱论》。

王孟英的医术尽管名满浙江，由于生性疏迈，不积钱财，故家中始终是一贫如洗。所以，在咸丰五年（1855年）十月，因忧太平军战事，杭城动荡不安，食粮昂贵，已非寒士可栖，四十八岁的王孟英挈眷回到海宁时，仅携归一方砚台。王孟英自从十四岁那一年携一砚"泛于江，浮于海，荏苒三十余年，仅载一砚以归籍"（王孟英《归砚录》弁言）。当时，他的朋友们都说他傻，称他是个"半痴"。他居然甘之如饴，自号"半痴山人"。

身无分文的王孟英回到原籍后，旧仓族人久已疏远，难以落户，幸得朋友热心介绍，于淳溪（今海宁路仲）朱家租屋居住。王孟英居淳溪六年间，行医著书，结朋会友，颇为宁静安适。

然而，咸丰十一年（1861年），太平军围攻杭州，战事紧急，并迅速殃及海宁，是年夏物价飞涨，一石米八千元，一斤咸斋菜四十元，囊中羞涩的王孟英几乎已走投无路。

就在这时，桐乡濮院的吕慎庵向王孟英伸出了援助之手。入秋后，王孟英只身一人先行乘舟赴濮。

吕慎庵是王孟英的忘年交，居住在香海寺遗址的平桥，操织机户业，属小康之家，昔年多次邀请王孟英游濮，名医莅临一地，自是闲不下来，少不得诊病疗疾，所以在王孟英的医案中，可以看到他为濮院百姓治病的多篇记录。

实际上，当时的濮院已遭受了太平军的焚掠，而且霍乱流行，人心惶惶，市面萧条。王孟英至濮后，寄住在书画家董燿（号枯匏）家的廊屋中，因感孤露离乱，居无定处，王孟英便把栖身之处命名为"随息居"，并易字"梦隐"。他的朋友吕慎庵虽然有心接济于他，却因战火洗劫而致家道中落，自是十分拮据。王孟英在濮院还有一个朋友沈梓，沈梓在《避寇日记》中，记录了他多次拜访王孟英的史实，王孟英后来赴沪定居后，他们之间还保持着通信联系，可见友情深矣！然而，沈梓也只是一个清贫名士，对王孟英的生活窘境难以相助。

所以，王孟英在濮院的处境是十分艰辛的，时常忍饥挨饿，到了"麸核充饥"的地步。

然而，一旦病人家属来请，饿着肚子的他立即前往诊治。民国《濮院志》记录了他在此期间的数则医案，是从《随息居重订霍乱论》中摘录的，其中两则是："辛酉秋，余息濮院，盛行霍乱转筋之证。一男子胸次拒按，余以芦菔子、枳实、槟榔等导之。一妇袒胸，不容盖覆，犹云五内如焚，目陷音嘶，苔黄大渴，而啜饮即吐，肢厥脉伏。市医令服姜汤一杯，幸不受。适余至，亟取冷雪水，命将小匙徐灌之，遂不吐。更以石膏、黄连、知母，泻其逆冲之火而愈。"

当时的濮院百姓生活艰难，朝不保夕，王孟英虽然救人于危难，大多是免费诊治的，他实在不忍病人雪上加霜，情愿自己以粗糙难咽的麸皮或米糠充饥。

就是在这样残酷的生活境遇中，王孟英忍受着饥饿的折磨，在濮院写下了一部重要的著作《随息居饮食谱》。王孟英在序中说是"画饼思梅，纂成此稿"。

《随息居饮食谱》是一部什么样的著作呢？它是一部营养学专著，重水饮，倡素食，全书共列食物三百三十一种，分水饮、谷食、调和、蔬食、果食、毛羽、鳞介七类，每类食物多先释名，后阐述其性味、功效、宜忌、单方效方甚或详列制法，并比较产地优劣。这是一部研究中医食疗学、养生保健、祛病延年的必备参考书。王孟英在濮院的朋友董枯匏、吕慎庵予以作跋。董枯匏称其为"立身、养生之有素者，慨然欲与世共，而谱是书"。吕慎庵跋曰："韩子云：食焉而怠其事，必有天殃。殃之及也，生民涂炭，可不痛哉！是书言近而旨远，吾愿后之览者，无负其苦心焉。"

二〇一一年一月二十二日至二十六日，中央电视台"百家讲坛"播出了《大国医之王孟英》，当代中医学家罗大伦主讲，在说到王孟英在濮院撰写的《随息居饮食谱》时，他动情地说道："这本书，他显然不是写给自己的。而是写给后世，能够吃到各种山珍海味的我们。"

时隔一百六十多年，今天丰衣足食的我们，捧读王孟英在饥寒交迫的日子里撰写的《随息居饮食谱》，寻找养生、保健之道，心中应该怀着怎样一份感念、敬仰之情？

咸丰十一年冬，太平军攻陷了杭州，淳溪这个世外桃源般的古镇也遭到了焚掠。次年四月，王孟英的第二任夫人带着四个女儿从淳溪仓皇避至濮院。然而，濮院不是安乐乡，四月十三日，濮镇居民风闻太平军袭镇，"阖镇皆逃"，十室九空。仓促之间，王孟英把三女和四女草草遣嫁，其中四女嫁在嘉兴一个偏僻乡村的姚家。其时，王孟英的朋友吕慎庵一家已避难于此。

然后，王孟英转赴上海，妻子与另外两个女儿随即赴沪。流离失所的王孟英幸得朋友相助，在上海落下脚来。同治元年（1862年）的上海，太平军虽然未能攻占，但无数的难民涌入以后，霍乱之烈与江浙一样达到了高潮。作为一个医生，王孟英从未敢忘救死扶伤的天职，一到上海，便义无反顾地投入了抗击霍乱的战斗中。

身逢乱世的王孟英经历了与亲朋好友的生离死别之惨痛。

同治元年八月，王孟英突然接到女婿戴氏的来信，报来了一个噩耗。王孟英的次女定宜年方二十，本是一个体格健壮、朴实耐劳的女子，嫁给海宁戴家，戴家是家风、医德皆好的行医世家。定宜于八月二十三日"忽患痛泻，肢冷脉伏"，戴家十分慎重，请来另一个医生崔氏会诊，崔氏以寒症治之，结果导致病危，至二十九日，定宜舌焦如炭，猝然而逝。定宜在弥留之际对丈夫泣道："如果我父亲在此，我不会落到这个地步。"

爱女误药而亡，使王孟英悲痛欲绝，老泪纵横，撰挽联邮给戴家以致无尽哀思：

垂老别儿行，只因膳养无人，吾岂好游，说不尽忧勤惕厉地苦衷。指望异日归来，或借汝曹娱暮景。

濒危思父疗，虽曰死生有命，尔如铸错，试遍了燥热寒凉诸谬药，回忆昔年鞠育，徒倾我泪洒秋风。

细读王孟英这则挽联，痛悔交加，苍凉无边，顿时不觉泪湿春衫。

王孟英痛定思痛，感受到了一种强烈的使命感与责任感，便利用行医空暇，重新修订《霍乱论》。这部《随息居重订霍乱论》，分为病情、治法、医案、药方四篇，是中国古代防治霍乱的重要文献，问世以来一直发挥着积极的作用。

《随息居重订霍乱论》是王孟英的绝笔之作。从此之后，他在中国的医学界消失了。医史文献界研究认为，王孟英在拯救一个又一个濒危的生命时，自己也不幸感染了霍乱，最终倒在了与病魔生死相搏的战场上。《中国医学通史·古代卷》第十章"清代前中期医学"中的"医家传记"，关于王孟英的归宿，有如此记载："士雄晚景凄凉，颠沛流离，避居秀水（今浙江嘉兴）濮院镇，同治七年（1868年）殁。"所记王孟英去世的年代有误。淳溪的管庭芬，既是一个满腹经纶的学者与藏书家，又是王孟英的好友。他在清同治二年六月初二（1863年7月17日）获悉王孟英殁于上海，故《芷湘日谱》有记："孟翁，予老友也……今竟溘逝，年未六秩。去冬接其手书，不意遂成永诀，为之悼叹不已。"

与濮院结下了不解之缘的大国名医王孟英，享年五十五岁，令人不胜叹惜。

秋瑾：秋风秋雨，碧血花开

一

一九〇七年七月十五日凌晨四时，那是黎明前最黑暗的时刻。在戒备森严的古越绍兴轩亭口，时年三十二岁的秋瑾被清政府军警绑赴刑场。双手反缚、脚锁铁镣的秋瑾，沉默不语，神色自如。秋瑾那双秀美的眼睛回首四顾，只见夜幕低垂，夜色晦暗。七月流火未至，心头秋凉如水。

秋瑾生活在中国灾难深重的清光绪年间。中日甲午战争后，作为战败国，清政府被迫签订了屈辱的《马关条约》。后戊戌变法，因慈禧太后等守旧派发动血腥政变，导致新政夭折。至庚子事变，英俄德法美日意奥八国联军入侵中国，攻占北京，清政府逃亡西安。一年后，清政府与列强签订了《辛丑各国和约》。中华民族到了丧权辱国、空前危机的历史时刻。

一切爱国志士无不忧国忧民，寻找中华复兴之路。然而当时的历史天空，正如这漫漫长夜，黑暗阴森，曙光未显。

秋瑾的临终绝笔是："秋风秋雨愁煞人。"一个"愁"字，胜过万言千语。"痛同胞之醉梦犹昏，悲祖国之陆沉谁挽。"这是秋瑾平生唯一之遗恨。

在秋瑾俯首就戮的那一刻，天地星月无光，唯有她的一腔碧血在古轩亭口绽放出鲜艳夺目的革命之花。

时隔四年之后的一九一一年，辛亥革命的滚滚洪流，终于把中国两千多年的君主专制统治席卷而去，建立了资产阶级共和国，推动了中国民主主义革命的历史进程。

作为一个中国妇女解放运动的先驱者、辛亥革命的英雄先烈，鉴湖女侠秋瑾实践了她的革命誓言："危局如斯敢惜身？愿将生命作牺牲。"从而成为举世闻名的封建王朝掘墓之女界第一人。

二

字竞雄、自号鉴湖女侠的秋瑾，风姿卓秀，才貌双全。在成为一个自觉的革命家之前，她与亿万中国女子一样，困囿于时代之限制，受制于封建礼教之束缚，幼年的秋瑾逃不过缠足的厄运，及至长大，又奉媒妁之言、父母之命成婚。

所幸的是，祖籍绍兴、生于福建的秋瑾，其家庭是一个开明的科举仕宦之家，祖父秋嘉禾、父亲秋寿南都曾为清朝官吏，这使得秋瑾拥有了良好的生活、学习环境。秋瑾随兄读家塾，除了熟读国学著作外，更喜欢阅读诗词、笔记、小说之类闲书，这使她的眼界日益开阔。她特别崇拜历史上的英雄豪杰，尤其是花木兰、梁红玉等女英雄，自小萌动豪侠之气。

少女时代的秋瑾在《题芝龛记》这样写道：

> 莫重男儿薄女儿，平台诗句赐蛾眉。
>
> 吾侪得此添生色，始信英雄亦有雌。

从中可见秋瑾之英豪之气。

十五岁那年，秋瑾还去精通武术的舅舅处，学骑马，习剑道。对于一个缠足的女孩子来说，练习武艺十分不容易，但是倔强的秋瑾坚持苦练本领。习武经历使秋瑾对女子缠足深感痛楚。

秋瑾父亲秋寿南调任湖南省湘潭厘金局总办时，秋家迁居湘潭。在此期间，湘潭首富王黻臣与秋寿南往来颇深。王家有子王廷钧（子芳），曾就读于岳麓书院，面目俊秀。王廷钧小秋瑾四岁。王家因慕秋瑾之才貌，故托人向秋家提亲。待字闺中的秋瑾，来到湘潭两年后奉父母之命与王廷钧完婚。

秋瑾是无可奈何地接受了这所谓的"门当户对"婚姻安排的。秋家与王家家学有异，家风不同，且秋瑾是胸怀壮志的大家闺秀，而王廷钧乃是养尊处优的富家公子，秋瑾崇尚积极进取，王廷钧甘于纨绔平庸，这使秋瑾失望至极，她写过这样的诗句："敲棋徒自谱，得句索谁和？"弈棋无人相对，作诗无人相和。

不能琴瑟相随，难有举案齐眉。特别是王廷钧亦染有纨绔子弟之习气，时常混迹于楚馆秦楼，秋瑾对此极为痛恨。在那个男尊女卑的封建年代，男人宿花眠柳是寻常事，大多女子皆忍气吞声，但以秋瑾疾恶如仇之个性，当是难以容忍的。因而，这样的婚姻，使秋瑾感到"重重地网与天罗，幽闲深闺莫奈何"。即使后来，一儿一女先后降生，亦没有给秋瑾带来家庭生活的快乐。

秋瑾是一个敏感多情的女才子。后人往往只对其豪迈之诗耳熟能详，然而秋瑾写过许多婉约动人的诗词，清新脱俗，诗名不虚。如《赋柳》：

独向东风舞楚腰，为谁颦恨为谁娇？
灞陵桥畔销魂处，临水傍堤万万条。

又如《去常德州中感赋》：

一出江城百感生，论交谁可并汪伦？
多情不若堤边柳，犹是依依远送人。

于才华横溢的秋瑾而言，生活在这个富豪之家，做一个锦衣玉食的阔太太，做一个填词作诗的风雅诗人，她的生活当是相当安逸舒适的，亦为常人所羡慕。然而，秋瑾偏偏生就一颗壮志凌云之心，不能安分守己地庸碌生活。

一颗鲜活的种子，一俟落到合适的土壤，便会萌芽破土，茁壮成长。

三

一八九九年夏秋之际，秋瑾携子随夫来到北京。其时，清政府卖官鬻爵成风，秋瑾丈夫王廷钧纳资捐官，任工部主事。

在举目无亲的北京，秋瑾接触了大量的进步报刊。

然而，就在第二年六月，发生了震惊中外的八国联军侵华战争。内忧外患的清政府强硬宣战，却无力应战。八国联军先后攻陷了天津、北京。慈禧太后携光绪皇帝等仓皇出逃，指定李鸿章为与列强议和的全权代表，并发布了彻底铲除义和团的命令。

迫不得已的王廷钧带着秋瑾和儿子回湘避乱。秋瑾身在荷叶神冲的偏僻乡村，心中关注的却是北方战事。八国联军所到之处，杀人放火，奸淫抢劫，其为所欲为的侵略暴行罄竹难书。

秋瑾闻悉后，忧心如焚，赋诗《感事》：

> 竟有危巢燕，应怜故国驼。
>
> 东侵忧未已，西望计如何？
>
> 儒士思投笔，闺人欲负戈。
>
> 谁为济时彦？相与挽颓波。

慑于八国联军的淫威，清政府被迫求和，与各国列强签订了屈辱的《辛丑条约》，庚子之乱始得平定，逃亡西安的慈禧太后回銮返京后，分赴各地避乱的官吏亦陆续赴京复职。

王廷钧于一九〇三年春携妻挈女第二次北上京华，复任户部郎中。

再来北京，满目疮痍的败落景象，不仅表现在历史悠久的故都城廓上，更体现在清政府的政治生态中，这使得秋瑾的心情异常激愤。

故都浩劫，山河破碎。签订了《辛丑条约》之后的清朝，已沦落为"洋人的朝廷"。所谓的"量中华之物力，结与国之欢心"，使清政府洋奴谄媚之心昭然。各国列强不仅从政治上控制清政府，还从经济上对中国人民蛮横掠夺。拥有坚船利炮的洋人们，恬不知耻地合伙敲诈古老的中国，《辛丑条约》中的庚子赔款，本金达到白银四亿五千万两，即按当时四亿五千万国人，每人一两白银。而当时清政府一年的财政收入仅白银八千多万两。各国列强把这份耻辱强加给了每一个中国人。

帝国大厦将倾，江山社稷难保，而权贵者犹醉生梦死。当秋瑾看到丈夫王廷钧作为一个朝廷官员，大量的公务就是结交王孙公子、达官贵人，觥筹交错，歌舞升平。窥一叶而知秋，秋瑾深知这个对外卑躬屈膝、对内张牙舞爪的清政府已彻底地走向腐朽没落了。

所幸的是，居于北京绳匠胡同的秋瑾家，其邻居是吴芝瑛夫妇。安徽桐城才女吴芝瑛与江苏无锡才子廉泉是一对伉俪。其时，廉泉与王廷钧同事清朝户部。吴芝瑛是清末著名的"桐城派"学者吴汝纶的侄女，以诗、文、书三绝闻名京都，慈禧太后曾召吴芝瑛入宫，对其书艺、文才甚为赞赏。吴芝瑛不仅才艺名世，且开明正直，颇具报国情怀。

秋瑾与吴芝瑛义结金兰，是她人生的重要转折点。秋瑾与吴芝瑛志趣相同，朝夕相处。她们在一起吟诗作词，共读进步书刊，感政治时事而激愤，叹祖国陆沉而心忧。秋瑾曾作长诗《剑歌》，其中有"死生一事付鸿毛，人生到此方英杰"，抒发其满腔报国之情。

吴芝瑛对此十分赞赏，在一次万柳堂的聚会中，她挥毫题联赠秋瑾：

> 今日何年，共诸君几许头颅，来此一堂痛饮；
>
> 万方多难，与四海同胞手足，竞雄世纪新元。

"芝兰气味心心印，金石襟怀默默谐"（秋瑾《赠盟姊吴芝瑛》）。在知己吴芝瑛的激励下，秋瑾的献身报国之心日益滋长，革命的种子破土而出。她在《满江红》这首词中这样写道："身不得，男儿列；心却比，男儿烈！"

封建铁幕下的女性秋瑾，渴望成为一个横刀立马的铁血男儿。秋瑾开始女扮男装，着西式裤子，穿茶色皮鞋，戴蓝色的鸭舌帽，出入各种社交场合，其惊世骇俗的行为，与谨小慎微的王廷钧格格不入，他渐起不满之意。有一次，秋瑾着男装去戏院看戏，王廷钧得知后动手打了秋瑾，秋瑾怒而离家，住进了泰顺客栈。"后妹出居泰顺栈，则又使其仆妇甘辞诱回"（秋瑾致秋誉章信），——无奈的王廷钧只好低头认错，派仆人前去说尽好话，接回了秋瑾。

而此时的秋瑾，特立独行，益行益远。

作为一个女性，她对缠足陋习深恶痛绝。自南唐以降的妇女缠足之风愈演愈烈，"三寸金莲"成为男权对女性最为变态的恶俗审美。回顾当时的历史，让人惊讶的是，从康熙皇帝到慈禧太后，三番五次发布禁缠足令，并有严厉处置措施，然而缠足之风在广大的汉族地区已深入人心，顽固不化而屡禁不止。秋瑾认为欲振女权，须自放足始，是妇女同胞脱离苦海的起点。她不仅自己放了足，还宣布不给女儿王灿芝缠足。她甚至联络了几个妇女在京倡立"天足会"，以动员更多的妇女放足，解放自我。

在西风东渐的清末戊戌变法时期，康有为、梁启超等曾发出了"天赋女权"的宣言。戊戌六君子之谭嗣同亦如是说："男女同为天地之精英，同有无量之盛德大业。"对于妇女的解放运动，秋瑾的思想是逐步成熟的。从女子放足开始，秋瑾认识道："女学不兴，种族不强；女权不振，国势必弱。"女子要争取学习的权利，掌握更多的知识，方能主张女权，男女平等。

庚子事变后，内外交困的清政府推行了新政改革。清末新政的改革内容十分广泛，如在教育方面，清朝废除了科举制度，鼓励创办新式学堂，派遣学生出国留学。在这出国留学的浪潮中，秋瑾跃跃欲试。一九〇四年三月，北京成立了一个小型的知识妇女团体——中国妇女启明社，以"昌明女学，广开风气"，秋瑾是该社成员，时任京师大学堂师范馆总教习服部宇之吉（日籍）的夫人繁子应邀担任名誉社员，在启明社的定期聚会中，演说普通女学。秋瑾结识服部繁子之后，出国留学之愿更切。秋瑾是一个家庭妇女，当是得不到公费派遣出国，她准备自筹学费留学。

在湖南《上湘城南王氏四修族谱》中有一篇《子芳先生夫妇合传》，写到秋瑾出洋留学前，对丈夫王廷钧说："日本为我国学士荟萃之场，其中必多豪杰，吾意欲往该处一游。"

王廷钧的第一反应当然是极力反对。王廷钧是一个传统、守旧的封建官吏，一个图安逸、无大志的凡夫俗子。"俗夫胸襟谁识我？英雄末路当磨折。莽红尘，何处觅知音，青衫湿！"（秋瑾《满江红》）。后来，秋瑾夫妇的女儿灿芝提到父亲时，评价为"纯谨士也"。王廷钧对才貌双全的秋瑾实是很在意的，即使妻子的行为时有离经叛道之处，王廷钧亦表达了相当的宽容。这在当时的社会现实中，颇属罕见。当得知秋瑾欲东渡日本留学时，王廷钧极尽温存地陪着她看戏、逛街，购买秋瑾喜欢的书画文物，并密藏秋瑾的首饰，坚辞提供留学经费。——他所做的这一切，就是为了挽留秋瑾的心。

然而，义无反顾的秋瑾去意已决，王廷钧深知无法阻挡，便归还了秋瑾的首饰。秋瑾随即变卖了首饰，知己吴芝瑛赠送了旅资。作为丈夫的王廷钧十分担心妻子独自游学东瀛的安全，找到正要回日本的服部繁子，恳求道："我没法阻止她目前的这种强烈的愿望。如果师母您一定不能满足她的愿望，那她将陷入一种什么样的痛苦状况我都没法想象。当然，家中还有两个孩子，但我完全可以照料。所以还是想请求您无论如何同意她，带她去日本吧！"（日本·永田圭介：《秋瑾——竞雄女侠传》）从中亦见王廷钧对秋瑾的迁就与关切。

在国将不国的危急时刻，秋瑾的志向是反清救国而舍小家，一家一室岂能禁锢得住？秋瑾在《致某君书》里，慷慨说道："吾自庚子以来，已置吾生命于不顾，即不获成功而死，亦吾所不悔也。"

四

一九〇四年六月底，秋瑾与服部繁子结伴，东渡日本。抵达东京后，她先在中国留学生会馆设立的日语讲习所补习日语，一个月后进入东京实践女校师范科学习。

秋瑾赴日留学不久，作词《鹧鸪天》，表达了自己的革命理想：

祖国沉沦感不禁，闲来海外寻知音。金瓯已缺终须补，为国牺牲敢惜身？
嗟险阻，叹飘零，关山万里作雄行。非言女子非英物，夜夜龙泉壁上鸣。

清政府推行新政，派遣学生出国留学，为的是培养维持清朝统治的人才，是要他们回国戴红顶做官的。然而，事与愿违，当留学生们在海外接受了各种新思潮、新学说的不断洗礼之后，目睹了资产阶级文明带来的历史巨变，更是深感祖国之腐败落后，以"宪政，民主"救国的思潮日渐强烈。所以，海外留学生们后来大多成为近代中国革命的中坚力量，成为封建王朝的掘墓人，这是清政府所始料不及的。

在东京的秋瑾，不施脂粉，不事修饰，英气逼人而慷慨激越。当时秋瑾留学资费甚是拮据，但她节衣缩食，购买了一把宝刀，并作诗《对酒》：

不惜千金买宝刀，貂裘换酒也堪豪。

一腔热血勤珍重，洒去犹能化碧涛。

秋瑾除了日常学习、操练骑射外，广交志士同仁，如鲁迅、陶成章、黄兴、宋教仁、陈天华等人，并积极参加各种爱国、革命团体。秋瑾的演说口才，在日本得到了锻炼与发挥，她擅长雄辩，汪洋恣肆，极富感染力。她在日本改组成立的"共爱会"，是中国最早的妇女团体。她还创办了《白话报》杂志，撰写了许多时事檄文，倡导妇女解放，宣传反清救国。在《敬告中国二万万女同胞》一文中，秋瑾对广大妇女大声疾呼道："诸位晓得国是要亡的了，男人自己也不保，我们还想靠他吗？我们自己要不振作，到国亡的时候，那就迟了。"

如鱼得水的秋瑾，在日本寻找到了更多志同道合之人，阅读了许多在国内被封锁的诗文。如陈天华的《警世钟》，以强烈的革命激情，唤醒东方睡狮，他痛陈列强瓜分中国、欺凌华人之万恶行径，叹惜政府之腐败、祖国之贫弱、国人之昏沉，"长梦千年何日醒，睡乡谁遣警钟鸣？"他号召全体国人从死睡中醒来，国家兴亡，匹夫有责，无论是男儿还是女子，要以革命图救国，反帝反封建"前死后继，百折不回"，发出了"汉种万岁！中国万岁！"的历史强音。这篇闪耀着民族爱国之情的雄文给了秋瑾思想上强烈的震撼，引为知己。

秋瑾在日本留学期间中途回国时，经民主革命先驱陶成章、徐锡麟介绍，加入了蔡元培创办的以"光复汉族，还我河山，以身许国，功成身退"为宗旨的光复会。

秋瑾再去日本时，在黄海舟中，看到了日俄战争地图，有感于领海主权丧失，不禁悲从中来，激愤而赋诗：

> 万里乘云去复来，只身东海挟春雷。
>
> 忍看图画移颜色，肯使江山付劫灰？
>
> 浊酒不销忧国泪，报时应仗出群才。
>
> 拼将十万头颅血，须把乾坤力挽回！

秋瑾再度抵日后，入学于实践女校师范科。秋瑾通过黄兴的得力助手宋教仁的介绍，认识了孙中山，加入了以"驱除鞑虏，恢复中华，创立民国，平均地权"为纲领的中国同盟会，并被推举为同盟会评议员、浙江主盟人（分会长）。自此，秋瑾成为主持一省革命之责的革命党领导人，走上了自觉投身于中国民主革命事业之道路。

中国留学生日趋强烈的革命倾向，特别是孙中山领导的同盟会，使清政府察觉到了政治危机。一九〇五年十一月二日，日本文部省应清政府要求颁布了《清国留学生取缔规则》，对中国留学生采取了管束、限制措施。这项规则，引起了广大留学生的强烈反对。当时，在日留学生分成了两派，一派呼吁集体退学回国，一派则主张忍耐，学成回国。反对退学回国的，大多是公费留学生。身先士卒的秋瑾与陈天华等人一起，站在这场学生运动的前列，组成敢死队，组织集体罢课。事情愈演愈烈，秋瑾因此被实践女校开除学籍。

对中国留学生一向持偏见的日本报纸，如《朝日新闻》等，污蔑、辱骂中国留学生是"乌合之众""放纵卑劣"。时任同盟会秘书的陈天华，感时忧世，神伤梦断，他挥笔写下了《绝命书》。"以东瀛为终南捷径者，目的在于求利禄，而不在于居责任。其尤不肖者，则学问未事，私德先坏。"这是陈天华所不能容忍的。因此，他在《绝命书》中呼吁留学生们："去绝非行，共讲爱国。"是年十二月八日，陈天华在东京大森海湾蹈海自杀。一个卓越的革命党人以死抗争，唤醒同胞。

陈天华之死，令秋瑾万分悲痛。《秋瑾——竞雄女侠传》如是描述道：

翌日（12月9日），留学生们公推秋瑾为召集人，在留学生会馆中的锦辉馆召开陈天华追悼会，会上，她宣布判处反对集体回国的周树人（鲁迅）和许寿裳等人"死刑"，还拔出随身携带的日本刀大声喝道：

"投降满虏，卖友求荣。欺压汉人，吃我一刀。"

所谓判处鲁迅等人"死刑"，只是鲜明地表达了秋瑾的决绝之心，而秋瑾言行之义愤激烈跃然纸上。

一九〇五年十二月二十五日，秋瑾乘"长江号"客船从横滨回国。秋瑾临行前，到东京的照相馆，拍了一张我们现在非常熟悉的肖像照：神情肃然的秋瑾，身着和服，手握战刀于胸前。

秋瑾还写下了一首《如此江山》的诗，诗的后半部分这样写道：

> 猛回头，祖国鼾眠如故。
>
> 外侮侵凌，内容腐败，没个英雄作主。
>
> 天乎太瞀！看如此江山，忍归胡虏？
>
> 豆剖瓜分，都为吾故土。

五

回国后的秋瑾，反清起义，拯救民族危亡，成为她的政治目标。

文人辈出的绍兴、女儿柔情似水的绍兴，孕育了秋瑾这样一个叱咤风云的鉴湖女侠。柔弱的双肩，自觉地担负起民族的苦难；刚烈的傲骨，不让须眉半分。——这就是秋瑾。

一九〇六年三月初，秋瑾根据陶成章的指示，来到浙江嘉兴。矢志反清革命的褚辅成与秋瑾一样是双重身份，时任光复会浙江支部长，又是同盟会成员。其时，褚辅成担任了南湖学堂堂长，他介绍秋瑾去浙江吴兴县南浔镇的浔溪女学堂任教。

在浔溪女学，秋瑾与来自浙江崇德的徐氏姐妹结为知友。姐姐徐自华（字寄尘）时任浔溪女学堂长，妹妹徐蕴华（字小淑）是学堂的学生。徐氏姐妹对秋瑾极为敬重，与秋瑾志同道合。当年五月，秋瑾发展她们加入了同盟会。

期间，印度尼西亚爪哇岛开办了爪哇华侨女子学校，派人邀请秋瑾前去任教。后来，秋瑾接受陶成章的劝阻，放弃了去爪哇的计划，留在国内开展革命工作。

秋瑾执教于浔溪女学的同时，抽出时间积极奔走于浙江中部地区，拜会各地会党组织、帮派首领，策动起义工作。

时年七月，因受到地方乡绅责难、排斥，秋瑾辞去了浔溪女学的教职，前往上海。徐蕴华跟随前往，入上海爱国女子学校学习。徐自华亦愤而辞职，离开了南浔。

秋瑾在上海见到了秘密潜回国内的孙中山。孙中山此行，是为了筹集革命经费。秋瑾得知后，立即筹集了一千银圆给孙中山。

此时，同盟会会员计划在湖南发动起义。为了给同志提供武器，秋瑾与同仁在上海虹口的一个隐蔽工作室里，秘密制造炸弹。然而，从来没有制造过炸弹的秋瑾等，一不小心，炸弹意外爆炸了，小组成员皆受伤，且爆炸巨响引来了巡警检查，小组成员只好紧急撤离。

任何一场革命运动，起始皆艰难曲折，筚路蓝缕。英国哲学家弗兰西斯·培根说过："逆境的美德是坚忍。"在逆境中只有坚忍不拔、勇于奋斗，才能走向成功的彼岸。作为一个伟大的女性，秋瑾无论处在怎样的境地，她都葆有坚定的意志，革命的激情，永不退却。

时年九月，秋瑾在杭州与徐自华泛舟西湖、拜祭岳飞时，表达了"埋骨西泠"的愿望。或许，秋瑾早已预感到，自己投身革命，将随时献出生命。

十月中旬，秋瑾再次来到了上海，筹办创刊《中国女报》。经费问题困扰了秋瑾的工作，她去上海吴淞的中国公学借款，还在上海的有关报纸发布广告，召集各界人士入股，但收效甚微。徐自华、徐蕴华姐妹鼎力相助，捐赠一千五百银圆。

一九〇七年一月，费尽周折的《中国女报》终于在上海创刊发行。秋瑾在《中国女报发刊辞》中写道："听晨钟之初动，宿醉未醒；睹东方之乍明，睡觉不远。人心薄弱，不克自立，扶得东来西又倒，于我女界为尤甚。"在创刊号上，秋瑾撰有《警告姐妹们》一文，她说："二万万的男子，是入了文明新世界，我们二万万女同胞，还依然黑暗沉沦在十八层地狱，一层也不想爬上来。"

时年三月，《中国女报》第二号发行，卷首刊载了秋瑾的《勉女权歌》：

吾辈爱自由，勉励自由一杯酒。男女平权天赋就，岂甘居牛后？愿奋然自拔，一洗从前羞耻垢。若安作同俦，恢复江山劳素手。

旧习最堪羞，女子竟同牛马偶。曙光新放文明候，独立占头筹。愿奴隶根除，智识学问历练就。责任上肩头，国民女杰期无负。

秋瑾通过《中国女报》，号召女界要成为"醒狮之前驱""文明之先导"，在读者中引起强烈反响。惜因经济拮据，《中国女报》只出版了两期，便不得不停刊了。

在创办《中国女报》期间，秋瑾母亲在绍兴和畅堂家中病逝。悲痛的秋瑾在《挽母联》中写道："树欲宁而风不静，子欲养而亲不待。""爱我国矣志未酬，育我身矣恩未报。"革命征程举步维艰，养育之恩未及相报，秋瑾之伤痛不言而喻。然而，坚强的秋瑾擦干泪水，继续奋战于革命第一线。

一九〇七年三月，秋瑾应邀担任绍兴大通师范学堂的督办。大通学堂是徐锡麟、陶成章创办的，目的是培养革命武装起义的军事干部、军事人才。当时，徐锡麟已成功地打入安徽警界，在安庆市任安徽巡警处会办兼巡警学堂监督之职。

三月十七日，秋瑾赴杭约见了徐自华，两人自西湖上凤凰山顶勘察地形，以绘制军事地图。秋瑾同时还希望徐自华能够去上海接办《中国女报》，然而徐自华已无经济能力维持《中国女报》的经营，只得以照顾患病母亲为由拒绝了秋瑾的要求。秋瑾面对湖光山色，又请求徐自华别忘了她死后埋骨西泠湖边之约，并作诗一首，其中有诗句"白杨荒冢同凭吊，儿女英雄尽可怜"，尽显苍凉、悲壮之感。

三月十八日，绍兴府知府贵福、山阴县知县李宗岳等应邀出席了开学典礼。知府贵福在讲话后，挥笔写了一副对联：

竞争天演

雄冠地球

这副对联巧妙得体地把秋瑾的号"竞雄"融合进去，以示对秋瑾上任的嘉赞之意。秋瑾深表谢意，贵福亦十分高兴。开学典礼结束后，全体人员还合影留念。

秋瑾自日本回国后，无论是在浔溪女校任教，还是在上海创刊《中国女报》，她始终都在积极谋划起义工作。而现在，大通学堂成了她的革命大本营。

秋瑾赴任大通学堂督办之职不久，专程去了一次湖南夫家。在公公王黻臣处得到二千大洋后，与家人诀别，声明脱离家庭关系。后来，谭日峰在《湘乡史地常识》（民国二十四年）记载了这一往事，他接着写道：

（秋瑾）自立志革命后，恐株连家庭，故有脱离家庭之举，乃借以掩人耳目。

今日追思，秋瑾当有此意。她原是一个敏感多情的女诗人，后来成为一个豪气冲天的革命家，掩盖了她温情脉脉的一面。但我相信，在她的心灵深处，对家庭、对儿女应是葆有丝毫不亚于常人的深情挚爱。秋瑾故居至今还保存了一件秋瑾给女儿亲手缝制的红色小棉袄，投身革命的秋瑾应是不擅女红，而这一针一线，寄托了一个母亲对于女儿天然的绵绵亲情，令人唏嘘不已。

六

秋瑾与徐锡麟"浙皖相约，克期大举"。为了这个起义目标，她在大通学堂一边教育训练学生，一边奔走往来于沪杭浙东，秘密发动军学两界。此前，在二月上旬，秋瑾已经得悉湖南起义失败，湖南同盟会首领被清政府捕杀。然而，愈挫愈勇的秋瑾，以坚定无畏的侠骨豪气，跋山涉水、风餐露宿，经过坚持不懈的努力，终与浙江各地会党领袖歃血为盟，浙江全境有四五万人之众的光复军被迅速组织起来。

起义举事在即，秋瑾秘密制订了光复军的组织、军阶、命令系统和作战计划，她把光复军编成了八个军，分别以"光、复、汉、族、大、振、国、权"八字表示。徐锡麟为首领，秋瑾自任协领。

秋瑾起草的《光复军起义檄稿》，其如诗般的语言极富感召力。在陈述了起义的目的、意义之后，她如是写道：

某等菲薄，不敢自居先知，然而当仁不让，固亦尝以此自励。今时势阽危，实确见其有不容已者。为是大举挞伐，先以雪我二百余年汉族奴隶之耻，后以启我二兆方里天府之新帝国。宗旨务光明而不涉于暧昧，行事务单简而不蹈于琐细。幸叨黄帝祖宗之灵，得以光复旧业，与众更始。

其反清救国、当仁不让之心昭然天下。紧接着，秋瑾还起草了《普告同胞檄稿》。

按照徐锡麟与秋瑾的计划，起义时间为一九〇七年七月六日，自浙而皖相举起事。

为了筹措军饷，是年六月二十二日，秋瑾来到崇德，求助于徐自华。徐自华变卖了她的全部首饰，得黄金三十两，交给了秋瑾。万分感动的秋瑾以双翠钏相赠，作诗《此别深愁再见难》，临行再嘱"埋骨西泠"之约。心如刀绞的徐自华与秋瑾洒泪痛别。秋瑾后又赴上海看望徐蕴华，赠诗两句："此别不须忧党祸，千年金石证同盟。"也许秋瑾已预感到起义恐有不测，满怀对徐氏姐妹的感激之情，一一深情道别。

此次一见，便成永诀。

自上海回到绍兴后，身在大通学堂的秋瑾不断接到关于起义的坏消息。光复军是在混乱无序的状态中组织起来的，组织系统、组织纪律不够严明，有些首领因保密意识差而致暴露，遭到官府捕杀，有的起义部队因混入奸细，官府随即派兵镇压。时已七月初，秋瑾看到这个现状，决定将起义日期延至七月十九日，并派学生们奔走各地，重新传达命令。

最坏的消息终于从安徽传来。七月六日，因安徽方面起义事泄，突然发生变故，浙皖起义总指挥徐锡麟仓促应变，发动起义，在成功地刺杀了清政府封疆大吏、巡抚恩铭之后，不幸被捕，英勇捐躯。"出师未捷身先死，长使英雄泪满襟。"七月十日，秋瑾从友人处获悉安庆起义失败，不禁失声恸哭。

徐锡麟与秋瑾，是相互信赖的同志，亲密无间的战友。徐锡麟在致信秋瑾时如是称赞道："有英雄之气魄，神圣之道德，麟实钦佩之至，毕生所崇拜者也。"徐锡麟是秋瑾革命的领路人，他的热血激情、果敢无畏的革命风格，给了秋瑾深深的感染与启悟。

作为浙皖起义的首领，徐锡麟已壮烈献身，浙江起义已无成功之望。此时的秋瑾，对同志的牺牲，满怀自责与愧疚，唯求舍生取义。七月十一日，秋瑾写下了《致徐小淑绝命词》，表达了决绝献身之情：

痛同胞之醉梦犹昏，悲祖国之陆沉谁挽。日暮穷途，徒下新亭之泪；残山剩水，谁招志士之魂？不须三尺孤坟，中国已无干净土；好持一杯鲁酒，他年共唱摆仑歌。虽死犹生，牺牲尽我责任；即此永别，风潮取彼头颅。壮志犹虚，雄心未渝，中原回首肠堪断。

秋瑾从容地拒绝了会党同仁、朋友让她避祸隐身的劝告，坚定地表示："革命要流血才会成功。"光复军首领之一王金发在紧急时刻冒险潜入大通学堂，力劝秋瑾离开绍兴，以图日后东山再起。秋瑾予以了拒绝，决不临阵脱逃，并把一份浙江各地同志的名册交给王金发，命他尽速撤离。

——这使我想起一八九八年间戊戌六君子之谭嗣同，在戊戌变法失败后，日本使馆曾派人对谭嗣同表示可以为他提供"保护"，他毅然回绝道："各国变法无不从流血而成，今日中国未闻有因变法而流血者，此国之所以不昌也。有之，请自嗣同始。"临刑前，谭嗣同从容赋诗："望门投止思张俭，忍死须臾待杜根。我自横刀向天笑，去留肝胆两昆仑。"与林旭、杨深秀、刘光第、杨锐、康广仁一起在北京宣武门外的菜市口刑场英勇就义。

而徐锡麟也曾说过："我国在初创的革命阶段，亦当不惜流血，以灌溉革命的花朵。"

鉴湖女侠秋瑾的选择，亦与谭嗣同、徐锡麟一样义无反顾。面临清兵压境、危险逼近的情势，秋瑾在大通学堂镇定从容地转移武器，焚烧文件，遣散学生。七月十三日下午四时，绍兴知府贵福、山阴知县李宗岳、会稽知县李端年带领大批清兵包围了大通学堂，秋瑾当即被捕。

绍兴知府贵福当晚提审秋瑾时，秋瑾妙词巧辩，言及贵福题联"竞争天演，雄冠地球"并一起合影诸事，而戏称知府为"贵福同志"，贵福大惊失色，惊出一身冷汗，终止审讯。次日晨，山阴知县李宗岳奉命审问秋瑾，他未予刑讯，态度温和，秋瑾挥笔写下了著名的绝句："秋风秋雨愁煞人。"由于得不到秋瑾口供，知府贵福的幕僚自告奋勇，以酷刑拷问秋瑾，然而秋瑾无畏酷刑，坚不吐供。

恐受牵连、祸及自身的绍兴知府贵福已迫不及待了，因为秋瑾任职大通学堂后，与地方官员的关系处理得十分好。贵福曾为大通学堂亲笔题词，与师生合影，传说中还曾认秋瑾为义女。为了摆脱干系，在得不到秋瑾供证的情况下，贵福与幕僚捏造了《大通学堂罪状》，并连发三封电报给浙江巡抚张曾敭，报告案情，要求将秋瑾"先行正法"。七月十四日，浙江巡抚张曾敭电令贵福，同意处决秋瑾。

山阴知县李宗岳对秋瑾怀有尊敬与同情之心，在接到对秋瑾执行死刑的命令时，与知府贵福争辩道："供证两无，安能杀人？"

一九〇七年七月十五日凌晨三时，迫于无奈的李宗岳带着行刑的清兵，把秋瑾从监狱带到县衙，在颤声宣布了死刑命令后，李宗岳声泪俱下道："事已至此，佘位卑言轻，愧无力成全，然汝死非我意，幸谅之也。"

坚贞不屈的秋瑾知道生命的最后时刻就要来到了，她已为革命理想付出了所有，直至抛头颅，洒热血。她对知县李宗岳提出了三个请求："一、准写家书诀别；二、勿袒衣；三、勿枭首示众。"因为凌晨四时必须临刑处斩，时间已来不及，李宗岳郑重地答应了后面两个事关秋瑾人格尊严的请求。

在《说文解字》中，"瑾"即"美玉"也。而自古以来，就有"宁为玉碎，不为瓦全"之说。所以，就在这古越的闹市街口——轩亭口，作为革命先驱的秋瑾，泰然自若地勇赴国难——那是二十世纪初中华民族最黑暗的岁月，距今已逾百年。在生命的最后时刻，秋瑾一声绝唱，犹如电闪雷鸣，划破长空：秋风秋雨愁煞人！

时隔百年之后，我的心依然被这发自生命深处的绝句所震痛，深深地震痛。

七

秋瑾之惨烈赴死，轰动华夏，震惊朝野。

一九〇七年七月六日，徐锡麟在安庆仓促举事，枪杀巡抚恩铭后被捕。当晚，两江总督端方即下令将徐锡麟凌迟处死。"皖案"传至北京，满朝文武百官莫不惊惧疑虑，慈禧太后居然痛哭而致患忧郁症。

事隔九天之后，绍兴大通学堂的秋瑾，因皖案牵连，无证无供之下，又被处于斩首极刑，血洒古越大地。清政府对于女性的刑罚，最为严厉的是绞刑，而对秋瑾执行的却是绑赴市曹斩首，此刑开了残酷暴政施于女性之先河。

色厉内荏的清政府对徐锡麟、秋瑾等革命志士从重从快处以极刑，虽然残暴至极，但这已是最后的疯狂。

"惨成七字狱，风雨断肠天。"秋瑾之死，在国内新闻舆论界掀起了轩然大波。《申报》《神州日报》《时报》《中外日报》《文汇报》《大公报》等报刊，连篇累牍地发表秋瑾一案的报道、秋瑾的诗文作品、社会各界的祭文挽诗等，或谴责浙吏黑暗执政、草菅人命；或痛斥官府滥施极刑、冤杀秋瑾；或以诗文为秋瑾歌哭飞扬；或传读秋瑾遗作而洒泪励志。

秋瑾作为一个激越的女诗人，慷慨献身于革命事业，在广大学者、文人中具有经久不息的影响力。如秋瑾越地同乡的周氏兄弟，在后来的作品中，都没有绕过秋瑾的话题。周作人在他的《知堂回想录》中写道："乙巳年里，我在南京有一件很可纪念的事。因为见到一位历史上有名的人物，虽然当时一点都看不出来，她会能有那伟大的气魄，此人非别，即秋瑾是也。"而鲁迅在短篇小说《药》中，以"夏瑜"隐喻秋瑾等就义献身的革命党人，表达了哀痛之情。

徐锡麟因成功刺杀朝廷命官而致清朝官场惊恐不安，而秋瑾之惨死在更大范围内，尤其是民间舆论中，影响更加深远。因为在当时，国内的舆论界大多认为秋瑾是为女权革命、家庭革命而获极刑，因此予以了深深的同情，而对清政府痛加声讨。海外的仁人志士，则是从秋瑾的反清立场，给予秋瑾高度的政治评价。

一九〇七年八月十日的《时报》，发表了一篇署名"明夷女史"的作者来稿《敬告女界同胞》，文中指出："至于以国民之权利、民族之思想，牺牲其性命而为民流血者，求之吾中国四千年之女界，秋瑾殆为第一人焉。"——这堪为秋瑾知己之论。秋瑾在《致王时泽书》中这样说过："男子之死于谋光复者，则自唐才常以后，若沈荩、史坚如、吴樾诸君子，不乏其人，而女子则无闻焉，亦吾女界之羞也。"

为了复兴中华的革命理想而就义献身者，身为女性的秋瑾为历史以来女界第一人。

参与捕杀秋瑾的浙江、绍兴官吏及其告密者，承受了巨大的舆论压力与精神重负。秋瑾案发生后，清政府欲调浙江巡抚张曾敭任江苏巡抚，江苏各界极力反对。当时，江苏常熟人、《孽海花》作者曾孟朴带头与三十多人联名电奏抗拒张曾敭入苏赴任。后来，张曾敭只好去了山西当巡抚。绍兴知府贵福因主杀秋瑾，欲请任浙江衢州、安徽宁国，均遭当地拒绝，后改名换姓。秋瑾密友王金发则奉命追杀了告密者、绍兴府学务官胡道南。

监斩处死秋瑾的山阴知县李宗岳，事后被解职罢官。他是一个受百姓爱戴的地方官，无奈陷于秋瑾案，深为愧疚自责，在杭州等候巡抚调查期间，自缢而死，义殉秋瑾。

无论是汹涌如潮的民间舆论，还是黯然收场的浙江官吏，都可以让人看到清政府因秋瑾案起而无力掌控全局的窘境。

秋瑾遇害后，尸首分离，弃于轩亭口，惨不忍睹。慑于官府虎狼淫威，秋瑾亲属未敢收葬，后由绍兴的同善局备棺收殓，草葬于乱坟冈。

一九〇八年初，时值严冬。秋瑾盟姐徐自华冒着风雪，渡过钱塘江，赶到绍兴，收殓秋瑾遗骸，秘密运抵杭州，安葬于西子湖畔的西泠桥西，实现了烈士"埋骨西泠"的夙愿。"盖当瑾之殉，华曾卜地西泠，为结秋社，营坟墓，立碑建亭，藉资凭吊……"（徐自华《西泠重兴秋社并建风雨亭启》）秋瑾墓前立碑曰：呜呼鉴湖女侠秋瑾之墓。徐自华撰写了"鉴湖女侠秋瑾墓表"，并由吴芝瑛书写，胡菊龄镌刻。徐自华深为秋瑾"哀其狱之冤，痛其遇之酷，悼其年之不永，憾其志之不终"，对秋瑾生平作了深情回顾，辞约意丰，哀痛绵绵，至今读来犹催人泪下。

徐自华、吴芝瑛在获知秋瑾被捕斩首的噩耗后，无不悲痛欲绝，洒泪作诗哀悼秋瑾。如今又不顾个人安危义葬烈士于西子湖畔，士为知己者死，此般深情大义，感天动地，殊为珍贵之极。

秋瑾即使尸首分离，依然令清政府胆寒心惊。这年春天，御史常徽在游览西湖时惊见秋瑾墓，回京后即上折奏请削平秋瑾墓，并通缉严惩吴芝瑛、徐自华。此事又在舆论界惊起波澜，中外舆论强烈声援吴芝瑛、徐自华之义举，虽烈士坟墓诏令被毁，而吴芝瑛、徐自华幸未遇害。

一九〇八年十一月十四日至十五日，光绪皇帝与慈禧太后先后"驾崩"，清政府已是风雨飘摇。

八

青山遮不住，毕竟东流去。

在秋瑾献身四年之后的一九一一年十月十日，革命党人发动了武昌起义，全国各省纷纷响应。辛亥革命全面爆发，以摧枯拉朽之势推翻了清政府，建立了"中华民国"政府。

浙江是辛亥革命运动的发祥地之一，光复会组织的浙皖起义虽然没有成功，然而为风起云涌的辛亥革命打下了坚实的基础。辛亥革命的功臣叶颂清对浙江的光复，如此评价秋瑾的功绩："推原所自，吾浙实由秋瑾倡之，联合之，故组织颇为完善。"

秋瑾与无数前仆后继的革命烈士，当应含笑于九泉。

一九一二年十二月九日，伟大的革命先行者孙中山在杭州祭祀了秋瑾墓，亲撰挽联：

江户矢丹忱感君首赞同盟会
轩亭洒碧血愧我今招女侠魂

孙中山复又为鉴湖女侠题赠了"巾帼英雄"的匾额。

一九一六年八月二十日，孙中山在绍兴发表演说时，又深情地说道："绍兴为越王勾践卧薪尝胆之地报仇雪耻之邦，继承越王勾践奋发图强精神，为推翻专制、建立共和，绍兴有徐锡麟、秋瑾、陶成章三烈士，于光复事业，功莫大焉！"

一九三九年三月，同为古越后人的伟人周恩来在绍兴给表妹王去病挥毫题词时，表达了他对秋瑾的敬仰之情：

勿忘鉴湖女侠之遗风
望为我越东儿女争光

百年秋瑾，鉴湖女侠。因为有了秋瑾，古越女儿英气浩然，惊天动地。在秋风秋雨中涅槃的凤凰，成为中华大地最壮美的人文蕴含。

王国维：经此世变，义无再辱

一九一一年，"辛亥革命"是中国历史的一个关键词，革命党人于十月十日成功发动了武昌起义，清政府走向了终点。次年一月一日，"中华民国"成立，孙中山就任临时大总统。一九二六年七月，国民革命军挥师北伐。一九二七年六月二日，一位浙江籍文人在北京颐和园昆明湖那一泓清冽柔碧的湖水中决绝自沉。

他，就是来自钱塘江畔海宁盐官的王国维，静安先生。

"最是人间留不住，朱颜辞镜花辞树。"这是静安先生《蝶恋花》中的两句诗，始读惊心，再读伤神，思之叹之，终是意难平。

一

王国维，字静安，号观堂，堪称学术巨子，国学大师，他在文艺理论、中国古代史、古器物、古文字学、音韵学诸学科颇多建树，是国际新兴学科"甲骨学""敦煌学"的奠基人之一，与梁启超、陈寅恪、赵元任并称"清华四大导师"，生平著作六十二种。他一次又一次在中国文化思想界掀起狂涛巨浪，其深远的影响如同钱江大潮一样生生不息，永远奔腾。他自编的《静庵文集》，因颇多"离经叛道"之论，而被清政府列为"禁书"。然而，真正有见地的、独树一帜的文化思想是无法禁锢的，即使在污泥浊水中，也会折射出金子般的光芒，照耀着民族的文化思想史。直到今天，《人间词话》《宋元戏剧史》仍被誉为"千古绝唱""新史学的开山之作"。梁启超赞曰："不独为中国所有而为全世界之所有之学人。"

在盐官的王国维故居，我看到一副对联，悬挂在他肃穆的画像两侧：

发前人所未能发

言腐儒所不敢言

我想，这是对一个国学大师学术贡献最好的褒奖。

王国维的一生，除了读书、著书，还极为爱书、惜书，这可以从他的遗书中得窥一斑："书籍可托陈、吴二先生处理。"在生死之际，王国维还心系书籍，可见珍爱至极。他把心爱之物托付给陈寅恪、吴宓这两个著名学人，应该是觉得那是最好的归宿。

我曾醉心读过王国维所著的以"境界"说为中心、对文艺理论和创作方法提出许多精辟见解的《人间词话》，记忆犹新的是他以晏殊、欧阳修、辛弃疾这三个宋代词人三首词中的三句词概括的治学三境界：

古今之成大事业、大学问者，罔不经过三种之境界，"昨夜西风凋碧树，独上高楼，望尽天涯路。"此第一境也。"衣带渐宽终不悔，为伊消得人憔悴。"此第二境也。"众里寻他千百度，蓦然回首，那人却在灯火阑珊处。"此第三境也。

静安先生骨子里是传统的知识分子，又是深受哲学家叔本华悲观主义影响的中国文人，他处在一个激烈变革的时代，历史的风云已卷走了书斋的宁静，他由此而痛感到传统文化和价值观的日渐式微，这使他日益疑虑而不安。

这位满腹经纶的清华导师，只要看到他的棉布瓜皮帽、长袍、马褂、布鞋，还有一条永远拖在脑后的辫子，这压根儿就是一副前清遗臣模样，与民国的新气象自是格格不入。

北大有辜鸿铭，清华有王国维，他们都是一代人杰，都拖着清朝的辫子，成为这两所著名学府里的独特符号。

不幸的是，王国维处在了清末民初这样一个历史转型期，深植于内心的传统文化根深蒂固，试图顽强地抵抗新时代的侵袭——而这正如钱江大潮一样，是势不可当的。

二

一九一二年二月十二日，清朝末代皇帝爱新觉罗·溥仪正式退位，和平移交政权，"总期人民安堵，海宇乂安，仍合满、汉、蒙、回、藏五族完全领土，为一大中华民国。"政权新陈代谢，清室仍居紫禁城。至一九二三年，王国维充任逊帝溥仪的南书房行走，时年，溥仪十七岁。

"南书房行走"都是学问渊博之士所任，乃读书人之无上荣耀。王国维尽管不是进士、翰林出身，而是江南布衣子弟，然其学贯中西，学识精深，时人皆知，自是胜任"帝师"之职，且与溥仪相当融洽，关系甚密。次年的大年初一，王国维致信罗振玉时写道："节赏已下，明晨须入内谢恩。"他得了溥仪的春节奖赏，大年初二要进宫谢恩，可见甚是愉快。

然而，好景不长，到了十月，因"北京政变"，冯玉祥执政的北洋政府令清室迁出紫禁城，驱逐溥仪出宫。当时，王国维等人认为政府此举是对"共和国待君主之礼"的失信，倍感耻辱与失落。

在传统文化中，"士"是一个独特存在的阶层，是一个精英社会群体，以忠君报国、传承文化为己任。士的精神血脉中最重要的一点是：士为知己者死。当时，清室已退位，溥仪只是个废帝，然而，王国维应召入宫，在一年多的"南书房行走"期间，他与紫禁城建立了十分密切的"君臣"关系，以一个深植传统文化的知识分子而言，王国维对溥仪的"知遇之恩"，应是铭感在心的。

王国维的"南书房行走"一职随着溥仪离开紫禁城而消失，经胡适推荐后，清华大学拟聘请王国维出任国学研究院导师。为此，王国维专程前往天津张园

"面圣"，在"面奉谕旨"后，方于一九二五年四月十八日携家迁往清华园。于此可见王国维之忠直之心。

王国维不肯剪去的那条辫子，如果从政治角度而言，或许可能意味着为过去的时代招魂而拒绝新时代的来临，而从文化的角度而言，标志着自我个体的独特存在、在社会变革期忠实于传统文化的符号。

当然，这是王国维个人的一种自由选择，他本就是一个专心治学的学者。然而，这条不合时宜的辫子，在时代变革中代表的是守旧，不剪辫子意味着违反了民国的法律，而北伐军很快就要进入北京城了，这个清末秀才、末代皇帝的老师，肯定意识到了某种来自政治的危机，当然还有深深的恐惧。因为这条令人瞩目的辫子的存在，已无法用任何理由消解其政治意义。

把脑后这条辫子一刀剪去固然很容易，但是，这条辫子代表着王国维的人格与操守，是他自由意志的体现，当感觉到有一种无法阻挡的力量压迫他违背其独立人格，而且无可逃避这样的现实时，他选择的不是趋同、不是附和、不是苟且偷生，因为对王国维这样的旧式文人来说，那是一种极端的侮辱，所以他选择以死抗争，宁愿以一死而全名节。因而，王国维在遗书写道："五十之年，只欠一死，经此世变，义无再辱。……"透过一纸简单的遗言，我感到了王国维内心的巨大伤痛。

斯时斯世，何来静安？

三

与同乡后生徐志摩不一样，王国维既无风流倜傥之性，又无舌灿莲花之才。王国维的学生王力看到老师"留着辫子，戴着白色棉布瓜子小帽，穿长袍，勒一条粗布腰带"，直呼其"一个典型的冬烘先生的模样"。曾有日本学者造访王国维，看到国学大师乃是"相貌丑陋"的小个子，不禁大吃一惊。王国维不重仪表，且寡言少语——他有严重的口吃，因此从不主动与人接触，尽量不参与应酬活动，故鲁迅说他"老实到像火腿一般"。

然而，王国维的精神世界却异常灿烂，异常丰饶。在浩瀚的学术王国里，他是当之无愧的"王",罕有其匹。

王国维生逢时世鼎革之际,本就保守、敏感、复杂的性格,变得更加焦虑、疑惧而不安了。

赴死,似乎已是他别无选择的方式。

因为这个尘世,不是他理想的人间。

同为清华导师的陈寅恪作《王观堂先生挽词》,在序中如是说:"凡一种文化值衰落之时,为此文化所化之人,必感苦痛。其表现此文化之程量愈宏,则其所受之苦痛亦愈甚;迨既达极深之度,殆非出于自杀无以求一己之心安而义尽也。"

陈寅恪是王国维的精神知己,他又作《挽王静安先生》,诗云:

> 敢将私谊哭斯人,文化神州丧一身。
>
> 越甲未应公独耻,湘累宁与俗同尘。
>
> 吾侪所学关天意,并世相知妒道真。
>
> 赢得大清干净水,年年呜咽说灵均。

在王国维逝世一周年忌日,清华园立"海宁王静安先生纪念碑",亦由陈寅恪撰写碑文,其中写道:"先生以一死见其独立自由之意志,非所论于一人之恩怨,一姓之兴亡。"

王国维在昆明湖纵身一跃,身后众说纷纭,殉清?殉文化?逃债?厌世?或因家庭……争议不休,又争议无果。刚过天命之年的王国维,正是治学生涯的巅峰期,却以自沉的方式而英年早逝,其在中国历史文化的长河中所激起的波澜,始终未能平息,留给后人在扼腕叹息的同时,带来深深的思索,而所有的思索找不到真相。

实际上,静安先生遗书中"经此世变,义无再辱"这八字,我想已经给出了隐藏其中的答案。

于今想来,这一个"辱"字,才是静安先生的痛苦之源,亦是他弃世之根本。

一九二七年六月二日，这一天的王国维相当的冷静与镇定。早上八时，他前往清华园国学研究院的办公室，发现忘了带来即将毕业的研究生成绩稿本，便吩咐研究院的听差去他家取来，而后与研究院办公处的侯厚培共同商谈下学期的招生事宜，而且谈了很久，一切没有异常之处。然后，王国维向他借洋二圆，因侯厚培未带银圆，给了他五元钞票。王国维即出办公室，雇了一辆人力车而去。上午十时许，王国维出现在颐和园，他购票入内，在石舫前独坐，良久，遂起身步至排云殿西鱼藻轩前，这时有个园丁看到王国维临流而立，在吸纸烟。在青烟缕缕中，王国维看到了什么？是家乡奔腾不息的钱塘江，还是这平静如镜的昆明湖？是纷繁如一地鸡毛般的尘世，还是那间挥笔锦绣文章的书斋？是眷眷千秋家国梦，还是难舍文化赤子心……哦，什么都不必想了，遗书已在昨天写好，今日只为赴水而来。少顷，王国维一扬手扔掉了烟蒂，义无反顾地投向了湖水。

世是浊的，水是清的。

王国维把自己交给了一泓柔碧，连同他的家国、学养、精神与思想，全部消失在了水中。

从此，静安先生真正安静了，他把纷纷扰扰的热闹留在了世间。

陈独秀：永远的"新青年"

一

怀宁县位于皖西南交通要塞，东临安庆，南枕长江，境内有独秀山与大龙山遥相竞奇。

那年我们去安庆处理业务待了一周，旅馆对面是个音像店，那个老板翻来覆去地播放着高胜美演唱的歌曲《千年等一回》，无数遍地越过大街，冲进我们的房间。我们在安庆真是千年等一回，不是在等一回爱情，而是等一项业务的结果，所以这样的等待，成为一种煎熬。于百无聊赖中翻阅当地的报纸，看到了一篇介绍怀宁的文章，引起了我的兴趣，鼓动一行人驱车前往，以解枯寂之愁。

怀宁是安庆市下辖的一个县，路程不远。曾经读过的东汉古诗《孔雀东南飞》，那个悲情故事就发生在怀宁县境内的小市镇。焦仲卿与刘兰芝"结发同枕席，黄泉共为友"，在这个千年古镇上，至今仍保存着焦仲卿、刘兰芝合葬墓等遗迹。一曲《孔雀东南飞》，使长江之畔的怀宁县四海闻名。

当代有一个怀宁籍诗人海子，他在北京写下了一首轰动中国诗坛的诗歌《面朝大海，春暖花开》两个月之后，孤独而决绝地走向山海关，把年仅二十五岁的生命寄托给了冰凉的铁轨和呼啸而来的车轮。

更让我对怀宁心生敬意的是，中共创始人之一陈独秀、我国"两弹元勋"邓稼先，这两个被载入中国现代史的著名人物，就是怀宁县人。

怀宁境内有一山，名"独秀"。在民初的《怀宁县志》中，对独秀山有这样的记载："西望如卓笔，北望如覆釜，为县众山之祖，无所依附，故称独秀。"

独秀山是怀宁独特的自然景色。在一篇介绍怀宁的文章中，说到陈独秀名字来历，十分生动。据说陈独秀当年与友人登临独秀山，眺望山川胜形，见此山一峰拔地，雄峙众山，不禁触景生情，大兴感慨："此山独秀，如斯名也！"他仰慕桑梓祖山，辛亥革命后遂名"独秀"。

从怀宁走向中国政坛的陈独秀，带着长江般的肆意奔腾，在古老的神州大地上掀起了惊涛骇浪。这个清末秀才，一腔热血、满腹经纶，站在时代的前列，以《新青年》《每周评论》和北京大学为主要阵地，积极提倡民主与科学，提倡文学革命，反对封建的旧思想、旧文化、旧礼教，成为新文化运动的倡导者，并组织领导了轰轰烈烈的五四运动，与李大钊等同志创建了中国共产党。

"南陈北李，相约建党。"从此，中国大地翻开了天翻地覆慨而慷的历史新篇章。

二

记得马祥林、徐焰在《北京青年报》发表的《陈独秀：五四运动总司令》中这样写道：

一代宗师，仲甫先生；科学民主，二旗高擎。南陈北李，建党丰功；晚年颓唐，浩叹由衷。昔毛泽东主席"七大"评价，功过分明。"五四运动总司令""创造了党"，两语千钧，可为墓铭。

在怀宁走马观花一圈，询问了几个路人，寻寻觅觅找到了陈独秀墓——原来是位于安庆市北郊，十里铺乡的叶家冲。在这长江北岸、大龙山麓的陈独秀墓，墓碑上镌刻的是选自古代书法家欧阳询字体的七个镏金大字：陈独秀先生之墓。

陈独秀的新墓建成于21世纪初的二〇〇一年，高四米、直径七米的半球形墓冢以华贵的汉白玉贴面，墓台地面镶嵌斧剁花岗岩，四周为富丽的汉白玉雕栏，新立的黑色花岗岩墓碑高二点四米。——这样豪华的墓园，与陈独秀清贫、孤寂的生命，形成的强烈反差，令人深深感叹。陈独秀完全应该得到这样的厚葬，只是来得太迟了。后来我从媒体上看到，安庆投入巨资于二〇〇八年建成了规模宏大的独秀园。独秀园是一处融纪念、教育、生态、旅游、研究等多种功能为一体的大型人文景观。生前身后毁誉参半的风云人物陈独秀，在家乡安庆得到了无上荣耀的归宿。

近代中国历史的风云人物陈独秀，雪藏在冰冷的深渊中太久了，在今天终于散发出应有的、灼人的温度。

书生意气的陈独秀曾经傲立于历史潮流之巅，在风云激荡的现代中国，"新青年"陈独秀高举科学与民主的大旗，是一个一呼百应的政治、文化领袖，产生过巨大的历史影响。概览其生平事迹，教人不胜感慨。

在五四运动时期，陈独秀写过一篇不足百字的短文《研究室与监狱》：

世界文明的发源地有二：一是科学研究室，一是监狱。我们青年立志出了研究室就入监狱，出了监狱就入研究室，这才是人生最高尚优美的生活。从这两处发生的文明，才是真文明，才是有生命有价值的文明。

而在陈独秀的革命生涯中，四次被捕入狱。而每次入狱，陈独秀始终坦然处之，在狱中思考问题，撰写著作。一九三五年秋，刘海粟获准探望狱中的陈独秀时，陈独秀挥毫写了一副对联相赠："行无愧怍心常坦，身处艰难气若虹。"以表壮志凌云之气节。

陈独秀狂放不羁的个性还表现在他的情感生活上。他的原配高晓岚是一个旧式女子，这桩奉父母之命、媒妁之言所包办的婚姻，使青年陈独秀既无奈又痛恨，他在《恶俗篇》中对"不问青红皂白，硬将两不相识、毫无爱情的人，配为夫妇"的社会习俗痛加针砭，认为这样的恶俗"坑害了多少好儿好女"。所以，当妻子的妹妹高君曼——一个新式潮女闯入他的生活后，他决意背叛婚姻，追求自由恋爱。陈独秀的这场"不伦之恋"，无论是家庭，还是社会，都是难以相容的，他索性带着高君曼私奔了。姐夫与小姨子结成伉俪，在封建铁幕的晚清末期，可谓惊世骇俗，激起了轩然大波，而"新青年"陈独秀自是我行我素。此是闲笔，言归正题。

陈独秀在云诡波谲的政治舞台上，扮演了一个悲剧英雄的角色。

一九二七年四月六日，中共创始人之一的李大钊在北京遭到北洋军阀的逮捕而入狱。四天之后的四月十一日，国民党领袖蒋介石发出了"清党"密令，翌日便爆发了屠杀共产党人的"四一二"惨案。第一次国共合作在白色恐怖中破裂。四月二十八日，李大钊被处以绞刑，为共产主义信仰而英勇献身。临刑前，李大钊从容演说："不能因为反动派今天绞死了我，就绞死了伟大的共产主义，共产主义在中国必然得到光辉的胜利。"

时任中共领袖的陈独秀在"四一二"前后，因为共产国际的错误指导，思想右倾麻痹而对危机失察，事前没有任何准备，事后也没能采取断然应对的措施，造成了中共的巨大损失。时年七月，成为共产国际错误路线"替罪羊"的陈独秀，离开了中共中央领导岗位而黯然隐居。一九二九年，陈独秀接受了托派主义，在党内另建取消派组织，这与当时中共的政治思想、组织原则是水火难容的。创建了中国共产党并担任中共一大至五大领袖的陈独秀，终于被开除了党籍。一九三一年，陈独秀出任中国共产党左派反对派常务委员会总书记。

此后的陈独秀，成了中共的反对派。当然，他依然是一个伟大热忱的爱国者、一个满怀激情的民族主义者，还是一个坚定的共产主义者。所以，他自始至终又是一个国民党的反对派。在中国的前途命运、抗日救国、民族独立等方面，陈独秀的主张与国民政府的方针是背道而驰的。因此，国民党对陈独秀欲除之而后快，要给予"明正典刑"。一九三二年十月十五日，国民党以"危害民国罪"又把陈独秀投入了监狱。当时，《世界日报》曾刊登了一幅漫画，并辅以文字解说：主人公是受尽皮肉之苦的陈独秀，共产党一拳把他打伤了，国民党两拳把他打昏了。从中可见陈独秀在国共两党政治中的尴尬处境。

身陷囹圄的陈独秀再次成为国内外注目的焦点，各派人员、各方力量纷纷奔走，设法营救陈独秀。连远在美国的世界著名科学家爱因斯坦也被惊动了，时年十二月八日，他拍了份越洋电报给蒋介石，声称陈独秀是东方的文曲星，而不是扫帚星，更不是囚徒，请勿以政见歧异而加害。

一九三三年四月十四日，国民政府的江苏高等法院在南京江宁地方法院第二刑事审判庭公开审理陈独秀案。直到今天，当我再次聚焦于"陈独秀案"审讯，亦是心怀激越。这是陈独秀人生历程中的精彩一页。在庭审中，检察官起诉陈独秀的罪名是："以危害民国为目的，集会组织团体，并以文字为叛国宣传。"在四月十四日、四月十五日、四月二十日三次庭审中，陈独秀唇枪舌剑，慷慨陈词，激烈抗辩。而著名的民国大律师章士钊出庭为陈独秀义辩无罪。

三

予行年五十有五矣，弱冠以来，反抗帝制，反抗北洋军阀，反抗封建思想，反抗帝国主义，奔走呼号，以谋改造中国者，于今三十余年。

时隔八十多年之后的今天，当我重读陈独秀的"辩诉状"，依然可以清晰地感知这个被傅斯年称作"中国革命史上光焰万丈的大彗星"的陈独秀之独特风采。他的政治主张，他的人生信念，他的思想锋芒，毕露无遗，光彩照人。

"国者何？土地、人民、主权之总和也！"陈独秀在"辩诉状"中如是说道。他毫不隐瞒自己的政治观点，对于中国共产党目前的任务，他阐述道：一、反抗帝国主义以完成中国独立。二、反抗军阀官僚以实现国家统一。三、改善工农生活。四、实现彻底的民主的国民立宪会议。

对于检察官指控的"危害民国""叛国"之罪，陈独秀予以了尖锐的批驳，鲜明地表达了他的观点，他认为，"今者国民党政府因予始终尽瘁革命之故，而加以逮捕，并令其检察官向法院控予以'危害民国'及'叛国'之罪，予不但绝对不能承认，而且政府之所控者，恰恰与予所思所行相反。国者何？土地、人民、主权之总和也，此近代资产阶级的国法学者之通论，非所谓'共产邪说'也，故所谓亡国者，恒指外族入据其土地、人民、主权而言，本国某一党派推翻某一党派的政权而代之，不得谓之'亡国'。'叛国'者何？平时外患罪，战时外患罪，泄露秘密罪，此等叛国罪状，刑法上均有具体说明，断不容以抽象名词漫然影射者也。若认为政府与国家无分，掌握政权者即国家，则法王路易十四'朕即国家'之说，即不必为近代国法学者所摒弃矣。若认为在野党反抗不忠于国家或侵害人民自由权利的政府党，而主张推翻其政权，即属'叛国'，则古今中外的革命政党，无一非曾经'叛国'，即国民党亦曾'叛国'矣。"其缜密的逻辑思维，坚定的政治理想，令人击节叹服。

陈独秀在这篇著名的"辩诉状"中，最后如此陈述道："予生平言论行动，无不光明磊落，无不可以公告国人，予固无罪，罪在拥护中国民族利益，拥护大多数劳苦人民之故而开罪于国民党已耳。"他进而激烈要求道，"法院若不完全听命于特殊势力，若尚思对内对外维持若干司法独立之颜面，即应毫不犹疑地宣告予之无罪，并判令政府赔偿予在拘押期内之经济上的健康上的损失！"

陈独秀把审讯自己的法庭当作战斗的舞台，他的独到思辨、法理逻辑、政治理念，通过滔滔不绝的雄辩之才，尽情地表达了出来。

民国大律师章士钊为陈独秀的辩护词，今天读来亦觉精彩难得。"本案当首严言论与行为之别。言论者何？近世文明国家，莫不争言论自由。"从言论与行为两个方面入手，围绕国家、政权、政党等概念，趋利避害，层层推进，为陈独秀的"危害民国""叛国"之罪名，予以无罪辩护。他认为："国家与主持国家之机关或人物即截然不同范畴，因而攻击机关或人物之言论，遽断为危及国家，于逻辑无取，即于法理不当。"然而，章士钊煞费苦心地为陈独秀开脱罪名，其中涉及陈独秀政治立场的辩护，让陈独秀大为不满。章士钊如是说道："现政府正致力于讨共，而独秀已与中共分扬，予意已成掎角之势，乃欢迎之不暇，焉用治罪乎？"

特立独行的陈独秀待章士钊辩护完毕，便拍案而起，严正声明道："章律师之辩护，全系个人之意见，至本人之政治主张，应以本人文件为根据。"或许在他的心灵深处，始终认为自己是一个纯粹的共产主义者，陈独秀之反共与国民党之反共，本质上完全不同。国民党反共，是要剿灭共产党。而陈独秀反共，是要"不惜牺牲一切，以拯救党拯救中国革命"（陈独秀《告全党同志书》，一九二九年十二月十日）。我相信，当时的陈独秀对自己亲手创建的中国共产党，是无比热爱的，对自己的政治信仰，是无比坚贞的。

无论陈独秀的辩诉如何有理有据，无论章士钊的辩护如何合法合理，一意孤行的法院还是判处陈独秀有期徒刑十三年。因为这个"意"来自国民党最高当局的旨意，一个地方法院岂能改弦易辙？

曾在有关文献中看到这样一则资讯，著有《红星照耀中国》的美国著名记者埃德加·斯诺（Edgar Snow）当时旁听了"陈独秀案"的庭审，在发回美国的报道中这样写道："此间正在审判前共产党总书记陈独秀，审判一共进行了三次，整个审判就像一场滑稽闹剧一样。"

陈独秀因为法庭的宣判"于理于法，两俱无当"而向国民党最高法院提出了上诉。直到一年之后，最高法院减轻改判陈独秀有期徒刑八年。

在南京模范监狱服刑的陈独秀，依然心系中国命运、民族危机，同时潜心治学，撰写著作。

四

一九三七年七月七日，北平发生了震惊中外的"七七"事变，中国的抗日战争全面爆发。八月二十三日，因为时局紧迫，国民政府司法院提前开释了陈独秀。

走出监狱的陈独秀，终于恢复了自由身。

此时此刻，中华民族已到了最危险的历史关头。对陈独秀来说，当时中国政治格局的改变，已让他无从自由驰骋，又不愿意再次卷入党派纷争，他选择了隐退。虽然他的一生与中国政治紧密相连，然而他决然远离各派政治力量而遗世独立。他既拒绝国民党的政治拉拢，又坚决与托派组织分道扬镳，最后又断然关上了奔赴共产党延安的大门。

在抗日战争的烽火中，他满怀忧伤地自南京向武汉、又从武汉向四川奔波迁徙，寻找安身立命之处。

晚年的陈独秀，回归了一个知识分子的自由本色，他表示："我已不隶属于任何党派，不受任何人的命令指使，自作主张，自负自责。"身在四川江津的陈独秀已然淡出中国的政治、文化中心。纵是如此，他锐利的思想锋芒一如既往。

偏居一隅的陈独秀，对于民主、科学、民族、政治、时局等，从来没有停止过深邃独到的思考。他的主张，他的观点，始终闪耀着一个思想家、一个爱国者的熠熠光辉。他曾经郑重地说过："我只注重于我自己独立的思想。"

这个孤傲狂狷的"新青年"，无论晚年的生活如何艰辛，却始终只愿接受来自朋友间的接济，以维持生计。有一则典故可以让人看到陈独秀倔强不羁的个性：他在江津的日子里，完成了一部文字学研究著作《小学识字教本》，国立编译馆预支给他稿费两万元。时任国民党教育部部长的陈立夫审稿后，致信给陈独秀，建议他把书名改为《中国文字基本形义》，方再付梓印行。固执的陈独秀回信拒绝更改书名，一个字也不能更改。逐年老去的"新青年"，依然不失桀骜不驯的风采。二陈对峙的结果是，《小学识字教本》被打入了冷宫。而穷困潦倒的陈独秀为了一个无碍大局的书名，情愿退还已预支的两万元稿费，虽然这笔钱早已花光了，而且他又没有固定的经济来源，生活全靠朋友的接济。

名士气节，令人动容。

江淮之子陈独秀是一个意气风发的思想家、革命家，却不是一个成熟老练的政治家，当然更不是一个见风使舵的投机者。

五

在这安静的陈独秀墓前，我强烈地感受到了在尘埃落定的历史深处，依然充满着一个热血书生的伟大理想。为了实现这种理想，与独秀山一般倔强、坚实的陈独秀无私地献出了人生的一切。一九四二年五月二十七日夜晚，流落异乡的陈独秀在贫病交加中逝世，时年六十四岁。在此之前，他的两个儿子陈延年、陈乔年已分别在一九二七年七月、一九二八年六月为了共产主义信仰而献身就义。

怀着难以释然的心情，回到安庆的旅馆，又听到了对面音像店传来的歌曲《千年等一回》。千年等一回——当年，陈独秀、李大钊等时代精英的横空出世，对黑暗的旧中国来说，何尝不是千年等一回？

陈独秀作为一个孤傲独秀的时代启蒙者，点燃了中国民众科学与民主的思想之火，成为现代中国进步的先驱者。写到这儿，我想起了陈独秀的一段名言：

青年之于社会，犹新鲜活泼细胞之于人身。新陈代谢，陈腐朽败者无时不在天然淘汰之途，予新鲜活泼者以空间之位置及时间之生命。

永远的"新青年"陈独秀对于充满活力的时代青年是寄予厚望的。青年要独秀于林，必须始终怀着伟大的理想，怀着坚定的信念，并且具有不屈不挠的斗志、大无畏的献身精神。

千秋功过，谁与评说？不必金镌石刻，公道自在人心。正如这怀宁的独秀山独秀于众山之林一样，陈独秀是中国现代史无法绕过的人，是中共党史无法绕过的人。

陈独秀，永远的"新青年"！

鲁迅：我以我血荐轩辕

一

一九四〇年一月，当时正是中国抗日战争战略相持时期。中共领导人毛泽东在陕甘宁边区文化协会第一次代表大会上发表了一次演讲，这篇演讲稿就是著名的《新民主主义论》，其中说到鲁迅，毛泽东毫不吝惜地极尽赞美："而鲁迅，就是这个文化新军的最伟大和最英勇的旗手。鲁迅是中国文化革命的主将，他不但是伟大的文学家，而且是伟大的思想家和伟大的革命家。鲁迅的骨头是最硬的，他没有丝毫的奴颜和媚骨，这是殖民地半殖民地人民最可宝贵的性格。鲁迅是在文化战线上，代表全民族的大多数，向着敌人冲锋陷阵的最正确、最勇敢、最坚决、最忠实、最热忱的空前的民族英雄。鲁迅的方向，就是中华民族新文化的方向。"

当时，鲁迅病逝已三年多了。如果他在世，看到中共领袖给予他这样的高度评价，会做何感想？

从此——特别是在新中国成立以后，文学家鲁迅始终笼罩着炫目的政治光环。

今天的我们，理性地重读毛泽东关于鲁迅的评价，如果结合历史背景来思考，其深意是不言而喻的。当时的中华民族，因为日本发动的侵华战争，正处在生死存亡的危急时刻，国共两党实现第二次合作，建立了抗日民族统一战线。前赴后继的中华儿女正在抗日前线浴血奋战，救亡图存，然而，国民党副总裁汪精卫主张与日媾和，发起"和平运动"。后在日本人的扶植下，于一九四〇年三月二十日在南京建立了又一个"民国政府"。汪精卫从一个反清义士沦落为汉奸，南方大批国民党官员、军人附逆投敌，当然还有众多文人失节，其中就有鲁迅的弟弟、新文化运动的杰出代表周作人。

在当时的形势下，中共领袖毛泽东对鲁迅的评价，如果除去多个程度副词"最"和"旗手""主将"之类称号，那么其核心就是"鲁迅的骨头是最硬的，他没有丝毫的奴颜和媚骨"，而当时的抗日战争，就是迫切需要这种"最可宝贵的性格"。虽然毛泽东对鲁迅的这种肯定与赞赏是站在文化战线这个角度而论的，然而，作为一个高瞻远瞩的政治家，他显然是以提倡鲁迅的硬骨头精神，来激励抗日前线的将士们和全体人民向入侵者冲锋陷阵，殊死抗日。

因此，即使褪去了政治光环，还鲁迅以本来面目，鲁迅的硬骨头精神，一以贯之的就是浙江文人固有的刚烈之气节。

二

周家在古越绍兴乃名门望族，其家道中落始于其祖父周介孚。周介孚于清光绪帝时任内阁中书，正值丁忧在家时，是江南乡试之年，鲁迅的父亲周伯宜是个秀才，屡应乡试未中。周介孚因与朝廷殷主考是老相识了，便打发下人前往苏州，呈上书信与银票，拜托殷主考关照应试的周家子弟。这在营私舞弊的清末科场，原是心照不宣的平常事。然而，因为周家下人太不会办事了，致使周介孚行贿舞弊案浮上水面，光绪帝龙颜大怒，周介孚被钦定为"斩监候"，并坐了八年的牢。周伯宜因受牵连，其秀才的身份也革去了，常常借酒浇愁愁更愁，致使积郁成病，病魔缠身。

周伯宜长子周树人（鲁迅）自打记事起，正好处在自小康堕落困顿的家境中，就十分敏感地体会到了人间的世态炎凉。在他十五岁前，有四年多的时间，少年鲁迅几乎每天出入绍兴的质铺与药店，把家里的衣服或首饰去质铺当掉，再去药店给父亲买药。然而，纵是名医妙手，已无力回春，周伯宜于三十五岁那年病故了。

鲁迅的母亲鲁瑞是个大字不识的绍兴乡下人，是一个和善、坚强的女性，在这个书香门第之家，她居然通过自修而达到能够看书的学力，可见内秀而慧。在公公、丈夫相继去世，三个儿子周树人、周作人、周建人尚未成人这样一个窘境之下，独力持家，抚育儿子。这与乌镇茅盾的母亲具有相似之处。

鲁迅十八岁那年，尽管生活处境艰难，他的母亲还是设法筹借到了八块银圆，哭着送别了儿子。鲁迅离开绍兴，赴南京入学江南水师学堂，次年改入矿务铁路学堂，因为学习成绩优异，于一九〇二年考取留学日本官费生。

鲁迅在日本留学时，选择了学医治病，按他自己的说法是，学成以后，可以"救治像我父亲似的被误的病人的疾苦，战争时候便去当军医。"我想应该还有一个原因是，在任何时代，掌握一门医术以谋生，不失为一份体面的职业。况且，鲁迅的家境日益没落，或许正如他后来所说的："一要生存，二要温饱，三要发展。"

鲁迅弃医从文的原因，后人耳熟能详。在《呐喊》自序中，鲁迅如此坦陈心迹："我便觉得医学并非一件紧要事，凡是愚弱的国民，即使体格如何健全，如何茁壮，也只能做毫无意义的示众的材料和看客，病死多少是不必以为不幸的。所以我们的第一要著，是在改变他们的精神，而善于改变精神的是，我那时以为当然要推文艺，于是想提倡文艺运动了。"

我之所以关注鲁迅的人生履历，是因为逆境中的人生感悟、人生体验，是文学创作的源泉与动力。如同曹雪芹，经历了从皇亲贵胄的繁华富贵沦落至举家食粥的穷苦之境，这种从天堂到地狱的巨大落差，是人生难以承受之重。而在一贫如洗的处境中，曹雪芹"披阅十载，增删五次"，创作了流芳千古的小说名著《红楼梦》。

三

青少年时代的鲁迅，因为家道中落，使他对人生、对现实有了更深切的体验，从而冷静地审视国民性，反思传统文化。所以，回国后的鲁迅，以笔为戈，横扫传统文化与现实社会中存在的黑暗、丑陋、愚昧与腐朽，讴歌生活底层的劳动人民具有的崇高、美丽、动人的优秀品质。他对弱小者满怀同情，既哀其不幸，又怒其不争，对强权者表示极大的蔑视，既辛辣嘲讽，又猛烈鞭挞。

或许是早年人生的坎坷经历所致，无论是身体语言，还是文化语言，鲁迅都显得冷峻、刚硬。而"批判"，成为他作品的主色调。如《狂人日记》，作为中国第一部现代白话文小说，鲁迅以一个患有"迫害妄想型"精神病患者的独特视角，深刻的思想通过锋利之笔，刺破了封建文化的黑暗铁幕：

我翻开历史一查，这历史没有年代，歪歪斜斜的每页上都写着"仁义道德"几个字。我横竖睡不着，仔细看了半夜，才从字缝里看出字来，满本都写着"吃人"两个字！

小说中揭示的"人吃人"的本质，是对封建社会历史现象的精辟概括。

我十分欣赏鲁迅的如"匕首"、如"投枪"般的杂文，涉及之广，数量之大，虽小品文而有大关怀，是于无声处的轰天惊雷，是穿越晴空的林中响箭，令人警醒奋起。

鲁迅习医，是想做一个救死扶伤的医生，鲁迅从文，也是从医生的角度，为国民的文化、思想、精神把脉诊疗。所以，鲁迅这样说过："我的取材，多采自病态社会的不幸人们中，意思是在揭出病苦，引起疗救的注意。"

鲁迅自从发出"救救孩子"的呐喊后，把目光更多地投向青年——这是未来的希望，他不畏强权，抨击黑暗，不屈服邪恶势力，"横眉冷对千夫指"，但是对于青年一代、进步人士，他热情呵护，"俯首甘为孺子牛。"

一九二六年三月十八日，在段祺瑞执政府制造的"三一八"惨案中，北京学生运动领袖之一、鲁迅的学生刘和珍等四十七个和平请愿者遇害，致伤二百多人。鲁迅在参加了刘和珍的追悼会后，写下了著名的散文《记念刘和珍君》，痛悼"为了中国而死的中国的青年"，痛斥凶残虐杀青年学子的杀人者。鲁迅一连写下了七篇檄文，讨伐执政当局的暴行。

"真的猛士，敢于直面惨淡的人生，敢于正视淋漓的鲜血。"鲁迅在《记念刘和珍君》中写下的名言，至今亦令人激奋不已。鲁迅当然不会屈服于恶势力，且愈战愈勇。一九三一年二月七日，中国左翼作家联盟的五个青年作家李伟森、胡也频、柔石、白莽、冯铿被国民党政府秘密枪决于上海龙华，史称"左联五烈士"。大批左联作家被通缉，鲁迅不畏白色恐怖，写下了《中国无产阶级革命文学和前驱的血》《黑暗中国的文艺界的现状》等檄文，抨击反动罪行，发出强烈抗议。一九三三年，在左联五烈士遇难两周年之际，鲁迅著文《为了忘却的记念》，沉痛纪念青年英烈，还把柔石的"硬气"与明代的方孝孺相提并论，彰显了一种"硬气"的精神和气节。鲁迅痛感于"我失掉了很好的朋友，中国失掉了很好的青年"，赋成名诗一首：

> 惯于长夜过春时，挈妇将雏鬓有丝。
> 梦里依稀慈母泪，城头变幻大王旗。
> 忍看朋辈成新鬼，怒向刀丛觅小诗。
> 吟罢低眉无写处，月光如水照缁衣。

四

鲁迅经历了满清末期、北洋政府、民国政府三个时代，始终站在代表进步、光明与希望的行列，坚韧不屈地与黑暗势力战斗了一生。直到临终前，他仍保持着一如既往的战士精神："让他们怨恨去，我也一个都不宽恕。"生活在那个风云变幻、灾难深重的时代，鲁迅是有深深怨恨的，甚至形成了一种戾气，执拗得四面树敌。而其心中有大爱，因爱而生恨。

知识分子作为社会各阶层中的独特群体，如果丧失了怀疑、批评与启蒙精神，如果趋炎附势而流俗于世，也就失去了存在价值而一文不名。

> 灵台无计逃神矢，风雨如磐暗故园。
> 寄意寒星荃不察，我以我血荐轩辕。

鲁迅于二十一岁那年所作的《自题小像》，是他内心世界的真实写照。

一九三六年十月十九日，鲁迅因病逝世。他的灵柩上覆盖了白底黑字的"民族魂"挽幛。"民族魂"三个字，不是执政当局的政治赋予，而是社会各界民主进步人士对鲁迅的普遍认同。

鲁迅因为弃医从文，中国少了一个医生，而多了一个文豪。如果鲁迅留学日本时坚持学医归国，那么中国只有医生周树人，而没有文学家鲁迅了。

徐志摩：毕生行径都是诗

一

海宁西山，山不高，水不深，却因诗人志摩而飘逸灵动。早就倾心于那绮丽雅致的诗文，如一弯光华纯净的新月映照我的心空。

曲曲折折寻进西山，拜谒诗人徐志摩之墓。一路荒芜，一路诗意。自山脚始，至墓前止，一共三十五级台阶。这正暗合了诗人志摩在这人世间走过的三十五载春与秋。天妒英才，天扼英才。七十多年前一场不幸的空难，令志摩罹难于济南南部山区，一代诗神永别人寰。一九三一年十一月十九日，这一天成为中国现代文学史上黑色的祭日。冬季的寒风冰冷彻骨，吹落了一片浪漫的云。

山色青翠，春光葳蕤。志摩的西山墓地，白石铺地，青石为阶。花岗岩墓碑上镌刻着七个字：诗人徐志摩之墓。碑前的半圆形墓台恰如一弯新月，寓意着志摩是现代文学史上"新月派"一个杰出的诗人。墓前台阶两旁的土坡上，各倚着一册翻开的石书。

左侧石书上，刻着志摩诗歌《翡冷翠的一夜·偶然》中的名句：

我是天空里的一片云

偶尔投影在你的波心

> 你不必讶异
>
> 更无须欢喜
>
> 在转瞬间消灭了踪影

右侧石书上，刻的是志摩名诗《猛虎集·再别康桥》的第一段：

> 轻轻的我走了
>
> 正如我轻轻的来
>
> 我轻轻的招手
>
> 作别西天的云彩

　　飘逸的诗魂安息在无声的石棺中，灵动的诗歌化作了沉重的石头。石头沉默而冰冷，然而石头的深处是生生不息的火种。一生钟爱缪斯女神，一支秀笔驰骋文坛——有一弯冷月葬诗魂，有一处青山埋诗骨，便不再"寂寞孤鸿影"。

　　当徐志摩追悼会在北大举行时，德高望重的教育家蔡元培敬送的挽联是：

谈诗是诗，举动是诗，毕生行径都是诗，诗的意味渗透了，随遇自有乐土；
乘船可死，驱车可死，斗室坐卧也可死，死于飞机偶然者，不必视为畏途。

　　"毕生行径都是诗。"此句论志摩，真是再合适不过了。在志摩短暂的生命中，他始终是充满了"完全诗意的信仰"。他可以冒着大雨在异国的康桥上等待美丽的彩虹；他可以放弃在美国即将完成的学业而赶赴英国，只为了他所崇拜的罗素……诗人的率真与热烈，在志摩身上体现得如此和谐统一。因而，他的诗与散文，在暮气沉沉的1949年以前的中国文坛上，开创了一代清新、浪漫、绮丽、雅致的文风。

　　志摩是一个纯粹的理想主义者。崇尚自由、真、爱、美。他对爱情的执着追求，是他诗人本质的真情流露。他说："我将在茫茫人海中寻访我唯一之灵魂伴侣。得之，我幸；不得，我命。"志摩对于伴侣之理解已超越了一般意义上的生活伴侣，他要寻访的是灵魂伴侣，是精神上的知己，心灵中的密友。这种形而上的理想，是志摩这个风流倜傥的才子所不懈追求的。

为了那个在英国伦敦一见倾心的才女林徽因，志摩坚决地与结婚七年的原配夫人张幼仪在德国柏林离了婚，成了一个"自由的生命"。然而，林徽因出于对婚姻的理性把握，或者说缘分所致，最终选择了梁思成。她曾哭着对志摩说："徐兄，我会把我们两个生命的邂逅永远珍存在记忆里，我的心里永远有你的位置。有时候，真爱是无需说出的。"当林徽因说出这句话时，眼泪落在了咖啡杯里。传记《生命信徒——徐志摩》（傅光明著）生动地记述了这样一个情节。

"有时候，真爱是无需说出的。"是啊，人间有太多的无奈、太多的羁绊，任性率为者，又有几何？也许只能把真爱藏在心底，无须说出。

志摩当然读得懂林徽因的心声。他寻寻觅觅的目光，最终落在了好友王赓的妻子陆小曼的身上。

二

志摩与陆小曼的婚恋在当时的京沪引起了轩然大波，流言蜚语蜂拥四起。

而在志摩所有的浪漫故事中，最动人心魄的是他与陆小曼的情爱往事。

陆小曼是一个才貌双全的女子。我曾看到过一张陆小曼的黑白照片，这个民国名媛端坐于书案前，右手支额，左手翻书，带着浅浅的笑意低头阅读。清纯的容颜，如兰的气息，弥漫着入骨的风情。她曾师从刘海粟、陈半丁、贺天健等名家，工山水、花卉，擅长戏剧表演，精通英文、法文，写得一手好诗文，还翻译了意大利戏剧《海市蜃楼》，可谓多才多艺。她美艳绝伦地活跃于京城的社交界。故而，文化名流胡适曾如此感慨道，陆小曼是北京城一道不可不看的风景。

徐志摩与陆小曼从相遇、相识到相知、相爱，成为民国最为传奇的浪漫爱情之一。志摩的朋友、小说家郁达夫后来这样说："他们的一段浓情，若在进步的社会里，有理解的社会里，岂不是千古的美谈？忠厚柔艳如小曼，热情诚挚若志摩，遇合到一道，自然要发放火花，烧成一片，哪里顾得到纲常伦教？哪里顾得到宗法家风？"

　　无论是来自社会舆论，还是两个主角的家庭，对这一对有情人的压力之大，常人是难以承受的。而以志摩的浪漫与激情，是任何力量都无法阻止他义无反顾地与陆小曼结成姻缘的。两个婚姻的叛逆者，最终不顾一切地冲破了所有的桎梏，终成眷属。一九二六年十月三日，徐志摩和陆小曼在北京北海公园结婚。志摩夫妇的朋友胡适是介绍人，志摩的老师梁启超是证婚人。梁启超对得意门生志摩与陆小曼的再婚十分不满，在喜庆的婚礼上，他的证婚词是严厉的训斥，这使得一对新人及满堂宾客无不惊愕失色。

　　或许是诗人心灵相通的缘故，印度文学大师泰戈尔对徐志摩和陆小曼的婚恋甚是欢喜的。一九二四年四月，泰戈尔第一次访华，是应梁启超等以北京"讲学社"的名义之邀请，率领由国际大学教授、梵文学者等一行六人组成的访华团，对中国进行了访问。诗人志摩全程陪同他到各处旅行，给他的演讲做翻译，与泰戈尔结下了深厚的感情。泰戈尔回国后致信给志摩说："从旅行的日子里所获得的回忆日夕萦绕心头，而我在中国所得到的最珍贵的礼物中，你的友谊是其中之一。"泰戈尔第二次访华，则完全是出于与志摩的私谊。一九二九年三月，泰戈尔自印度启程去美国、日本讲学时，首先来到上海与徐志摩相聚。当时，徐志摩与陆小曼婚后住在福煦路四明村。讲学归途，泰戈尔又来到上海，在志摩夫妇三间半的小屋中，盘桓数日后回到了印度。泰戈尔临别时赠给志摩夫妇自画像一幅，自画如高大的山峰，并题诗句曰："山峰盼望他能变成一只小鸟，放下他那沉默的重担。"陆小曼后来写了一篇文章《泰戈尔在我家》（《良友》画报第一五七期，一九四〇年八月出版），记述了接待泰戈尔的经历。她亲切地把泰戈尔称作"老头儿"，说"老头儿对我格外的亲近"。文中还这样写道："虽然住的时间不长，可是我们三人的感情因此而更加亲热了。"三个人相处得极为融洽，如同一家人。

　　志摩与陆小曼的婚姻是任性的爱情所致，待到灼人的罗曼蒂克冷却下来时，必须面对现实生活的风刀霜剑，没有任何温情与浪漫可言。志摩在一九二五年八月九日以笔对陆小曼深情地诉说："我只要你；有你我就忘却一切，我什么都不想什么都不要了，因为我什么都有了。"（《爱眉小札》）天真的志摩，以为有了爱情，就什么都有了。然而，这仅仅是热恋中人的幼稚愿景。他们结婚后，陆小曼的母亲对志摩这个女婿始终是有怨言的，甚是冷淡。而志摩的父亲拒绝接受陆小曼这个媳妇，后关系日益恶化，身为海宁硖石富商的徐申如甚至切断了与儿子志摩的经济往来。

失去了家庭接济的志摩，生活陷入了极其痛苦的窘境。恃宠而骄的陆小曼，却依然任性地奢华生活，风光娱乐。北方佳丽迅即成为沪上社交界的中心人物，又因体弱犯病，志摩的朋友翁瑞午有一手推拿绝技，给陆小曼推拿治病的同时，还诱使她抽上了"阿芙蓉"。十里洋场的交际花，挥金如土的陆小曼，把志摩的经济状况拖累得难以为继。

三

志摩为了满足陆小曼的挥霍，不得不同时在三所大学任教，课余赶写诗文赚取稿费，但是经济上始终捉襟见肘，甚至债台高筑。一九三〇年秋，志摩应胡适之邀，赴任北京大学教授。当时他想把陆小曼带到北京，开辟一个新天地，纵然是好言相劝，苦苦哀求，固执的陆小曼坚决不愿离沪北上。夫妻俩就这样南北分离，无可奈何。志摩实在是太爱陆小曼了，在一九三一年春夏间，志摩南北奔波，"往返八次之多，不遑宁处"。而志摩为了省钱，往往是搭乘免费的邮机。

一个浪漫的诗人，为了心爱的眉，在金钱的纠缠中，痛苦万分。一九三一年六月十四日，志摩在北平对"至爱的老婆"写道："钱是真可恶，来时不易，去时太易。"这金钱确实可恶可恨，让诗人走投无路。除了金钱的逼迫，还有一个令人难堪的翁瑞午，对于他与陆小曼暧昧关系的浮言，志摩曾这样辩解说："夫妇的关系是爱，朋友的关系是情，罗襦半解，妙手摩挲，这是医病；芙蓉对枕，吐雾吞云，最多只能谈情，不能做爱。"颇见良苦用心。话虽如此，以志摩之诗人的敏感，心头一定是充满了阴影。

纵然如此，志摩对陆小曼依然是迁就与娇惯的，其爱一如既往："I may not love you so passionately as before but I love all the more sincerely and truely for all those years. And may this brief separation bring about another gush of passionate love from both sides so that each of us will be willing to sacrifice for the wake of the other!（我爱你可能不如从前那样热烈，但这些年来我的爱是更加诚挚，更加真心的。唯愿这次短暂的分离能使我俩再度迸发热烈的爱，甘心为对方献身！）"

夜读《爱眉小札》，志摩的浓得化不开的爱与情，无数次让我不胜感叹而心疼。在志摩遇难次日，胡适的日记中这样写道："朋友之中，如志摩天才之高，性情之厚，真无第二人！"志摩，真是个可怜的痴情人。志摩对陆小曼，可真是怀了天大的爱。

四

直到志摩不幸坠机身亡，陆小曼始从绮丽的堕落的梦中惊醒。志摩的遗体自济南运抵上海，在万国殡仪馆举行大殓时，陆小曼悲痛欲绝。在志摩的遗物中，居然有一件完整无缺的遗物——那是陆小曼的一幅山水画长卷。志摩把这幅长卷藏在铁匣中，随身携带，可见心爱之极。

如坠深渊的未亡人，撰写了一副痛楚的挽联：

多少前尘惊噩梦，五载哀欢，匆匆永诀，天道复奚论，欲死未能因老母；
万千别恨向谁言，一身愁病，渺渺离魂，人间应不久，遗文编就答君心。

"苍天因何绝我如斯。"陆小曼在致胡适的信中写道："这一下我可真成了半死的人了。"时年二十九岁的陆小曼，与志摩度过了五年婚姻生活，挥霍了志摩全部的爱，而当志摩猝然罹难，她感到了天崩地裂般的锥心之痛。在志摩死后一个多月时，痛不欲生的她写了一篇催人泪下的痛悼之作《哭摩》："一转眼，你已经离开了我一个多月了，在这段时间我也不知道是怎样过来的，朋友们跑来安慰我，我也不知道是说甚么好。虽然决心不生病，谁知一直到现在也没有离开过我一天。摩摩，我虽然下了天大的决心，想与你争一口气，可是叫我怎生受得了每天每时的悲念你的一阵阵心肺的绞痛。到现在有时想哭，眼泪干得流不出一点；要叫，喉中疼得发不出声。"

从此，陆小曼在上海素服隐居，绝迹娱乐界。心如止水的她，在充满了斥责、非议、发难的尘世中，除了绘画、写作外，悉心收集、整理志摩的诗文、日记、书信，终于在一九三六年与赵家璧一起编定了《志摩全集》。"遗文编就答君心"，小曼，真可算得志摩灵魂之伴侣了。

因为志摩的逝世，大多的朋友如潮退去。在陆小曼的身边，唯有翁瑞午不离不弃。志摩永是活在小曼的心中，她经常买来鲜花供在志摩的遗像前，以志纪念。而翁瑞午对陆小曼始终是重情重义。"美人自古如名将，不许人间见白头。"然而，即使是美人迟暮、病病恹恹，虽然陆小曼说她与翁瑞午"只有感情，没有爱情"，翁瑞午亦痴心厮守，不惜变卖全部的古董、字画，以供陆小曼生活和治病所需，直到终老谢世。这真是一个难得的男人。

一九三三年的清明节，陆小曼只身一人，来到海宁硖石，给志摩上坟。这是她第五次、也是最后一次到海宁硖石。在这硖石的干河街，有一栋二层楼的小洋房。一九二六年十一月中旬，新婚宴尔的志摩携小曼回故乡硖石，生活在这座小洋房中，过着"草青人远，一流清涧"的神仙眷侣般的日子。诗人总是别出心裁的，志摩把这小洋房称为"香巢"。可惜好景不长，不到一个月，因军阀战事，志摩夫妇即离开硖石，避走沪上。我相信，志摩夫妇在硖石朝夕相处的短暂日子里，应是小曼最幸福的美丽时光。然而，因为志摩父亲的坚决排斥，小曼已不能再去"香巢"重温旧情，过去的一切成了苦涩与伤心的回忆。

怅然若失的小曼，黯然神伤地回到了上海，写下了一首诗《癸酉清明回硖扫墓有感》：

> 肠断人琴感未消，此心久已寄云峤。
> 年来更识荒寒味，写到湖山总寂寥。

不知道志摩的父亲徐申如白发人送黑发人会有怎样的痛悔之情？这个固执的硖石首富，死不承认、接受陆小曼为徐家的人，彻底断绝对志摩的接济，没有任何转圜余地，致使志摩在经济上难以为继，只好拼命赚钱，尽力给小曼提供幸福的生活。徐申如纵使坐拥金山银海，失去了志摩这个唯一的儿子之后，又有什么用呢?

"细屈指寻思,旧事前欢,都来未尽,平生深意。到得如今,万般追悔,空中添憔悴"(宋·柳永《慢卷袖》)。一切都已悔之晚矣,一切都已不可重来。

五

晚年的陆小曼,得到了新中国上海市首任市长陈毅的关怀。在上海美协举办的一次画展中,陈毅看到了陆小曼的画作,在确认了她是徐志摩的遗孀后,陈毅说:"这样的文化老人应该予以照顾。"当时陈毅还说听过徐志摩的讲课,以"徐志摩是我的老师"相称。后来我查阅了历史资料,未能查证陈毅是否听过徐志摩的课,但是其中有一则掌故引起了我的注意。一九二五年十月至一九二六年十月,徐志摩接手主编《晨报·副刊》时,发起了一场关于苏俄问题以及中国命运的大讨论。诗人志摩与青年革命家陈毅亦有笔战论争和思想交锋,至今读来倍感精彩,使我看到了志摩思想的另一个侧面,丰富了我对志摩的认识。我想,陈毅对此番论争是记忆犹新的,更因具有诗人气质的元帅对诗人志摩的惺惺相惜,因此有意照顾志摩的遗孀。

一九五六年四月,陆小曼受聘为上海文史馆馆员,终于有了一份稳定的收入。尔后,加入了农工民主党,成为上海画院的画师。一九五九年,陆小曼当上了上海市人民政府参事室参事,还被评为全国美协"三八红旗手"。陆小曼历经荣华与磨难的生命,得到了新生。

一九六五年四月三日,在又一个"清明节"来临之前,陆小曼走完了生命的历程。她最后的两个遗愿都与志摩有关:一是请求赵家璧帮助出版她呕心沥血编就的《志摩全集》;二是对赵清阁说:"希望在死后能和志摩合葬。"

在小曼的心灵深处,她的最爱始终是她的"摩摩"。亦如志摩生前,他对勾魂夺魄的"眉"永远爱意无限一般。

距离小曼离别人世已四十多年的漫长时光,由她直接参与编辑的《志摩全集》,终于在一九八三年初由香港商务印书馆印行出版,更名为《徐志摩全集》(五卷)。然而,小曼与志摩的合葬遗愿,因为各种原因,终成憾事。

志摩葬在海宁西山，小曼葬在苏州东山。这一西一东，相距犹如海角天涯。山与山不能相逢，而他们彼此相爱的灵魂呢？生前他们是如此的化不开的浓情蜜意，死后却是天各一方，孤寂冷冢。

如果志摩在世，以他善良本真的性情，以他对小曼的深爱，他怎么能容得小曼受到如此的委屈呢？

"海宁没有明白人。"曾经著过《徐志摩传》的山西作家韩石山激愤地写道："无论是从旧道德上说，还是从新道德上说，都应当把陆小曼的棺木迎回去，跟徐志摩合葬在一起。这事情，迟早会有人办的，这一代的海宁人不办，下一代也会办，下一代不办，下下一代也会办。我就不信海宁永远也出不了一个明白人。"

显然，韩石山是为小曼鸣不平。

而我，也一样地为小曼鸣不平。

六

时光荏苒，余韵犹存。诗人志摩对于爱情的追求，如同他的诗歌一般，一波三折，一唱三叹。

在他的心底，究竟谁是他永远寻觅的灵魂伴侣？

一个才华横溢的诗人，在中国文坛恰如惊鸿一瞥，又倏然消逝。当志摩离开了人间，便从此与他心目中的灵魂伴侣擦肩而过了，一个在天，一个在地。只有美丽的诗魂依然在这平凡庸俗的尘世间、在我们情感的天空中飞舞着……

赵一曼、杨靖宇：抗联英雄

赵一曼。

杨靖宇。

每当想起这两个名字，心中便隐隐作痛。这种痛楚，不因时间流逝而淡化，反而日益强烈，直至如撕心剖肝之痛。

在风轻云淡、阳光明媚的日子里，安享和平的静好岁月，打开那残酷、悲壮的历史一页，我总是恍惚不已，难以直面那种今人无法想象的血与火，难以直面那种惨绝人寰的伤与痛，然而，今天的我们又怎能遗忘他们？

无法遗忘，不敢遗忘！

一九三一年九月十八日，驻中国东北的日本关东军炮击东北军北大营，并向沈阳进攻，震惊中外的"九一八"事变就这样发生了。张学良少帅执掌的东北军放弃了沈阳，放弃了东北，致使东北全境很快沦陷，日本在东北建立了伪满洲国的傀儡政权。然而，在东北大地上，不甘奴役的东北各阶层人民开展了不屈不挠的抗日救国运动。

东北抗日联军是中国共产党创建、领导的东北各族人民的抗日武装，由东北抗日义勇军余部、东北反日游击队、东北人民革命军组成。

东北抗日联军在松花江两岸，在白山黑水间，与日本侵略者进行了长达十四年之久的战斗。孤悬敌后的抵抗运动，其艰苦卓绝的程度，后人难以想象。他们缺少枪支弹药，又食不果腹衣不蔽体，周围还到处充斥着汉奸、特务、叛变者、告密者，时刻处在生死存亡的危急关头。然而，正是东北抗日联军这样一支英雄的部队，让日本侵略者寝食难安，坐卧不宁，不断派出讨伐队围剿抗联将士。

抵抗侵略的东北抗日联军，涌现出一大批可歌可泣的英雄，如赵一曼，如杨靖宇，如其他的抗联英烈……

赵一曼

在抗联英雄群像中，蜀中女杰赵一曼的惨烈与悲壮，惊天地泣鬼神。

赵一曼（1905年10月27日—1936年8月2日），原名李坤泰，又名李一超，出生在四川宜宾的一个地主家庭，八岁（1913年）入私塾；十九岁（1924年）加入社会主义青年团；二十一岁（1926年）考入宜宾女子中学，加入中国共产党，同年十一月入学于武汉的中央军事政治学校；二十二岁（1927年）前往苏联莫斯科中山大学学习；二十三岁（1928年）在莫斯科与陈达邦结婚，是年冬经组织安排回国，在宜昌从事秘密工作，次年一月二十一日生下儿子；二十六岁（1931年），"九一八"事变发生后，她被调到东北，从事抗日工作，先后担任满洲总工会秘书，组织部部长、哈尔滨总工会代理书记、中共珠河中心县委委员、铁北区委书记、兼任东北人民革命军第三军第二团政治委员，部队的战士们都亲切地称她为"我们的女政委"，当年日伪报纸有一篇报道，题为《女共党赵一曼红妆白马驰骋哈东攻城略地危害治安》，可想而知赵一曼的抗日影响力；三十岁（1935年）负伤被俘，日文报纸在头版头条发表了报道《匪徒密林中溃走，赵一曼、王惠堂被俘》；三十一岁（1936年）壮烈牺牲。

这份简历，清晰地展示了赵一曼短暂一生的光辉历程。

而我的思绪，久久停留在二十世纪三十年代初的东北大地，仿佛看到了这位来自大西南的女子红妆白马驰骋疆场的英姿。赵一曼年轻的生命，最后的五年时间，献给了祖国的白山黑水。

一九三五年十一月，东北的冬天一派肃杀。敌人疯狂扫荡珠河抗日游击区，在第三军主力部队远征后，赵一曼坚持留守珠河，领导游击战争。中旬的一天，赵一曼与五十多位战友被三百多名日伪军包围，发生激战，面对敌众我寡的危险境地，赵一曼组织突围，突然左腕中弹，滚下山崖。待她醒来时，发现自己已被战友们转移在山沟的一间窝棚里。然而，敌军的搜山队很快发现了他们的行踪，在枪战过程中，赵一曼左大腿中弹而昏迷被俘。日军军医检查发现，她"腿部枪口处周围骨头全碎了，散在肉里，共有24块"。

赵一曼落入日军之手后，如坠人间炼狱。从一九三五年十一月中旬到一九三六年八月二日这八个多月的时间里——一九三六年六月二十八日，在看守警察董宪勋与女护士韩勇义的帮助下，赵一曼有过唯一一次脱逃机会，然而日军尾追而来，她重入虎口——赵一曼经受了各种非人的酷刑（此处省略一万字，我不忍复述日军的兽行），她的尊严、她的身体、她的精神……得到了全面的摧残，然而，关于抗联的秘密，她始终坚不吐实，回答敌人的永远只有三个字："不知道。"

狱中的赵一曼作有《滨江述怀》一诗：

> 誓志为人不为家，涉江渡海走天涯。
> 男儿岂是全都好，女子缘何分外差？
> 未惜头颅新故国，甘将热血沃中华。
> 白山黑水除敌寇，笑看旌旗红似花。

诗句之间，充满了一个女战士的浩然之气。

凝视赵一曼的照片，她如此端庄秀丽，英气袭人。她柔弱的躯体，承受了怎样一种无法承受之痛，承受了怎样一种无法承受之苦，每当思及，不禁泪如雨下，痛彻心扉……那种地狱般的无法想象的酷刑，罄竹难书的兽行，令我恐惧，令我战栗，我只能——只能洒泪祭奠赵一曼的英灵。

赵一曼经受的惨痛，是中华民族经受的惨痛；赵一曼经受的惨痛，是为了后来人永不经受这样的惨痛。

正是因为有了赵一曼这样的英雄，更多更多的人白骨不会外露，肌肤不会炭化，鲜血不会流淌。

一九三六年八月二日，入秋后的哈尔滨气候宜人，当日凌晨，受尽折磨的赵一曼被日军押上火车，驶往珠河县。赵一曼明白，她生命最后的时刻即将到来，在这个时刻，她想起了年幼的儿子，在奔赴东北抗日前，她把宁儿托付给丈夫陈达邦堂哥陈岳云寄养，而今已八岁了，是否一切安好？刚强无比的心灵顿时溢满了一个母亲的深深柔情，她向看守军警要来了纸和笔，在奔驰的火车上给儿子写下了一封遗书：

宁儿！母亲对于你没有能尽到教育的责任，实在是遗憾的事情。

母亲因为坚决地做了反满抗日的斗争，今天已经到了牺牲的前夕了。

母亲和你在生前是永久没有再见的机会了。希望你，宁儿啊！赶快成人，来安慰你地下的母亲！我最亲爱的孩子啊，母亲不用千言万语来教育你，就用实行来教育你。

在你长大成人之后，希望不要忘记你的母亲是为国而牺牲的！

一九三六年八月二日

你的母亲赵一曼于车中

"为国而牺牲！"是的，赵一曼的宁儿不会忘记，我们也不会忘记，又怎能忘记！

赵一曼受伤被俘后，时任伪满滨江省公署警务厅特务科外事股长的大野泰治对赵一曼进行了拷问、刑讯。后来，他以"赵一曼没有利用价值"为由上报，致使赵一曼被杀害。一九五〇年十二月，大野泰治在山西被捕，羁押在太原战犯管理所。在被关押改造期间，大野泰治交出了赵一曼的生前遗作《滨江述怀》，跪在地上痛哭流涕，恳请宽恕。凶残的恶兽终于恢复了人的良知，他说："我一直崇敬赵一曼女士，她是真正的中国的女子，作为一个军人我愿意把最标准的军礼给我心目中的英雄，作为一个人，我愿意下跪求得赵女士灵魂的宽恕。"

这是赵一曼铁骨铮铮的精神征服了残暴的侵略者，她虽死犹生，浩气长存！

而在我的心灵深处，赵一曼永成我虔诚敬仰的中华女神，美丽如斯，坚贞如斯……

杨靖宇

传奇英雄杨靖宇（1905年2月—1940年2月23日），原名马尚德，是一位河南汉子，鄂豫皖苏区及红军的创始人之一。

"九一八"事变后，杨靖宇接受党组织安排，前往东北，组织抗日斗争。杨靖宇作为东北抗联第一路军总司令兼政委，在白山黑水的冰天雪地中，指挥抗联战士东征西战，给日伪军以沉重打击。

具有文艺气质的英雄杨靖宇，在戎马倥偬的战斗生涯中，写下了多首铿锵有力的歌词，在抗联队伍里广泛传唱，鼓舞士气，坚定信念。其中，《东北抗日联军第一路军军歌》这样写道：

> 我们是东北抗日联合军，创造出联合军的第一路军。
>
> 乒乓冲锋杀敌缴械声，那就是革命胜利的铁证。
>
> 正确的革命信条要遵守，官长和士兵待遇都要平等。
>
> 铁般的军纪风纪要服从，锻炼成无敌的革命铁军。
>
> 领导起一切民众抗日者，高丽和台湾共同团结着，
>
> 夺回来所失的我祖国，解放那亡国奴的牛马生活。
>
> 英勇的同胞们前进哪，打出去日本，推翻满洲国，
>
> 这一次民族革命战争，完成了弱小民族解放运动。
>
> 高悬在我们的天空中，普照着胜利军旗的红光。
>
> 冲锋啊我们的第一路军，冲锋啊我们的第一路军！

杨靖宇领导的抗联队伍，犹如一把插入敌人心脏的尖刀，令日本关东军司令部胆寒心惊，称为"满洲治安之癌"，欲除之而后快，以"派重兵，选能将，清四野，学狗虱"的十二字方针，剿杀抗联领导人杨靖宇。

一九三九年底，日军出动大批兵力扫荡杨靖宇的部队。根据敌众我寡的战斗形势，擅长游击战术的杨靖宇命令部队主力分散突围，以保存抗联实力，自己则

带领一支小部队与日伪军在深山老林中周旋。在接下来的一百多天时间，是杨靖宇最为艰苦卓绝的生死时刻。日伪讨伐队不仅步步围截，而且切断了杨靖宇部队与老百姓的联系，致命的粮食危机与随时飞来的子弹一样，威胁着抗联战士的生命。山林里只有草根、树皮，还有满山遍野的白雪可充饥，"饥寒交迫"是抗联战士生活的真实写照。

在日复一日的战斗中，抗联战士一个又一个倒下了。一九四〇年二月十八日，杨靖宇身边的最后两位战士下山购买食物时，被敌人发现，激战牺牲，这支小部队只剩下杨靖宇一个人了，他既是司令，又是战士，继续顽强地战斗在丛林中。那时，杨靖宇已数日粒米未进了，为了充填饥饿的胃，他甚至扯下棉衣中的棉絮塞进嘴巴里，就着一把雪吞咽下去。在冰雪严寒的老林里，他双脚严重冻伤，还患了重感冒。

然而，杨靖宇始终没有放下手中的枪，孤身一人与敌奋战。

一九四〇年二月二十三日，农历正月十六，元宵节刚过，在吉林蒙江县保安村三道崴子，虚弱的杨靖宇走出林子，遇到了砍柴的伪牌长赵廷喜及三个村民，便恳求他们回去带点食物和棉鞋，并答应多给些钱。杨靖宇生命中的最后一个春节里，还没有吃过一餐真正的粮食。

赵廷喜不认识大名鼎鼎的杨司令，但知道这是一位抗联战士，便劝他下山投降，保住性命。

杨靖宇当然明白，缴械投敌，岂止只是保住性命，还有高官厚禄在等着他。但是，一个真正的军人，永远与枪同在。因此，他平静而又坚定地说："老乡，我们中国人都投降了，还有中国吗？"

然而，悲壮的声音唤不醒麻木不仁的心。杨靖宇没有等来急需的食物与棉鞋，而是蜂拥而来的大批日伪军。

民族的败类与叛徒，是杨靖宇心中永远的痛。抗联第一军第一师师长程斌，是杨司令最信任的得力助手，他于一九三八年七月率一百多人投敌后，日军组成"程斌挺进队"，担任队长的程斌领兵摧毁了抗联在蒙江县境内的七十多处"密营"——这是杨靖宇创立的军队补给线，他把杨司令逼上了弹尽粮绝的危险境地。尔后，在日伪追踪、围剿抗联部队的战斗中，如影随形的程斌是杨靖宇挥之不去的恶魔。杨靖宇军部的警卫排长张秀峰是个孤儿，从十五岁开始，杨靖宇养育他成人，视如亲生儿子，在紧急关头却携带机密文件、枪支、抗联军费叛变投敌，直接暴露了杨靖宇的行踪，害恩人于险境。

投敌叛变、出卖良知的人，必然会被永远钉在历史的耻辱柱上。

二月二十三日下午，林海雪原中枪声骤起，在劫难逃的杨靖宇挥枪应战。

《满洲国治安小史》如是记载：

当日军指挥官西谷喜代人指挥日军和伪满军警向杨靖宇将军靠近时，他下令部队停止前进，然后开始喊话："君是杨司令否？"试图劝降。但是杨靖宇凛然回道："不必多说，开枪吧。"

开枪吧！这是一位将军决战沙场的铿锵回答，在山林中轰然回响。

这一片白雪皑皑的山林见证了抗联将军杨靖宇一个人与众多日伪军对峙激战的战斗场景，他手持双枪，对敌射击。枪声持续了将近半个小时，日伪军的"机枪射手勾动了扳机"，击中了杨靖宇的胸膛——这个机枪射手是张奚若，原是抗联一师的机枪手，与师长程斌一起叛变了抗联。

杨靖宇喋血殉国，时年三十五岁。

记得那一年我追看电视连续剧《东北抗日联军》，看到在杨靖宇中弹倒下的那一刻，背景音乐是《松花江上》："我的家在东北松花江上，那里有森林煤矿，还有那满山遍野的大豆高粱……"满山遍野的大豆高粱呢？我们的英雄杨靖宇五天五夜都没有能吃到一粒粮食，直到战死沙场。

此情此景，怎不令人泪飞顿作倾盆雨……

饥饿摧残他的身体，子弹摧毁他的生命，然而他的精神永远屹立不倒！

可知道，在饥寒交迫中殊死抗日的杨靖宇将军，是为了今天的我们能够吃饱穿暖，是为了今天的我们能够安享丰衣足食的生活！

"杨靖宇"这个名字，是他担任抗联领导后的化名，寓"抗击日寇，平靖宇内"之意。从此，靖宇之名，威震东北，名扬海内。

尊敬的杨靖宇将军，当今盛世，已正如您所愿！

热血沃中华

作为那一代最优秀的共产党人，赵一曼、杨靖宇、赵尚志、魏拯民、李红光……他们义无反顾地奔赴沦陷的东北大地，武装抗日，洒尽热血，献出生命，谱写了一曲又一曲激越的英雄壮歌。

想起一九三八年十月，东北抗联第五军妇女团冷云、胡秀芝、杨贵珍、郭桂琴、黄桂清、李凤善、王惠民、安顺福这八名女战士，为了掩护大部队突围，不幸身陷日军重围，她们背水作战，耗尽了弹药，日伪军逼迫她们投降。然而，她们毁掉了枪支，相互挽起手臂，高唱着《国际歌》，涉水投入乌斯浑河。八女投江殉国，年龄最大的是冷云，二十三岁；最小的是王惠民，才十三岁。

中华有如此英勇不屈的女儿，侵略者岂能轻易征服？

抗日英雄与天地共存，与日月同辉。

朱生豪、宋清如：诗侣莎魂

这些天来，在秋风秋雨的夜晚中，读完了诗集《秋风和萧萧叶的歌》（朱生豪、宋清如著，人民文学出版社出版），此著收录了朱生豪诗五十八首，宋清如诗五十一首，读着他们的诗歌，想起他们的生平，心中充满了感慨、感伤与感动。

宋清如（1911—1997年）出生于常熟的一个殷实而又守旧的家庭，排行老二，她自幼接受了私塾启蒙，少而早慧，五岁能对联，六岁能绘画，及至渐长，她的志向是"不要嫁妆要读书"，所以，她决意要走出灯影小楼、粉黛丝竹的小姐生活，与家庭顽强抗争，退掉了旧式婚约，走向更广阔的新天地。她读完了苏州女子师范学校，毕业后又考入了杭州之江大学。

宋清如喜欢写新诗，在之大一年级时，她曾把一首习作《再不要》投寄给施蛰存主编的《现代》杂志，施蛰存读到后，击节赞叹："如琼枝照眼。"在施蛰存的鼓励下，宋清如接连向《现代》《文艺月刊》《当代诗刊》等杂志投稿并发表了十余首诗歌，在诗坛崭露头角。

宋清如在之大的"之江诗社"，相识了她生命的另一半——来自嘉兴的才子朱生豪（1912—1944年），时为一九三二年秋。朱生豪诗名高于宋清如，人称"之江才子"。诗歌这个艺术精灵，把他俩联结在了一起。次年仲夏，之大毕业的朱生豪前往上海世界书局任英文编辑。

朱生豪离校时，一口气写了三首《鹧鸪天》赠予宋清如。最后一首是：

> 浙水东流无尽沧，人间暂聚易参商。
>
> 阑珊春去羁魂怨，挥手征车送夕阳。
>
> 梦已散，手空扬，尚言离别是寻常。
>
> 谁知咏罢河梁后，刻骨相思始自伤。

朱生豪在词中表达了离别相思之苦。而这仅仅是开始，在此后漫长的九年时间中，他时时刻刻处在类似于单向的相思煎熬中。

在纷乱的民国时期，总有许多爱情传奇，让后人回味不已。朱生豪与宋清如就是其中一对眷侣。

朱生豪在上海工作，宋清如在杭州求学，通过鸿雁传书，评诗论文，谈生活也谈感情，相知日深。

一九三五年春，朱生豪萌生了翻译莎士比亚戏剧作品的心愿，他之所以要译莎，是来自日本人的刺激，日本有人曾经这样说：中国是无文化的国家，连莎翁的译本都没有。朱生豪要以一支译笔为民族荣誉而战，也要以译莎全集作为向宋清如求婚的礼物。

宋清如得悉后，激动地写了一首十三行的诗寄给朱生豪，题为《迪娜的忆念》：

> 落在梧桐树上的，
>
> 是轻轻的秋梦吧？
>
> 落在迪娜心上的，
>
> 是迢遥的怀念吧？
>
> 四月是初恋的天，
>
> 九月是相思的天，
>
> 继着蔷薇凋零的，
>
> 已是凄绝的海棠了！

> 东方刚出的朝阳，
>
> 射出万丈的光芒，
>
> 迪娜的忆念，
>
> 在朝阳的前面呢，
>
> 在朝阳的后面呢？

这首诗，朱生豪为之谱曲成歌，可见其珍爱之情。

按照朱生豪的计划，从一九三六年八月八日译成莎剧《暴风雨》第一稿开始，到一九三九年将全部译完莎氏戏剧。

然而，一九三七年八月十三日，侵华日军进攻上海。逃出寓所的朱生豪随身只带了牛津版莎氏全集和部分译稿，世界书局被日军占为军营，朱生豪交付给书局已完成的译莎稿毁于一旦。此后，朱生豪辗转于嘉兴、新塍、新市等乡镇避难，在此期间，亦不忘译莎。直到一九三八年夏，朱生豪重返在上海租界"孤岛"中恢复开业的世界书局，继续埋头译莎。

宋清如于一九三六年在之江大学毕业后，应聘至湖州民德女中做了教师。抗战爆发后，她又随着家人前往成都、重庆等地避乱，以教书为业。

在抗战的烽火岁月中，朱生豪与宋清如天各一方。联结他们的，是一封封往来频繁的书信。当然，所说的"频繁"，主要是来自朱生豪，他始终如一保持了主动与热烈的姿态，而宋清如则一直显得矜持。父母早亡的朱生豪在生活中木讷少言，"是一个古怪的孤独的孩子"，但是在书写情书时，激情飞扬，滔滔不绝，而且妙语如珠，情思绵绵，相比于同邑诗人徐志摩，有过之而无不及。

我把我的灵魂封在这封信里。你去旅行的时候，请把它随身带在口袋里，携带它同去玩玩，但不许把它失落在路上。

这样的风情，带着民国时代特有的气息，令当代人为之着迷。

身在上海的朱生豪继续翻译莎氏戏剧，他自我加压，以强烈的使命感与紧迫感，夜以继日，加快译莎进度。一九三九年冬，他应邀任《中美日报》编辑，撰写了大量宣传抗战的时政随笔。直到一九四一年太平洋战争爆发，《中美日报》被日军查封，朱生豪再次丢失了收集的莎氏资料以及部分译稿，还有他与宋清如的诗稿。

这份向宋清如求婚的礼物，在战火纷飞的年代是如此的艰厄难成，这使得身体孱弱的朱生豪备受打击。但是，朱生豪十年间的深情厚谊，他呕心沥血的努力，远方的宋清如早已明白，她再也无法拒绝这份爱情。

一九四二年五月一日，朱生豪与宋清如在上海结婚，持续了将近十年的苦恋，在双方都过了而立之年之后，终成眷属。这样的爱情故事，充满了浪漫与古典的意味。简朴的婚礼，因为有了一代词宗夏承焘为这对新婚伉俪题的八个字："才子佳人，柴米夫妻"，便具有了常人难以企及的意境。

宋家二小姐成了朱家的穷媳妇。一九四三年一月，朱生豪携夫人宋清如回到嘉兴定居，朱生豪继续译莎，宋清如则从此淡出了文坛，操持家务。"他译莎，我烧饭。"晚年的宋清如曾以这六个字概括了他与朱生豪婚后的生活情景。译完莎氏全集，是朱生豪的毕生心愿，宋清如选择了牺牲自我，做一个家庭主妇。当时，他们仅以微薄稿酬维持生计，生活相当清贫。

婚后的宋清如对朱生豪十分疼爱，有一次她回常熟娘家前，居然为朱生豪准备好了七天的饭菜，因为她知道朱生豪在生活上是一个"弱者"，书生不懂得照料自己，只有诗情，只有才学。

不幸的是，贫困可以克服，疾病却无法拒绝。一九四四年六月，伏案译莎的朱生豪被确诊患了肺结核，卧床不起，至十二月二十六日含恨离世，年仅三十二岁。其时，他的儿子刚满周岁，还有五部半莎剧没有译完。

将近十年的恋情，不到三年的婚姻……朱生豪的病逝，让宋清如痛不欲生："你的死亡，带走了我的快乐，也带走了我的悲哀。人间哪有比眼睁睁看着自己最亲爱的人由病痛而致绝命时那样更惨痛的事！痛苦撕毁了我的灵魂，煎干了我的眼泪。活着的不再是我自己，只似烧残了的灰烬，枯竭了的古泉，再爆不起火花，漾不起漪涟。"

支撑宋清如生活下去的动力只有一岁的儿子，还有朱生豪未竟的事业。她为了生存，先后在嘉兴秀州中学、杭州高级中学、杭州幼师等校任教。

一九四六年秋，宋清如完成了朱生豪一百八十万字莎译遗稿的全部整理、校勘工作，寄给了上海世界书局。世界书局认为朱生豪的"译文优美流利，保持原作神韵"，而宋清如的"校对极精细，堪信无错字"，很快进入了出版流程。民国三十六年（1947年），世界书局出版了朱生豪翻译的中国第一套《莎士比亚戏剧全集》，在国内外产生了广泛的影响。新中国成立后的一九五四年，由冯雪峰主持的人民文学出版社出版了朱译《莎士比亚戏剧集》（十二册）。

宋清如还有一个心愿，那就是要把朱生豪没有译完的五部半莎剧译完，为此她付出了常人难以想象的努力，在朱生豪弟弟朱文振教授的协助下，经过三年时间的翻译、整理、校勘，终于完成了译稿。然而，当她与人民文学出版社联系后，方知出版方已落实了莎氏其他作品的翻译约稿。一九七八年，人民文学出版社推出了以朱译为主的《莎士比亚全集》。宋清如的译稿无法与朱生豪译稿合二为一出版问世，这无疑是一种巨大的遗憾。然而，宋清如的精神，也就是在这样的境遇中与朱生豪真正地合二为一了。

宋清如的际遇，与另一个民国女子陆小曼相仿。陆小曼在徐志摩遇难身亡后，致力于徐志摩诗集的整理、编辑与出版，守护了诗人一生的心血，这是对诗人英灵最大的告慰。

晚年的宋清如从杭州商校退休后回到了嘉兴，居住在南大街东米棚下的朱家旧宅。

在漫长的孀居生活中，宋清如曾经有过一次感情的火花，那是在杭高任教期间，一个骆姓的之大同学给了她生活与工作上的照顾，产生了情分。一九五一年暑假，年已四十的宋清如在常熟乡下生下了一个女儿。然而，宋清如最终没有与骆姓同学走到一起，而是很快结束了这段感情，孤身一人的她重新回到了朱生豪的世界。虽然宋清如是一个新女性，但她对二十世纪五十年代初的意外情事一直讳莫如深，默默承受，可见内心的创伤之痛。

只有朱生豪的世界，才是宋清如的归宿。

而朱生豪的世界，有了宋清如才得以完整。

朱生豪生前在写给宋清如的信中曾经这样说过："要是我们两人一同在雨声里做梦，那境界是如何不同；或者是一同在雨声里失眠，那也是何等有味。"

一九九七年六月二十七日，八十六岁的宋清如与朱生豪"一同在雨声里做梦"去了。他们分别了半个多世纪，分不开的是诗侣莎魂的同心相结。

一九七九年冬，宋清如的学生骆寒超拜访了施蛰存老人，说起宋清如时，施蛰存这个文坛耆宿激动地评价道："宋清如真有诗才……如果继续写下去，她不会比冰心差！"语气中满含遗憾。

民国才女宋清如默默地站在朱生豪的背后，把自己的才华奉献给爱人的译莎事业，成就了朱生豪"译界楷模"的光辉。

历史不会重演，也没有假设。如果，让朱生豪、宋清如重新生活一遍，或许依然是传奇的"诗侣莎魂"。

中卷

岳和声：尽忠报国，武穆风范

　　南宋德祐元年（1275年）十二月，蒙元大军兵临城下，首都临安危在旦夕。次年二月，已无回天之力的南宋朝廷向元军奉上玺书请降。临安降元后，岳飞七世孙岳琳义不仕元，在岳飞墓前筑庐而居，夫人程氏挈两子归居嘉兴金佗故里。长子岳茂之为了避祸，举家隐居于濮川梅泾之南的村落，并改姓为"乐"，世代务农，耕读传家。到了明万历年间，岳家三子岳元声、岳和声、岳骏声相继折桂，中了进士，万历三十六年（1608年）十二月八日，奉旨恢复岳氏祖姓。

　　岳家三子登科，在嘉郡一地荣耀无比。岳家村立有"连枝启秀"坊，濮院玄明观竖起岳家"三进士碑"，以锡嘉名。清代濮院诗人沈涛诗曰："金佗坊里鄂王孙，祠墓桑园八百存。珠树连枝三及第，榜花开到岳家村。"

　　岳元声、岳和声、岳骏声三兄弟以进士入仕，各擅政名。其中，岳和声之勤政、廉政，留下了许多动人的事迹。

汝阳县修筑"岳公堤"

　　岳和声，字尔律，号石梁，万历二十年（1592年）壬辰科进士，授汝阳令。

　　汝阳县在河南西部，地处淮河流域，古代经常发生水灾。岳和声上任后的万历二十一年（1593年），淮河流域从四月到八月，大雨不止，在七八月间，更是多次倾泻暴雨，淮河流域支流、干流等地区一百二十多个州县严重受灾，汝阳县也不例外，"雨若悬盆，鱼游城关"（《明实录》），县邑一境成为泽国，房屋冲毁，人员伤亡，麦禾尽没，颗粒无收，这对新任县令岳和声来说，无疑是一场严峻的考验。然而，他尽心竭力，深入一线，既赈灾安民，又勘察汝阳水道。

汝阳城西北有一条北汝河，属于淮河流域的沙河支流，因为堤坝常年失修，低矮破败，一旦发生洪灾，境内必受其害。岳和声经过踏访勘察，决心兴修水利，筑堤防患。他上报案文，组织筹措资金，设计工程，招募工匠，汝阳百姓有钱出钱，有力出力，全民动员筑堤修坝。

这高大坚固的堤坝，在汝阳后来的防洪抗洪中发挥了极其重要的作用，后人皆称"岳公堤"。

今读清初顾祖禹的《读史方舆纪要》，有记曰："今城西北有黄公堤，又有岳公堤，皆在汝河东岸，逶迤五十里，广四丈，高倍之。水涨时，百里内皆蒙其利。万历中，按察司黄炜、邑令岳和声所筑，因名。"可见这"岳公堤"之名不虚，这是岳和声惠泽百姓的政绩。

庆远府勤政教化

万历四十年（1612年），岳和声奉命出任广西庆远知府。他于正月二十日从嘉兴出发，过江西、越湖广、入广西，到达宜州城已是三月十九日了，历经整整两个月艰辛的长途跋涉，终于到达了庆远府任上。

庆远府驻地位于宜山，居住人口由壮族与汉、瑶、苗、仫佬、毛南、黎、水等三十多个民族组成。

岳和声到任后，南丹等州县土官循例重金来贺，他坚辞拒收，并予以斥责，告诫他们恪守职责，不得违法犯纪。知府斥金拒礼，在庆远府士民中传为美谈，当地缙绅王泳"顷闻士民喜谈石梁郡伯却金者"，特作《斥金诗》一首，盛赞岳知府"金章明日月，玉节凛冰霜"之美德。

永定土司韦萌发是个桀骜不驯的人，恃其司境为所欲为，从宜山知县到庆远知府，向来无可奈何。而岳和声对其仗权肆意的行为既抚又驭，恩威并施，使韦萌发心服口服，俯首入狱，他对岳知府痛哭道："生成之恩，世世无忘。"

作为知府，岳和声加强了管制与安抚地方土司，宣施汉法，稳民心，促发展，使得庆远一地"边民今有天，渐次复耕桑"（《斥金诗》）。同时，岳和声高度重视文化教育事业，这是促进边远地区民族融合、提高人民思想素质的千秋大计。

岳和声初至庆远便率郡中缙绅、举人及生员拜谒文庙，会讲于尊经阁；继而又寻访北宋文艺大家黄庭坚遭贬卒世之所——南楼旧址，不禁"缅然流涕"。

在九龙山的丹霞岩，凭吊第一个在宜州创建龙溪书堂的张自明遗蜕故迹。张自明，号丹霞，南宋宜州教授兼摄知州。传说中，张自明曾在九龙洞为民求雨得道，卒后棺柩被风吹到了九龙山的岩洞中，寓"青龙含护"之意。岳和声躬身入洞，肃然施礼，并在洞口岩壁上题刻"丹霞遗蜕"四字，历年已四百余载，至今犹在，成为宜州重要的人文一景。

岳和声深知文化教育的重要性，故在宋代清献讲学遗址修建了香林书院，招生修读，为庆远一地开了"千秋眉眼"。岳和声在离任前，叮嘱工匠采伐龙江河的奇峰秀石置于文庙前的泮池之内，仿佛文峰挺秀，幻出莲花，并作诗勉励郡中后学："天门旧有双双在，莲岳新添个个成。"

岳和声自三月十九日到达宜州，到七月初十离任赴江西赣州，在这将近四个月的时间里，就留下了如此丰盈的文化史迹。所以，当庆远士民得知岳知府要离任时，纷纷奔告蔡中丞、穆侍御两个抚台，欲予挽留，两台即檄藩桌（布政使、按察使）详议，不料岳和声的嗣父岳九皋卒，嘉兴讣告飞至庆远，岳和声只得辞别庆远，丁忧归里。

岳和声履职庆远，著有《后骖鸾录》，述其经历，其赤子丹心，跃然纸上，今日读之，犹觉清风袭来。

陕西延绥捐俸赈饥

在风雨飘摇的明末，因为调动频繁，岳和声奔波在江西、山东、福建、广东等地任上，天启二年（1622年）十月，时任山东右参政的岳和声以都察院右佥都御史巡抚顺天。

天启七年（1627年）八月二十二日，熹宗朱由校病卒，信王朱由检即位——这就是大明王朝的末代皇帝思宗，次年改元崇祯。当时的明朝已呈现末代景象，熹宗时代因为宦官魏忠贤专权，形成了强大的阉党政治集团，残酷清洗另一派政治势力——东林党，朝廷万马齐喑，政坛荫翳蔽日。外有清朝的前身后金起兵反明、关外形势严峻之患，内有陕西全境大旱致使庄稼颗粒无收、民不聊生之忧。

天启七年（1627年）十月，岳和声以都察院右副都御史巡抚延绥，赞理军务。他临危受命，甫一上任，才发现朝廷积欠延绥的饷银已二十七个月，达一百五十多万两，"千里荒沙，数万饥兵，食不果腹，衣不覆体"，以致军心浮动，影响边陲重地的守卫。崇祯元年（1628年）三月壬午，三边总督史永安会同延绥巡抚岳和声、巡按李应公合疏奏报于朝，想方设法筹措军饷，以防军队哗变。然而，饥馑遍野，民变四起，饥民已到了食人果腹的悲惨境地。

延绥巡抚岳和声积极开展赈灾自救，不仅平盗息掠，而且捐出俸禄，购米煮粥，施于饥民。尽管是杯水车薪，亦可见其忧民爱民的人文情怀。

天下大乱，起自三秦。起义的饥民们，把澄城县的朝廷命官张县令杀死了，但是守土有责的陕西巡抚胡廷宴隐而不报。然而，农民起义以星星之火渐成燎原之势，兵部入陕调查，巡抚胡廷宴觉得纸已包不住火了，把责任推到了延绥巡抚岳和声管辖的边兵身上。那时，岳和声因为日夜忙碌军务与赈饥，乃至重病在身，面对兵部的调查，他据理辩驳道，饥民作乱实是地方官员的横征暴敛、徇私舞弊所致。两个巡抚各执一词，给朝廷的印象就是"推诿隐讳"，所以酿成了民变。

延安府安塞县（今安塞区）人马懋才是天启五年（1625年）进士，历任湖广副兵备道、礼部郎中、西蜀参议等职。崇祯二年（1629年）四月二十六日，马懋才上奏《备陈大饥疏》，以家乡延安府灾情为例泣告朝廷，说到崇祯元年延安"一年无雨，草木枯焦"而发生的粮荒，老百姓吃糠咽菜，食树皮嚼青叶石，饥死者不计其数，甚至"炊人骨以为薪，煮人肉以为食"，在此疏中，他特别提到了岳和声的赈饥作为："幸有抚臣岳和声，弭盗赈饥，捐俸煮粥。"马懋才对岳和声所持的公道之论，让今天的我们依然可以看到岳巡抚忙碌赈灾的情景，感知饥民们捧着一碗热粥果腹的温暖。

　　然而，体恤民情的岳和声还是于崇祯二年四月罢官回到了故里，崇祯三年（1630年）十一月不幸病卒。岳和声临终前，耿耿于怀的是黄土高原上缺衣少食的延绥边兵，便捐田二百亩，易千金助饷，为稳定明代政局竭尽了绵薄之力。

　　踏上政坛的岳和声，所到之处，皆能为官一任，造福一方，充分践行了祖上岳武穆"尽忠报国"之精神风范。

张履祥：耕则良农，读则良士

千百年来，浙北平原的杨园村与江南水乡的村庄一样，村民们耕地种田，栽桑养蚕，世世代代过着日出而作、日落而息的农耕生活。然而，杨园村又与其他村庄不一样，因为出了个一代大儒张履祥，世称"杨园先生"。

杨园村北，溪桥南侧，田园之间，有杨园墓存焉。墓前牌坊，上书"理学真儒"四字，两侧书有楹联：

> 孝弟力田耕读以外无二道
> 忠信笃敬程朱而后惟一人

楹联乃晚清名臣、闽浙总督左宗棠亲撰，迄今已一百五十余年。

杨园先生的安息之地，一派田园景色，恬静而又优美……

如果时光能够倒流，我愿意穿越到清代初期的桐乡大地，那时，不仅有吕留良，还有张履祥，这两位先贤就生活在这方热土上，以他们为中心，名流俊彦相与汇聚，形成了一个学术圈，并向全国扩散。

明清鼎革之际，作为前朝遗民，张履祥是"清儒中辟王学的第一个人"，一生布衣，隐逸乡野，以教书、务农为生。

张履祥对于明亡之痛，主要是从学术上进行深刻的反思，而新朝的来临，虽未见他激烈的反抗言行，但是他的内心是坚决抗拒异族统治的，因为他终其一生与清王朝保持了遥远的距离，如同自我放逐一般。因此，晚清重臣左宗棠说他"声誉不出闾巷"。而吕留良不仅有思想，而且有行动，张履祥"尊朱辟王"的学术主张，吕留良是最主要的传播者和推动者。

一

张履祥（1611年11月5日—1674年8月29日），字考夫，号念芝，世居桐乡县清风乡炉镇杨园村（今桐乡市乌镇镇杨园村）。

晚明时期，文人结社之风炽热，耽于诗酒，寄情风月，渐至士风日下，遍及朝野。张履祥的同里诤友颜统对此十分清醒，从不参与，还规劝张履祥切勿热衷文社，追逐虚名。年轻的张履祥一开始颇不以为然，参加过硖石萍社、崇德澄社，做了不少八股文，但是他很快退身出来，反思"广交游，谈社事"的士人现象。不过，他没有颜统那般极端地拒绝一切学术社交活动，认为"学问之道，不可无朋友，又不在多朋友。朋友不可不相见，又不必数相见，存乎实益耳"。

张履祥的理学之路，通过问学石斋（黄道周）、师承蕺山（刘宗周）这晚明两大儒之后，得其精华，日渐精进。

然而，闯王李自成进京，崇祯皇帝自缢煤山，经此世变，给了满人入主中原千载难逢的时机。清军入关，势如破竹，横扫李自成的大顺军后，即挥师江南，南明弘光政权立刻分崩离析。张履祥的好友祝渊殉节，老师刘宗周绝食而亡，另一位老师黄道周在南京就义。在崇祯皇帝自行了断之后，张履祥曾缟素痛悼，以尽君臣伦理之情。当师友或殉身或被杀，张履祥对于时世鼎革更有了切肤之痛。

江山易主，天崩地裂，成为张履祥的人生转折点，他与学术界诸儒一样，对明代之衰亡进行了痛苦的思索与探讨，当时学界中人有一个共同的结论：明亡于学术。张履祥治学始于陆王心学，王学是强调道德修养的内在性自觉，而朱学是强调社会伦理规范的强制性约束。他深切意识道："礼制轻而风俗败矣，科目行而人才失矣，资格重而官方替矣，著述多而学术乱矣。"故尽弃王学，尊朱辟王，以浙西学人为中心，推动了清初学术思潮的发展。

张履祥由王返朱，是在问学蕺山之后；尊朱辟王，则是在朝代更迭后的痛定思痛。

张履祥潜心于程朱理学，并身体力行。从事教育，以教化人心；成立葬亲社，以整顿风俗；耕田种地，以践经济之学。这一切，皆可视为朱学务实的外化。由此，张履祥终其一生践履笃实，由凡入圣，成为一代大儒。

张履祥固然是"平和可亲"的，他没有以老师刘宗周、好友祝渊等以身殉明的方式追随前朝，也没有以你死我活的行动激烈对抗新朝的到来，当然更没有应时出仕做一个"驯静奴隶"，而是选择了避世隐居、修学精进之路，既全名节，又承国学。作为浙西诸儒的代表性人物，张履祥在学术上坚决、彻底地尊朱辟王，是以另一种方式为传统文化尽忠、守灵，并且继承与发扬。

率素履攸行，耕则良农，读则良士；

学古训有获，勤以养德，俭以养身。

张履祥在天命之年后撰写了这样一副元旦春联，这既是他的自我砥砺，又是他的人生追求。

二

生年六十有四的张履祥在回顾自己的一生时，有"幼而孤苦，长历多凶"之感叹，这八个字，让人不禁顿生苍凉之感。

张履祥自晚明到清初，生逢乱世，人生艰辛。他五岁时受父启蒙，读《孝经》，但不幸九岁丧父，二十一岁丧母，早失双亲，乃人生至痛也。青年张履祥面对家庭变故，只得一边处馆为业，一边自学经典。而这样的境况，一直延续到他去世为止。一妻一妾，三女两子，这样一个大家庭，依靠他处馆的束脩维系，实在是捉襟见肘，且病且贫，难煞了这个书生。到得晚年，幸有何汝霖、吕留良等朋友、弟子相与接济照顾。他家有祖传四十亩田地，因为生活难以为继，紧要时卖地变现，所以到他晚年时只剩十分之一了。

这十分之一的田地，是张履祥一家人赖以为生的根本。我的眼前，忽然映现出这样一幅景象：一介书生的杨园先生头戴草帽，脚穿草鞋，带着家人不辞辛劳地耕田种地。春播秋收，没有诗意，只有汗水。

张履祥治学是认真的，育人是认真的，躬耕同样是认真的。

清顺治四年（1647年），张履祥对《沈氏农书》进行辑录整理并作跋；顺治十五年（1658年），张履祥著成《补农书》，记述了当时桐乡一地农业生产技术、农田管理及经营方式。《沈氏农书》以水稻生产为主，兼及栽桑、育蚕；张履祥《补农书》则以栽桑、育蚕为主，兼及水稻、春花生产。这是写给农民的书，文字通俗，明白如话。作为一位著名学人，张履祥撰写的农书，具有农学与文学的双重价值，是今天的我们考察中国古代农业科技史和社会经济史的重要文献。

只有勤于稼穑、认真务农的人，才能写出这样具有划时代意义的农书。

张履祥作有《训子语》。他四十七岁得子维恭，五十一岁得子与敬，务农之余，终日课子著述，他训诫爱子"务农"，培养"爱农"意识，以使其"无游惰之患，无饥寒之忧，无外慕失足之虞，无骄侈黠诈之习"，同时又要求他们既务农，又读书，"虽肆《诗》《书》，不可不令知稼穑之事；虽秉耒耜，不可不令知《诗》《书》之义"，张履祥希望子弟力耕力读，耕读自守：

然耕与读又不可偏废，读而废耕，饥寒交至；耕而废读，礼义遂亡。

透过《训子语》，我们可以真切地感知张履祥对下一代寄予厚望的殷殷之情、拳拳之心。

然而，时世浮沉，命运多舛。张履祥命运的悲怆，不仅仅在于他本人的贫病交加，还有他的子女如风中落叶般的凄凉归宿。长女为恶婿毒死那年，张履祥才四十九岁，以他的至情至性，这样的痛击断如撕心裂肺！在张履祥于六十四岁病逝后不久，长子不幸去世，虽然已婚却未留子嗣，次子未娶而夭折。

三百四十多年了，我仍禁不住为杨园先生洒泪悲恸。

三

张履祥学养深厚，名重浙西，然而，他生前耿耿于怀的乃是学术之未成，他自己分析原因有三："弟之不得力学者三故，幼失先人，一也；生于穷乡，二也；长困衣食，三也。"

令我感慨不已的是，杨园先生律己极严，在致友人张佩葱信中，他曾经如此自责：

奄息至今，徒以秉彝之良未甘自弃，故于往哲发明指趣，犹笃信而勉求之。然于斯道，仍若涉巨川之茫无津涯，若履春冰之危靡措趾，夙夜辗转，惧无一得以慰平生也。

"夙夜辗转，惧无一得以慰平生也。"读后，我悚然一惊。一代大儒如此的剔厉自省，今天的晚生后学更当警醒精进。

张履祥在浙西各地的影响极为广泛。就吾乡濮院而言，杨园先生曾寓居濮院积福庵，当时有里人、秀才张亢光追随从学。清光绪年间，濮院镇在翔云观以西平桥塅的保元堂内建立了"杨园祠"，地方士绅每年致祭。

张履祥之治学风范，惠及濮院众多后学。清康乾年间，祖籍余姚、随父兄迁居濮院"定泉书舍"的著名诗人、书法家陈梓绝意科举，避世隐居，私淑杨园先生，补订《张杨园先生年谱》。

值得一记的是，张履祥在濮院有一支后人，其中张愫（原名张文镐）最为著名，五世祖张文相乃杨园先生继曾孙，后迁德清之新市；高祖张德明由新市迁桐乡县濮院镇。张文镐在清光绪"补行庚子辛丑恩正并科"中，以正榜第十名高中举人。在这次清末乡试中，区区濮院小镇有张文镐、朱辛彝、刘富槐同时中举。当时，"梅泾三举子"震动了全浙。

四

明末清初易代之际，士子阶层人心激荡，或以身殉明，或叛明投清，或反清复明，或隐逸耕读，或学术反思……

而每当易代之际，往往有许多"不识时务"的士子、学人，重气节，重操守，为此付出了惨痛的人生代价。作为前朝遗民，张履祥在新朝遗世独立，既保持士人节操，又隐逸治学，务农为本，也正因为如此，贫穷与疾病缠绕了他的一生，然而，正如唐代王勃在《滕王阁序》中所言："穷且益坚，不坠青云之志。"张履祥誓心守节，终其一生。

张履祥是明清之际著名的理学家、教育家、农学家，身后倍享哀荣，被尊为"理学真儒""道学正统"。清同治三年（1864年），闽浙总督左宗棠捐廉修葺张履祥墓，亲自题碑"大儒杨园张子之墓"。同治十年（1871年），杨园先生以布衣入祀孔庙。有清一代，入祀孔庙者仅九人，张履祥乃其中一人，可见他的学术地位是何等隆崇。

小邑大儒，杨园先生！

吕留良："华夷之辨"守夜人

时代鼎革之际，士子阶层往往面临生与死的抉择，或忠殉社稷以报国，或隐逸山林以避世，或卑躬屈膝以偷生……呈现了各种人生状态，而每一种选择，都是痛楚彻骨的。

江苏常熟人、南明礼部尚书钱谦益，是明末文坛领袖，纳秦淮八艳之一柳如是为妾，老夫少妻，才子才女，甚是相宜。清军兵临南京城下时，柳如是劝钱谦益与她一起投水殉节，钱谦益以水冷为由拒绝成仁，柳如是便兀自奋身沉水，钱谦益把她拉住了。后来，钱谦益降清，任礼部侍郎。现代国学大师陈寅恪评述钱谦益："牧斋之降清，乃其一生污点。"作为朝廷大臣，钱谦益的节操不如一个歌伎。虽然，钱谦益晚年亦谋反清，但已于事无补。

国学大师陈寅恪对才华横溢且具有民族大义的柳如是敬佩不已，柳如是诗作的"清词丽句"，让他"瞠目结舌"。晚年的陈寅恪在失明膑足之后，坚持口述完成了他的最后一部著作《柳如是别传》，"以表彰我民族独立之精神，自由之思想"。从中可见嘉兴才女柳如是在国学大师心目中的重量。

在江山易主的历史转折时期，往往是士子气节的试金石。

浙江文人吕留良就是一个典型的代表。

一

吕留良（1629—1683年），号晚村，浙江崇德县（今桐乡市）人，为明末清初杰出的文学家。他出身仕宦之家，博学多艺，颖悟绝人。其子吕葆中在吕留良《行略》中这样记道："凡天文、谶纬、乐律、兵法、星卜、算术、灵兰、青乌、丹经、梵志之书，无不洞晓。工书法，逼颜尚书、米海岳，晚更结密变化。少时能弯五石弧，射辄命中。余至握槊投壶、弹琴拨阮、摹印研砚，技艺之事皆精绝。然别有神会，人卒不见其功苦习学也。"

明末大乱，起自闯王李自成，所率大顺军攻入北京，崇祯帝自缢而亡。辽东总兵官、平西伯吴三桂引清兵入关，占领北京，逐鹿中原，直逼江南。顺治二年（1645年），清兵渡江，南明灭亡。江南义士举兵抗清，时年十七岁的吕留良与侄子吕宣忠先后参加了太湖流域的武装抗清战斗，他"散万金之家以结客"，招募义军，以图抗清复明。明监国鲁王加封吕宣忠为扶义将军，率部抗金，曾与清兵激战于太湖下游的澜溪，凡三天三夜，惨烈异常，终至兵败溃散。吕留良箭伤左股，留下终生创伤。吕宣忠入山为僧，后被捕献身。侄子之死，使吕留良痛心疾首而呕血数升，几乎气绝。

满人入主中国，时局渐定，然而，专制统治的高压、社会舆论的逼迫，使得"含悲顺变"的遗民吕留良作为"逆犯"亲属，处境更是维艰。或许是为了改善厄境，他易名光轮，于顺治十年（1653年）参加清朝科举应试，获诸生（秀才）。

如果吕留良从此安分守己、专心治学，那应该是一条顺畅的"光明大道"，但是他忽如梦醒一般，十分后悔此次清政府应仕，以"失脚"自责：

谁教失脚下渔矶，心迹年年处处违。

雅集图中衣帽改，党人碑里姓名非。

苟全始信谈何易，饿死今知事最微。

醒便行吟埋亦可，无惭尺布裹头归。

经过北战南征、惨烈杀戮而建立的清政府，为了巩固其统治，积极推行"满蒙一体""满汉一家"等民族怀柔政策，但是吕留良其心已执，与清政府益行益远。康熙五年（1666年），浙江学使至嘉兴考核生员，吕留良拒不应试，被革除诸生。时人不平，而吕留良怡然自如，隐于乡野，避政尚学。

因为吕留良与清朝形成水火之势，所以身边的文朋诗友唯恐惹祸上身，纷纷散去，但他不以为意，独"与桐乡张考夫、盐官何商隐、吴江张佩葱诸先生及同志数人，共力发明洛闽之学，编辑朱子书，以嘉惠学者"（吕葆忠《行略》），他广交名流，与具有抗清思想的浙东名士黄宗羲、黄宗炎兄弟等诗文唱和，往来甚密。

吕留良隐逸在崇德城郊的南阳村，创立南阳讲习堂，设馆授徒，前来讲学的名师先有黄宗羲，后有张履祥，皆儒学大家。

为了谋生，吕留良自学中医，且医术高明；他评点时文，风行全国。在清康熙年间，石门县（康熙元年，崇德县因避讳改名为石门县）诞生了一家著名的"出版社"，就是吕留良的"天盖楼"刻局，刻印评点时文集、程朱遗书，还与吴之振、吴自牧合编了《宋诗钞初集》。

"天地入胸臆，文章生风雷。"为吕留良带来巨大声誉的是他的评点时文，这既是谋生需要，更是为了宣传他的政治主张，如严"夷夏之防"，如恢复"井田""封建"制。他在阐发《春秋》大义时，特别宣扬"华夷之分大于君臣之伦""人与狄夷无君臣之分"等思想，通过"华夷之辨"倡导华夏民族之气节，反清之心昭然若揭，对当时及后世的学人影响至深，也为他日后惨遭戮尸埋下了深深的祸根。

于今思之，历代士子阶层的"华夷之辨"，实际上是以华夏为中心的血统认同和文化认同。"夷"则是指外族，处在边远地区的少数民族，如东夷、西戎、南蛮、北狄，统称为"夷狄"。元朝、清朝是少数民族建立的王朝，文化自负惯了的汉族士子与民众深感奇耻大辱，以各种方式激烈抗拒。故朱元璋以"驱逐胡虏，恢复中华，立纲陈纪，救济斯民"为纲领北伐征元，建立明朝。孙中山以"驱除鞑虏，恢复中华，创立民国，平均地权"为方针举义覆清，建立民国。辛亥革命后，孙中山提出了"五族共和"的民族观，对于促进各民族的团结统一，具有划时代的进步意义。当今中华，更是五十六个民族融为一体，不分华夷。

从顺治到康熙，清政府尽管一再强化君主专制统治，但是对于明遗汉族的知识分子，主要是诱以高官厚禄的策略，而非施以威权高压的打击，甚至能够容忍如吕留良这样"出格"的言行。因此，吕留良虽然发表了大量的反清言论，但还是能够独善其身。

吕留良作为一方名士，自然是当局者视线中人。康熙十七年（1678年），清政府开博学鸿儒科，以笼络明朝遗逸，浙江首荐吕留良，然而他坚辞不受。康熙十九年（1680年），清政府征聘天下山林隐逸，嘉兴又荐吕留良。这个"不开窍"的吕留良，居然出家为僧而拒不臣清。

与吕留良同时代有一个理学名臣汤斌，识时务者为俊杰，作为汉人的高级知识分子，他率先入仕清朝，先后历官江宁巡抚、礼部尚书、工部尚书等职，可谓荣耀之极。然而，清政府对汉人入仕始终是既疑且防的。汤斌虽然是一个清廉之官，康熙帝也知他"有操守"，却屡遭权贵陷害、弹劾，在汤斌离任苏州后，康熙帝给予他连降五级的处分。所以，汤斌在工部尚书任上不足一月便因忧惧而病卒。故近代民主革命家邹容在《革命军》一文中指出："人中虽贤如杨名时、李绂、汤斌等之驯静奴隶，亦常招谴责挫辱，不可响迩。"

吕留良当然不愿意做这样的"驯静奴隶"，清朝已是江山稳固，而他的内心始终是抗拒的。愤世嫉俗的他在《述怀》中这样写道：

清风虽细难吹我，明月何尝不照人。
寒冰不能断流水，枯木也会再逢春。

清康熙二十二年（1683年），贫病交加的吕留良抱憾而卒，时年五十五岁。

二

时至雍正朝，距离吕留良逝世将近半个世纪，大祸来临了。

湖南永兴书生曾静，求访吕留良著作甚多，对吕氏"华夷之辨"的思想甚为倾信，在《知新录》中如是写道："中原陆沉，夷狄乘虚，窃据神器，乾坤翻复。"可见其与吕留良精神相契。偏居一隅的他心生反骨，突发奇想地派了门徒张熙化名赴陕，投书于岳飞后裔、陕西总督岳钟琪，强调"华夷之分大于君臣之伦"，历数雍正帝谋父逼母、弑兄屠弟、贪利好杀、酗酒淫色、怀疑诛忠、好谀任佞等罪状，指责雍正阴谋篡位，天地不容，鼓动岳钟琪继承先祖遗志，举兵反清，为汉族雪耻。

岳钟琪深感兹事体大，即予拘讯张熙。

雍正六年（1728年）九月二十八日，岳钟琪向雍正帝呈上奏折，详陈其情，"曾静案"开始爆发。随后，岳钟琪对张熙设计引诱，使其供出曾静、吕留良等十余人。时年十月九日，雍正帝下诏查拿湖南曾静等人，查抄浙江吕留良家，并拘缉其在浙同党。

曾静毕竟只是个书生，既无济世之才，又无文人节操，那封致陕西总督岳钟琪的书信，按大清律例，完全够得上满门抄斩了，而今东窗事发，只有认罪、悔罪并甩锅，曾静在供词中，把自己的"罪行"推到了吕留良的著作上，是"乱臣贼子"吕留良的思想把他引入了歧途，迅速摇身一变，转而为清政府歌功颂德，还写下了悔罪颂圣的《归仁录》。

"曾静案"引起了雍正帝的高度重视，以此案为契机，他首要解决的是政治问题，如大清入主中原、君临天下的正统之道——他认为"本朝之为满洲，犹中国之有籍贯"，旗帜鲜明地表达了满洲是中国的一部分这个观点，而其主政中国，即如孔子所说："故大德者必受命。"清朝建立后，"满洲根本"与"满汉一家"是其执政的基本国策。雍正的思想十分清晰，可看出他融入中华文化核心版图之诚意，而不仅仅只是为了稳固统治地位而开展的统战工作，尽管具体操作层面没有那么容易，满族权贵也好，汉族士子也罢，都需要时间来接受。还有他的私德与继位问题——当时朝野传说康熙传位于十四阿哥胤禵，是四阿哥胤禛篡改了康熙遗诏，由此产生了各种传闻，真真假假的宫廷逸事，往往是民间百姓津津乐道的话题，又是文人写作极具想象空间的素材，这令雍正帝深陷其中，十分委屈。"曾静案"给了他向天下诏告、向臣民表白的机会，这就是后来广泛印行的《大义觉迷录》——"曾静案"所引发的吕留良文字狱之来龙去脉，尽在其中。

在《大义觉迷录》中，雍正帝认为"唯有德者能为天下之君"，为大清执政正名，他力陈"华夷一家"之说，以消弭"夷夏之防"带来的民族矛盾，同时，他详述自己继位之始末、施政之功绩，辩诬也好，洗白也罢，可见其良苦用心。

雍正帝觉得，正是"曾静案"发，深居皇宫中的他才能得知遍布朝野的流言蜚语、恶意诽谤，才使他得以清洗、整肃奸人恶党，也使他认识到思想与宣传的无比重要性。他透过现象看到了本质：曾静固然是大逆不道的现行犯，而吕留良则是大逆不道的教唆犯。因此，他力排众议，对曾静网开一面，免罪释放曾静、张熙等谋反犯，以感化"逆贼"，使其现身说法，宣扬圣德，且降谕曰："朕之子孙将来亦不得以其诋毁朕躬而追究诛戮。"

然而，他对吕留良则要大开杀戒——尽管吕留良已去世四十九年，在一则谕旨中，雍正帝如是痛斥："（吕留良）乃于康熙六年，因考校失利，妄为大言，弃去青衿，忽追思明代，深怨本朝。后以博学宏词荐，则诡云必死；以山林隐逸为荐，则剃发为僧。按其岁月，吕留良身为本朝诸生十余年之久矣，乃始幡然易虑，忽号为明之遗民。千古悖逆反复之人，有如是之怪诞无耻，可嗤可鄙者乎！"特别让雍正帝无法宽恕的是，吕留良居然"谤议及于皇考"，肆无忌惮地挑战皇权皇威。

又云："自生民以来乱臣贼子，罪恶滔天，奸诈凶顽，匪类盗名理学大儒者，未有如吕留良之可恨人也。"

吕留良及其门生之言行，激起了雍正帝的切齿之恨："浙江逆贼吕留良，凶顽梗化，肆为诬谤，极尽悖逆，乃其逆徒严鸿逵者，狂暴狠戾，气类相同。"语气极是凶狠，令人惊悚不安。

紫禁城里，帝王之愤怒激扬起的惊涛骇浪，向遥远的江南席卷而去。

雍正十年（1732年）十二月十二日，杀戮的血色在谕旨中弥漫开来：

吕留良、吕葆中俱著戮尸枭示，吕毅中著改斩立决。其孙辈俱应即正典刑，朕以人数众多，心有不忍，著从宽免死，发遣宁古塔给与披甲人为奴。倘有顶替隐匿等弊，一经发觉，将浙省办理此案之官员与该犯一体治罪。吕留良之诗文书籍，不必销毁；其财产令浙江地方官变价充本省工程之用。

十五天后的十二月十七日又谕旨：

严鸿逵著戮尸枭示，其孙著发宁古塔，给与披甲人为奴。沈在宽著改斩立决，黄补庵已伏冥诛，其嫡属照议治罪。车鼎丰、车鼎贲、孙用克、周敬舆，俱依拟应斩著监候，秋后处决。房明畴、金子尚俱著佥妻流三千。陈祖陶等十一人，著以杖责完结。张圣范、朱羽采、朱霞山、朱芷年著释放。

那时，距离大年三十仅十多天的时间了，大江南北的黎民百姓都在准备过年了，大多数人在欢天喜地辞旧岁、迎春节。然而，浙江崇德与吴兴两地笼罩在圣旨的恐怖阴影里，吕留良一家与弟子严鸿逵一门惨遭相同厄运，沈在宽等门生亦在劫难逃。

次年的雍正十一年（1733年）冬，吕留良孙辈十二户一百一十一人经过一年多的长途跋涉，来到了流放之地宁古塔，那是冰天雪地的北国，这既是当时的自然环境，更是他们命运的严冬。

江南的书香门第，沦为北人的苦役奴隶。

在民间传说中，吕留良的孙女吕四娘手持神剑刺杀了雍正，报了吕家的血海深仇。当然，这仅仅是一个传说。

三

由"曾静案"引发的吕留良文字狱还未完。时约两年，雍正十三年（1735年）十二月十九日，登基即位的乾隆皇帝爱新觉罗·弘历对曾静、张熙谤议父皇之事"断难曲宥"，谕旨"凌迟处死"，他无法容忍这两个"逆贼"苟活于世。同时，下旨毁版禁传雍正帝的《大义觉迷录》，以维护皇家威权；在乾隆时期，他全面禁毁吕氏著作，以肃清其反清言论。

经此一案，清初帝王苦心展示的开明姿态消失殆尽，无论是对内还是对外，皆走向封闭自守。故自乾隆盛世始，大清王朝日益没落，最终寂然覆灭。

一代大儒吕留良的"华夷之辨"，忠实于千百年来儒家文化的思想学说，是江山易主之后的深思、喟叹与抒发。从雍正到乾隆，虽然看到了"满汉一家"的重要性，但是因为感到"华夷之辨"影响了大清威权，所以对一介书生大动干戈，既挫骨扬灰，又焚书毁版，说到底还是缺乏文化自信。

无论是大儒，还是帝王，都囿于当世时代的局限。大儒之迂执，只是思想的驰骋，而帝王之极端，则是权力的放纵，手起刀落之间，便铸成万劫不复的千古悲剧。

吕留良文字狱一出，其牵连之广，酷烈之祸，与明代方孝孺案一样震惊天下，是为清代第一大文字狱。南方士林皆噤若寒蝉，黯然无声。

这般惨绝人寰的境况，对吕留良故乡的读书人的影响特别巨大，学术文脉出现的断层，延续至今，近三百年来，再无吕留良、张履祥这样有重量的思想学术大儒出现，元气大损的士子从此远离现实，避谈国事，投向艺术领域，以琴棋书画、吟风弄月为主，因此，雍正朝以降至清末，至民国，一直到现当代，桐邑一地学术衰而艺术兴，产生了许多具有广泛影响的文艺大家。

辛亥风起，清帝逊位，吕氏冤案，始得昭雪。浙江都督改西湖彭公祠为"三贤祠"，崇祀吕留良、张煌言、黄宗羲三位清初反清义士。

旧时，吕氏家乡崇德有留良乡、晚村乡，皆为家乡人民纪念这位天纵之才的先贤所设。城里筑有"吕园"，建亭立碑，于右任、蔡元培、陈从周等民国名流珍迹存焉。亭柱两侧镌有楹联：

民族昔沦亡惨受严刑碎白骨
河山今恢复洗除奇辱见青天

民国二十二年（1933年）十月，蔡元培亲书"先贤吕晚村先生纪念碑"后，还撰有一联："为民族争存，碎尸无憾；以文章报国，没世勿谖。"

站在汉民族的立场，吕留良无疑是"华夷之辨"的守夜人，或者说是一个巡夜的更夫。然而，"天地之际既美，华夷之情允洽"（《晋书·元帝纪》），"华夷山不断，吴蜀水相通"（唐·杜甫），华夷之相融相合，既是中华版图之现实，又是时代发展之必然。

而对于晚村先生而言，生前著文抒胸臆，身后岂管辱与荣！

沈梓：书生情怀，士子大爱

　　嘉禾濮川名士沈梓（1830—1885年），字桑与，号北山，又号梦蛟，晚号退庵居士。他出生于濮院镇坝底头的书香门第"红药山房"，其高祖沈廷瑞（1712—1787年）著有《东畬杂记》，所记皆为濮院昔时风土人文、遗闻逸事。他父亲沈涛（1800年11月—1854年6月）著有《幽湖百咏》，这是一组具有濮院特色的大型组诗。而沈梓写于庚申之乱中的《避寇日记》，是研究太平天国历史的重要著作，成为嘉兴图书馆的镇馆之宝。

　　清同治四年（1865年），沈梓获补行咸丰辛酉（十一年，1861年）拔贡，考取八旗官学教习、武英殿校录，授内阁中书，因为母亲年老，疏请归里以奉养，并以教授子弟为业。光绪初，沈梓获举孝廉方正（六品），没有赴任。

　　《旧唐书·裴行俭传》中云："士之致远，先器识而后文艺。"这句话对后世士子影响极深，把人格的修养与完善放在首位。民国《濮院志》记述沈梓其人"生平谨言行，读书以圣贤自励。擅楷法，工制艺，兼治诗古文。门下士甚盛，教人先器识而后文艺"。一脉相承的是传统士子的风范。

　　进入中年以后，书生情怀的沈梓致力于濮院镇的慈善公益事业，践行士子之使命，呈现士子之大爱。

创办翔云书院

清同治九年（1870年），沈梓四十一岁。

嘉兴、秀水、桐乡三县交辖的濮院镇，自宋元以来，以濮绸独领风骚，"烟火万家，民多织作"，日出万绸，万商云集，奠定了江南织造名镇的地位，经济的繁荣带动了文化、教育等各项社会事业的全面发展，成为"嘉禾一巨镇"。

自晚清开始，濮绸走向衰弱，尤其是"庚申之乱"后，濮院经济无法重拾辉煌，而且文风渐衰、士气不振，世家大族只知舍家供佛、修桥筑路，以修来生之福。

这种状况，使沈梓十分忧虑，他认为必须"振兴文教，敦饬士品"，便与濮镇董燿、夏清泰、仲濂、仲浚、朱成勋、沈桐、沈福崇、岳昭垲、岳树音、岳廷振、邹锡祚诸位有识之士一起筹款创设翔云书院，共襄盛事。濮院向有翔云义塾，自清初以来，屡兴屡废，共有五次，且久废不置。因为从前的翔云义塾都是民间创设的，所以兴与废都在投资人一念之间，而沈梓等筹款创设翔云书院，为了确保"非民间所能私自废置"，必须获得官府立案支持，他在《请创建翔云书院通详立案文》中明确表示，翔云观西之惜字公所改为翔云书院，办学经费自行筹办，要求"每年二月上旬，请府宪主课一次；四月、八月，请秀邑主课；六月、十月，请桐邑主课，各二次，余归山长主课。"后来，翔云书院"官课续经禀准，三月、七月，请嘉邑主课。"嘉兴知府、秀水知县、桐乡知县与嘉兴知县都要定期前来翔云书院讲课，这既是翔云书院组织架构与规范运行的有力保障，又是对濮院学子的莫大激励。

同治十一年（1872年），创建在秀界翔云坊的翔云书院顺利开课，这是濮院教育史上的一件大事。后来，嘉兴知府许瑶光为此撰写了《翔云书院碑记》，详其颠末，勒石为铭。这位极具诗人情怀的"贤太守"，看到翔云书院"经度之始，支绌颇甚"，便陆续查出了充公房产，又请拨濮镇丝绢，以资助翔云书院，使其"经费既裕，膏火有资，发箧陈书，断断如也"。

翔云书院的五任山长（书院院长），都是饱学之士：

同治十一年（1872年）：首任山长严辰，桐乡人，咸丰九年（1859年）翰林。光绪十三年（1887年），编定付梓《桐乡县志》。

光绪元年（1875年）：山长严嘉荣，山阴人，道光乙未（1835年）举人，嘉庆府学教授。

光绪八年（1882年）：山长许景澄，嘉兴人，同治戊辰（1868年）翰林。晚清政治家、外交家。

光绪十五年（1889年）：山长石中玉，嘉兴人，咸丰戊午（1858年）举人，富阳县（今浙江省杭州市富阳区）学教谕。

光绪二十九年（1903年）：山长高宝銮，秀水人，光绪壬辰（1892年）翰林。

严辰、许景澄、高宝銮皆进士，严嘉荣、石中玉为举人，这样一个强大的院长阵容，是书院之幸，是学子之幸。

翔云书院的琅琅书声，在古镇激扬起了刻苦攻读、学业精进之波涛。

光绪三十一年（1905年），清朝下诏废除科举制度，翔云书院随即停课。在历时三十四年的办学过程中，濮院一镇产生了两位进士：朱善祥（光绪二年丙子）、凌和钧（光绪十六年庚寅）。七位举人：朱善祥、李世楷、凌和钧、李廷栋、张文镐、朱辛彝、刘富槐。其中，光绪二十八年壬寅补行庚子辛丑并科，张文镐、朱辛彝、刘富槐同时中举，"梅泾三举子"全浙瞩目。

"一犁好雨占鱼梦，万里秋风听鹿鸣。"濮院名士沈梓等所创的翔云书院，为濮院青年学子实现梦想插上了腾飞的翅膀，从而走向了广阔的人生舞台。

发起梅泾葬会

清同治十年（1871年），沈梓四十二岁。

明代冯惟敏《耍孩儿·骷髅诉冤》有曲云："自古道盖棺事定，入土为安。"入土为安，是儒家的伦理道德，也是传统的营葬方式。自宋以降，江南地区的土葬、火葬、淹葬，在民间向为并存。而明清两代的法律是严禁火葬的，否则按律治罪，江南士绅出于维护礼制的目的，亦竭力劝诫、阻止"火化水沦之风"。

清代大儒张履祥（杨园先生）对于江南乡村盛行火葬的现象有过深入考察，他认为："火葬一事，历代所禁，然而不止者，一惑于桑门之教，一惑于风水之说，一诿于贫而无财。""死无葬地"的原因，除了"贫而无财"，还有"惜地不葬"。他对乡间的停棺、浮厝、焚亲、偷葬及阻葬等现象，与江南士绅一样持有激烈的批判态度，尤其痛恨"贼仁贼义"的乡间葬师，悖乱礼制。清初，湖州德清的唐灏儒发起了"葬亲社"，清顺治十年（1653年）冬，张履祥在桐乡县清风里仿效唐灏儒，积极推行土葬，恢复传统礼教。

在濮院镇，清初张敬萱等曾创办濮川同善会，主要是施槥助葬，"劝募众力，共襄善缘"（仲弘道《濮川同善会记》），一直到咸丰十一年（1861年）在"庚申之乱"中停办。同治年间，沈梓等集资兴办，循旧举办。

同治十年，沈梓等濮院士绅仿照张履祥葬会，在武庙觉山堂发起成立"梅泾葬会"。在同治年间，各地官府可会同绅士查明无主荒地，广建义冢，故而，实行土葬成为民间主流。沈梓之所以发起梅泾葬会，是"为贫不能葬者而设"，目的十分明确。他拟具规章，禀请嘉、秀、桐三县立案办理。

《葬会规约》明确了组织架构与活动规则，可操作性强。其中，规定了以四十人为一集，每人出钱一千文，合计四十千文。四十人分八宗，举八人为宗首，公请二人为司会。当时，这四十千文，可敷两穴（不含葬地，由葬主自办）。《葬会规约》中特别提到，临葬时如遇乡恶滋事阻葬，葬会中人皆应约同到乡里排解，如处理不了，由司会宗首会同葬主一起禀请地方官惩办，这说明乡间依然存在阻葬之风。经过沈梓等热心公益人士的奔波操办，濮院镇共有四百四十人（次）参与善事，解决了许多贫困家庭营葬死者的困境，诚为后世铭记之功德。梅泾葬会至第十一集期满，后来没有续办（民国《濮院志》）。

成立保元善堂

清光绪五年（1879年），沈梓五十岁。

"庚申之乱"后，江南经济受到重创，民间之"人各私其私，重钱财如性命，薄礼仪为迂谈，人心之不古"，在《保元堂征信录序》中，沈梓认为："夫人心本善也，惟士为四民之首，士不读书明理，则凡民无以表率，而风俗于是乎不可问。""谓必如范文正之存心，始完得个秀才身份。"体现了一个士子义不容辞的责任感与使命感。

光绪五年夏季，沈梓开始发起筹办"保元堂"，参与善事者有夏蓉卿、沈小舫、董味青、夏韵笙、仲秋坪、钟少芝、濮莘田、夏钜村、仲范卿、朱寄庭诸位乡绅。援照新塍镇培元善堂之例，禀请嘉、秀、桐三县通详立案后，得嘉兴知府许瑶光垂注，拨出濮院镇茶捐的百分之五十，资助开办保元堂。光绪六年，嘉兴知府许瑶光离任，新任嘉兴知府陈璚亦相当重视，拨公款一百两，因为沈梓他们"措资艰难"，只募捐到六百两，只初步完成了堂屋的构建，堂内门窗、器具尚未配置，陈知府便拨出濮院镇全部茶捐，并先后派出驿政厅李、照磨厅张两位官员前来经理捐务。濮院镇丝茶烟三业亦各议捐款相助，但为数不多，又缓不济急，沈梓便组织于市中各业写日捐，以资开办经费。

经过沈梓与同仁两年多的艰辛筹备，光绪七年九月，保元堂终于开办了，地址设在秀界平桥堍，第一进头门楼屋三间，第二进平厅三间，开堂办理掩埋义葬，施送药材、棺木等功德善举。

沈梓成立保元堂的初衷是使民间不失"相保、相赒、相救之道"，使人心向善、风俗敦厚。在保元堂的影响下，镇绅吴静涵、章维堃创办了"小补会"，自光绪十二年（1886年）起，每年冬季施送棉衣、岁米，与保元堂相互补益。一直到民国十六年（1927年），小补会的会务由陆粹元、沈梦得仍在继续办理中。

沈梓于光绪十一年（1885年）去世，时年五十六岁。

翔云书院书声正朗，保元善堂功德绵绵，而"红药山房"的沈梓不幸英年早逝。他走了，这一去，不再回来。然而，在嘉禾大地，在梧桐之乡，在濮川古镇，沈梓以悲悯、虔诚的慈善之心，留下了一份永恒的精神财富，如春风化雨，润泽人间。

"向前敲瘦骨，犹自带铜声。"作为一介清贫书生，沈梓永存范仲淹"先天下之忧而忧，后天下之乐而乐"之心，风尘仆仆，殚精竭虑，甚至辞馆辍业，谋划乡里公益，先后创办翔云书院，发起梅泾葬会，成立保元善堂，虽筚路蓝缕，终成功德大业。沈梓人生晚年的这三部曲，既关爱青年学子，又关怀人间贫苦，铸就了古镇大爱的丰碑。

释太虚：仰止唯佛陀，完就在人格

民国有四大高僧：虚云法师，印光法师，弘一法师，太虚法师，皆修为超迈，境界高蹈，为佛教界之翘楚。

太虚法师（1889—1947年），乃我桐邑先贤。

一

抗日战争期间，太虚法师的同乡、艺术家丰子恺携全家逃难至重庆时，经常入城前往长安寺，访问居住在寺中的太虚法师，每次都在"心中叹羡不已"，诧异地想道："崇德怎么会出这样的一个人？"

太虚法师究竟是一个什么样的人，居然会让淡泊闲适、性情孤洁的丰子恺折服敬仰？这当然一方面是丰子恺的佛缘，他与高僧弘一法师本就有师生之情；另一方面则是太虚法师弘法护法、勇猛精进的精神深深地打动了他。

丰子恺在未认识太虚法师以前，听到"有人说他是交际和尚，又有人说他是官僚和尚，还有人说他是出风头和尚"。交际、官僚、出风头，这三组词，传说的人肯定是贬义的。

然而，如果仔细考察太虚法师一生的作为，觉得完全可另做解释。

"交际"的对应词是"奔走"：对于佛教事业，太虚法师始终是一个积极的行动者，国内国外、佛门政界，他都四处奔波，劳心竭力，在他的交往史上，那一长串中外名人，都是那个时期的风云人物、名流大师，这样的交际有助于他开阔视野，丰富思想，实践"人间佛教"的真义。鲁迅先生与太虚法师有过一面之缘，对他的印象是"和易近人，思想通泰"。从中可以感受到太虚法师作为一个佛界中人，实在是大有人间情味的，春风十里，颇值交往。

所谓"官僚"，对应词则是"职责"：太虚法师的座上宾虽然有很多的政界高官，甚至领袖人物，但他从来没有担任过政府公职，他在佛教界中曾经出任过寺院住持、筹建中华佛教总会、办杂志出丛书、担任武昌佛学院院长、中国佛学会会长……这一切都是为了弘法护法，有作为方有地位，有了地位才有更大的作为。有一次，我与著名画家吴蓬聊天，谈到名利观，吴蓬老师说："人微言轻，是难有作为的。有了名，才有话语权，才有可能实现自己的理想。"我深以为然。

至于"出风头"，实际上是"使命"：太虚法师倡导"人间佛教"，提出的教理、教制、教产三大革命，在当时及后世的佛教界产生了巨大的影响，任何革故鼎新的人物，都是逆袭而行、勇猛精进的，哪怕非议、误解，如洪水滔天！

奔走、职责、使命，这是太虚法师投身佛教的三个关键词，这样一种自觉担当、义不容辞的精神，使他成为近代佛教复兴运动的倡导者，成为近代当之无愧的佛教领袖。同乡丰子恺是个有佛缘的艺界中人，在结识太虚法师之后，顿然悟道："他是正信、慈悲，而又勇猛精进的、真正的和尚。"

二

清光绪十五年（1889年），太虚法师出生，本姓吕，名淦森，学名沛林，他二岁时丧父，五岁时母亲改嫁，全赖外祖母护视教养，在一座旧庵中生活，而在他成长的过程中，又幸得二舅启蒙。

修道礼佛的外祖母带着年幼的淦森先后游历了九华山、普陀山等佛教重地，前往平望小九华寺、镇江金山寺、宁波天童寺、阿育王寺、灵峰寺等瞻仰朝拜。这样的经历，使这个少年顿生佛缘，十六岁那年，他决意离家，欲去普陀山出家，结果阴差阳错，来到了九岁那年曾随外祖母入寺进香的平望小九华寺，因缘相续，入寺求度，从此入了佛门。

太虚法师幼年失亲，使他过早地尝到了人间之苦，又因外祖母的慈悲，领略了亲人之爱、佛门之缘，这个过程对于他的成长极其重要，可以说是直接催生了他"人间佛教"的思想。

后来，功成名就的太虚法师回忆自己的生平，否认了天生"异禀"之说，一个"乡镇贫子"终成一代佛教大师，这是来自底层民间的苦难历练，来自他外祖母无意间的引导，在他的自传中，有这样的诗句："每逢母难思我母，我母之母德罕俦。"那份尘世的深情与怀念跃然纸上。

<h1 style="text-align:center">三</h1>

太虚法师"人间佛教"的要义是以佛教的道理改良社会，解决人生问题，净化众生心灵，这与躲进深山修行或离开人类空谈的佛教，具有了本质的区别，是佛教的巨大进步与超越。

太虚法师作为中国近代佛教复兴运动的倡导者与佛教领袖，早在民国二年（1913年）就提出了佛教三大革命的口号：一、打破教理专向死后探讨，转向现生如何发达进步；二、着重僧众教育、健全僧众组织；三、改变寺院财产私传私有，为十方僧众共有。当时，太虚法师年仅二十四岁，就已独具慧眼卓识。

一百多年之后的今天，重新来审视太虚法师"教理革命，教制革命，教产革命"的佛教宗旨，依然具有强大的生命力。而且，太虚法师由此倡导的"人间佛教"思想，面向大众，积极入世，其强烈的现实意义影响了近代国际的佛教思想。

令人感佩的是，太虚法师不仅是一个具有前瞻性的佛教思想家，而且还是一个积极的行动者。为了实践他的佛教思想，太虚法师不仅创办了《觉社丛刊》《海潮音》等佛教杂志，开展佛教研究，亲手创办佛学院，开拓了我国佛教的教育事业，而且他除了在国内奔波弘法，还不辞辛劳地远涉重洋，游历东南亚、欧美等国家讲学传教，还在法国巴黎筹设世界佛学苑，为振兴佛教事业尽心竭力。

太虚法师是一位具有民族大义的高僧。在日军侵华、民族危亡的历史时刻，他奋起抗争，呼吁广大佛教徒投入抗战洪流中，并倡议成立僧伽救护队，随军服务，共纾国难。他还受命组团出访南亚和东南亚国家，加强、巩固国际反日阵线，争取国际力量对我国抗日战争的同情与声援。这与弘一法师的思想有共通之处，弘一法师在抗战期间手书中堂一幅："念佛不忘救国，救国必须念佛"，悬挂于讲经堂座后壁上。

仰止唯佛陀，完就在人格。

人圆佛即成，是名真现实。

这是太虚法师的偈颂，他在有限的生命中，不断追求完善人格与僧格。人圆佛即成，只有人格完满圆成了，也就成佛了。德行缺失的人，何以成佛？

四

有人曾经这样评价太虚法师：在中国近两千年的佛教史中，魏晋南北朝时期的道安大师、唐代的惠能大师和民国时期的太虚大师，堪称使佛教中国化的三座里程碑。

太虚法师的地位可谓高矣！

丁酉中秋旅厦门，我专程前往南普陀寺。此寺始建于唐末，气势宏伟，错落有序，向为闽南佛教圣地，寺后建有太虚大师纪念塔。在二十世纪二十年代末至三十年代初，太虚法师应聘赴闽，就任南普陀寺方丈与闽南佛学院院长，两届六年（1927—1933年），积极推行佛教僧制改革，昌明佛法，振兴佛教，故使南普陀寺声名日隆，闽南佛学院精英荟萃，高僧辈出。今至寺中，真切感知太虚法师弘法之足迹、心迹，家乡出了一位享誉海内外的高僧，怎能不引以为傲！

近年来，桐乡与海宁的文化人士都在争做太虚法师的文章，以太虚法师为荣，这当然是好事，但要跳出狭隘的地域之争，太虚法师出生在海宁，但他的籍贯是崇德（今桐乡），这是不争的事实，可以这样说，桐乡与海宁都是太虚法师的故乡，不唯如此，太虚法师更是属于中国与世界，属于他为之献身的佛教事业。我想，今天有志者要研究的重心当是太虚法师的佛教思想、佛教精义，这才是重要的。

末法期佛教之主潮，必在密切人间生活，而导善信男女向上增上，即人成佛之人生佛教。

人间佛教，慈航普度，抵达浮华尘世的芸芸众生，净化人心，建设人间净土。

蔡冠洛与弘一法师：悲欣交集

蔡冠洛（1890—1955年），字丐因，号可园，祖籍浙江诸暨，是一个有别于传统文人的奇才：一袭长衫、站上讲台时，是满腹经纶的名师；戴上蜂帽、挽起袖子时，是地地道道的蜂农；静修参悟时，是佛学信徒；伏案研究时，是清史专家。他既通书艺，翰墨流长；又擅医道，悉心研习。短短一生，多种角色，进退自如，且造诣不凡。

一

民国十七年（1928年）二月，蔡冠洛为了教书、养蜂两不误，全家迁居到了嘉兴桐乡的濮院镇，住在众安桥堍，创办了可园蜂场。濮院是个放蜂的风水宝地，四周乡村遍植乌桕树。乌桕树夏天开花，花中含蜜丰富，是夏令季节主要的蜜源植物。乌桕蜜，呈琥珀色，甜而带酸，具有解毒、排毒、活血、清热、利尿、通便的功效。除了乌桕树，濮院乡村多种植油菜、紫云英，皆为适宜蜜蜂春季采蜜之处。所以，民国时李济深的南华蜂场、陈济棠的强华蜂场、华绎之的绎之蜂场等国内各大蜂场经常汇聚到濮院放蜂。一九三〇年八月一日，由上海立达学园、濮院可园等蜂场发起的江浙养蜂协会在濮院端本小学内成立，大会公推蔡冠洛为主席。

江浙养蜂协会成立后，蔡冠洛买下了濮院镇寺前街的陈家厅，这是一处清式建筑的江南民居，从石库门进去，是一处天井，左右是厢房，走进天井是前厅，方砖地面，落地长窗，是蔡家就餐、会客之处。自木扶梯上楼，东厢楼、西厢楼共十一间，为蔡家的主、次卧室、佛堂、书房、贮藏室等。过了前厅，又是天井及后厅，出了后门，是一片空白场地，江南古刹香海寺遗址一览无余，两棵南宋银杏树始终生机勃勃。这就是蔡冠洛的栖身之地"可园"。

"可园"前临庙桥港，经常有快班船、小火轮停靠。左邻右舍经常看到文质彬彬的蔡冠洛手提皮包，沿着条石台阶而下，跨入船中，前往外地工作去了。大家都知道，这个可园蜂场的蔡老板是一位教书先生。

具有佛缘慧根的蔡冠洛在教育生涯中，有幸结识了富有传奇色彩的艺术大师、佛教高僧李叔同（弘一法师）。

祖籍浙江平湖的李叔同（1880年10月23日—1942年10月13日），出生在津门官宦富豪之家，风流倜傥，才华盖世，擅书法、工诗词、通丹青、达音律、精金石、善演艺，是中国新文化运动的先驱。他所填之词《送别》，歌词精美，意韵悠长：

> 长亭外，古道边，芳草碧连天。
> 晚风拂柳笛声残，夕阳山外山。
> 天之涯，地之角，知交半零落。
> 一瓢浊酒尽余欢，今宵别梦寒。

直到今天，《送别》仍然是广泛传唱的经典之作。而李叔同后来出家为僧，从这首词中已可看出端倪。一九一八年八月十九日，时年三十九岁的李叔同，正是人生绚丽至极时，忽然在杭州虎跑定慧寺落发出家了，从此遁世归隐，皈依佛门，法名演音，号弘一。

李叔同决绝弃俗的背影，令当时的中国文艺界震惊得瞠目结舌，不解其谜。后来，一向孤傲、冷艳的张爱玲这样说道："不要认为我是个高傲的人，我从来不是的，至少，在弘一法师寺院围墙的外面，我是如此的谦卑。"张爱玲对于李叔同远离尘世的抉择，充满了发自内心的敬仰之情。

二

一九二〇年夏，蔡冠洛于杭州的接引庵首次见到了弘一法师。时因弘一法师要去富阳新登的贝山寺掩关，在杭的浙江一师校友相约为他设斋饯行。这次相见，弘一法师给蔡冠洛留下的印象十分深刻，无法抹去。后来，蔡冠洛在《廓尔亡言的弘一大师》一文中清晰地记述道：

只见他握着念珠，跟着一般和尚绕着佛像念经，丁丁的铜磬声，很有韵律的传入耳中，觉得清凉愉快，和街道上的嘈杂声一比，真是"一在天之上，一在地之下"。

一九二三年，蔡冠洛执教于绍兴省立第五师范时，弘一法师从上虞白马湖到绍兴来，蔡冠洛的同事李鸿梁、孙选青是弘一法师的弟子，他们邀请蔡冠洛一起前往船埠迎接，并把弘一法师安置在绍兴城南的草子田头小庵居住。

这是一个非常幽静的地方，甚合弘一法师心意，住了好多天。蔡冠洛、李鸿梁、孙选青一到休假日便跑去小庵看望弘一法师。弘一法师很少说话，廓尔亡言，所以蔡冠洛他们去见他时，往往只是默然端坐。

而就是在这样的对坐静修中，蔡冠洛与弘一法师的友情之门真正开启了。

弘一法师在离开绍兴去温州时，赠送给蔡冠洛一幅横批，上书"南无阿弥陀佛"六个大篆字，篆字后面题写了许多蝇头细字，写的是明朝灵峰蕅益大师、云栖莲池大师等人的法语，以此开导蔡冠洛研修佛学。

在此后的日子里，蔡冠洛之"博学能文，笃信佛乘"，深得弘一法师嘉誉，他获赠大师墨宝、法器、珍玩无数。仅在《弘一法师书信》一书中，就收有弘一法师致蔡冠洛书信四十一封，可见两人往来甚密。他在一九三一年为蔡父蔡宗沈撰写《清故渊泉居士墓碣》时，称蔡冠洛"为余善友"。实际上，蔡冠洛对弘一法师是执弟子礼的。

一九二九年九月，弘一法师在赴闽中前夕，将其所藏《华严经贤首探玄记》《起信论疏解汇集》等经籍、手稿共十三包，寄存在蔡冠洛的"可园"，并于九月七日从温州致信给蔡冠洛："朽人他日倘有用时，当斟酌取返数种。若命终者，则以此书尽赠予仁者，以志遗念。"

三

一九三一年，蔡冠洛应留日同学、私立上虞春晖中学校长黄树滋之聘，前往白马湖春晖中学任国文教员，兼国文主任。

由上虞富商陈春澜投资、著名教育家经亨颐与上虞乡贤王佐创办的春晖中学，是民国期间中国南方卓有盛名的一所名校，曾经执教于春晖中学的夏丏尊、朱自清、丰子恺、朱光潜、匡互生、范寿康、王任叔等都是大名鼎鼎的人文大家，蔡元培、何香凝、叶圣陶、黄炎培、黄宾虹、张大千等民国名流络绎莅临讲学。

弘一法师与春晖中学极有缘分，多次来白马湖诵经、讲学、著书。春晖中学后山腰的晚晴山房，是弘一法师的好友夏丏尊、经亨颐与学生刘质平、丰子恺等人集资所建，以供大师云游栖居。

因而，早期的春晖中学，是名师荟萃、流光溢彩的黄金时期。新中国首任出版总署署长胡愈之、著名电影导演谢晋、著名作家黄源等名士皆是春晖中学杰出的学子。

蔡冠洛是春晖中学的一代名师。在今天春晖中学的名师楼中，设有蔡冠洛纪念室，遗有书法墨迹及校内一口老井的撰文碑刻。

一九三一年十一月，弘一法师把亲书的《寒笳集》赠送给蔡冠洛。一九三二年正月十一日，弘一法师从镇海伏龙寺致信蔡冠洛称："去岁夏间，曾立遗嘱，愿于当来命终之后，所有书籍，悉以奉赠于仁者。"信中所称"仁者"，即为蔡冠洛。该遗嘱交由夏丏尊收执。

蔡冠洛在春晖中学教学期间与弘一法师保持了密切的联系。一九三四年秋，蔡冠洛利用课余时间悉心整理了弘一法师的经籍题记，书名为《弘一法师经籍题记汇录》，寄往上海《觉有情》杂志社。该杂志曾经多次发表过弘一法师的经籍题记，收到蔡冠洛的书稿后，当年即付梓出版，以表达对大师的敬意。蔡冠洛特作《小记》曰：

廿三年秋中，丹桂吐芳，闲居习静。因念昔年弘一大师所赐及寄藏经籍，并装帧精美，题识工整，辄发旧箧，录其页面题语及前后副页所记者，聊资浏览。继思海内缁素归敬大师者，每欲考索行迹与其学行之所向。得此吉光片羽，譬之饮海一勺。庶藉以知沧海之味，乃寄至沪上，以实《觉有情》刊。

《弘一法师经籍题记汇录》内容相当丰富，实为研究佛学之宝典。蔡冠洛弘扬佛教，传播佛法，不负弘一法师所厚望。

四

一九三五年，蔡冠洛受聘担任上海世界书局编辑，以其扎实的史学功底、深厚的文学素养，先后编著出版了《大众实用辞林》《初中新本国史》《清代七百名人传》等一系列书。

一九三六年，蔡冠洛约请弘一法师为世界书局编辑一套《佛学丛刊》，弘一法师欣然应约编选。《佛学丛刊》第一辑四册在民国二十六年（1937年）三月顺利出版。然而，弘一法师计划的《佛学丛刊》其他各辑，因为日寇侵华而被迫中断了。

一九三七年七月七日，震惊全国的"卢沟桥"事变发生了，日本侵略军打开了全面侵华的罪恶魔盒，中华民族从此开始了八年之久的殊死抗战。八月十三日，淞沪抗战爆发。十一月十二日，上海沦陷。日寇占领了世界书局总厂，作为军营。

迫不得已的蔡冠洛自沪返濮，隐居古镇，带回了十二只玻璃书柜，里面装满了线装本、精装本的书。

然而，日军的战火已烧到了濮院。一九三七年十一月十五日，国军第八集团军总司令张发奎、嘉兴专员杜伟战时巡视濮院，濮院镇商会负责接待。得到汉奸情报的日军空袭了濮院，向费家场、北横街、大有桥街、万兴街、南横街等街坊投弹数十枚，在猛烈的爆炸声中，炸毁民居、药店、镇商会、闵家厅的房屋四十多间，伤亡多人。

蔡冠洛在濮院的家业有可园蜂场、可园农场、可园医院，还有一家可园茶室。可园茶室办在香海寺旧址，名为"冷香阁"，雇用了四个女服务员，开了风气之先，在保守的濮院镇成为街谈巷议的新闻。可园农场在南市思家桥一带，置地四十亩，雇工多人，莳弄果蔬。日寇在杭善公路（今濮院大道）聚星桥处筑有炮楼，可园农场正好在日军步枪的射程范围内，雇工在农场干活时，有时会飞来日军的子弹，胆战心惊的雇工散伙回家了，这农场便日渐荒废。蔡冠洛的儿子蔡大可在可园医院行医，有一次日寇送来一个重伤的汉奸，由蔡大可主治，在抢救过程中汉奸死亡，日寇前来捉拿蔡大可，他已闻讯逃脱。日寇就把蔡冠洛五花大绑押进了炮楼。留学过东京帝国大学的蔡冠洛，以流利的日语把审讯他的日寇怒骂了一番，说出了许多日本的名人、要人——都是他的老师或者同学，炮楼里的日寇被震慑住了，点头哈腰地放回了蔡冠洛。蔡冠洛回家后，把可园医院关门了事。

濮院沦陷前，蔡冠洛一直有个愿望，那就是迎请弘一法师来濮院小住静修，在可园专门清理出了一处居室。弘一法师知悉后十分高兴，亲笔题额"圣解"。然而，因为各种原因，云游四方的弘一法师生前未能成行莅濮，诚为憾事。

一九四二年十月十三日，弘一法师在泉州圆寂。

身在濮院的蔡冠洛闻悉后，写下了一篇情真意切的长篇散文《廓尔亡言的弘一大师》，其中写道：

我很想在园里造屋数间，前面种些白杨绿柳，杂花异卉，至于桃李佳果种之十数年，已是合抱的大木了，这园占了四十亩的地面，碧流回环，远隔嚣尘，是颇适宜静修的。屋中就陈列法师的遗墨法物，作为永久的纪念。

然而，他笔锋一转，叹道："无如世乱如麻，成功的希望很少，每回想到，也不禁为之长叹。"

这是因为日寇的铁蹄在民国二十六年（1937年）的冬天已踏碎了古镇濮院宁静的生活，每个人都不知何时可度过这漫漫长夜。

隐逸在"可园"里的蔡冠洛，不是在书房中读书写字，就是在天井里踱步沉思。在此期间，他把弘一法师生前寄给他的《青年佛徒应注意的四项》《南闽十年之梦影》两部讲稿进行了整理润色，合编为一册《养正院亲闻记》。后由夏丏尊扩充篇幅，上海弘一大师纪念会编辑，定名为《晚晴老人讲演录》，于一九四三年三月出版。

在弘一法师圆寂一周年之际，夏丏尊、蔡冠洛等弘一大师纪念会同人发起编印了《弘一法师永怀录》。

五

抗战胜利后，惨淡经营的养蜂业开始恢复生机。一九四七年五月，蔡冠洛发起组织蜂业合作社，在嘉兴烟雨楼召开了第一次社务会议，会议推举蔡冠洛任蜂业合作社主席。这一年，来濮院放蜂的有七十多个蜂场七千多群蜂，涉及江、浙、沪、闽、皖、赣、鄂、川、粤等省市，规模十分宏大。一九四九年，江浙养蜂协会编印了《农民之友——蜜蜂》一书，以普及养蜂知识，促进蜂蜜生产。

一九四九年五月六日，濮院获得解放。养蜂业在新中国继续蓬勃发展。然而，各地农民认为蜜蜂采蜜会损坏庄稼，所以发生了多起农民殴打蜂农的事件。江浙养蜂协会获悉后，积极与有关部门沟通协调，劝阻农民的行为。一九五〇年元旦，华东区第一次农业展览会在沪举行，蔡冠洛代表江浙养蜂协会出席了此次盛会，展示了蜂种、蜂具、蜂产品，受到了广泛关注与好评。同年七月，江浙养蜂协会在濮院如期召开年会，并在香海寺遗址南宋银杏树前合影留念。壮心不已的蔡冠洛还致信中央政府，希望保护和发展养蜂事业。农业部十分重视，于当年底致函蔡冠洛，并汇来一百万元（当时币制），嘱他添置寒衣赴京参加工作。

然而，轰轰烈烈的土改与镇反运动，羁绊了蔡冠洛赴京的行程。更糟糕的是，在一九五一年十二月二十六日风雨交加的深夜，儿子蔡大可被逮捕了。后来，蔡大可被判刑发配到青海劳动改造，他新婚宴尔的妻子只能离异改嫁。直到二十世纪八十年代中期，桐乡县人民法院撤销了一九五四年七月十日对于蔡大可的刑事判决，洗刷了他莫须有的军统特务罪名。这是后话。

一九五二年，蔡冠洛以一个文人的敏锐触角，对不测时世深为忧虑，他只身一人先行避居在上海金山亭林的可园蜂场，把弘一法师赠送给他的一批佛经典籍及家藏历代书画、数十本雷峰塔"藏经"寄存到了上海玉佛寺。而在濮院"可园"中，还存有许多弘一法师的遗物遗墨，包括《寒笳集》及悬挂在"可园"厅楼正中佛堂间的《清故渊泉居士墓碣》等珍贵墨宝。

蔡冠洛这一去，从此永远地告别了濮院，告别了他的"可园"。

一九五五年，一代名士蔡冠洛在上海金山黯然去世，时年六十六岁。

经过新中国成立初期的历史运动，特别是十年浩劫，无论是上海的玉佛寺，还是濮院的"可园"，有关弘一法师的珍贵文物全部不知了去向。

一九八七年，著名佛教学者林子青撰文《马一浮居士与弘一法师的法缘》，其中写道："早年我在上海时，曾于玉佛寺看到蔡丏因居士寄存他所收藏的弘一法师赠他的佛经典籍，有弘一法师所画的佛塔佛像和马一浮居士的题字，精丽无伦。闻经十年动乱，已荡然无存。"

"悲欣交集"，这四个字是弘一法师的临终绝笔。蔡冠洛与弘一法师的因缘，无论是悲还是欣，抑或悲欣交集，一切都"放下"了，只有他们的传说，还在尘间俗世流传，永生不灭。

正如弘一法师的遗偈：

君子之交，其淡如水。

执象而求，咫尺千里。

问余何适，廓尔亡言。

华枝春满，天心月圆。

茅盾：巨大的存在

濮院相邻乌镇，都是浙北古镇。在二十世纪八十年代初期，我爱上文学并从事业余写作后，就知道隔壁的乌镇出了个文曲星，他就是茅盾（1896年7月4日—1981年3月27日），原名沈德鸿，字雁冰。那时我二十来岁，知道茅盾这个名字时，他已经逝世了。毕竟，我们之间相差了六十八年。

一

我是通过阅读茅盾著作而认知茅盾先生的，从小镇上的书店、文化站、工会图书室，到向出版社邮购等，先后读到了茅盾的许多作品，如《虹》《子夜》《霜叶红似二月花》《林家铺子》《白杨礼赞》等，还有他的农村三部曲《春蚕》《秋收》《残冬》，有小说，有散文，及其他的文艺理论作品。那时没有看到茅盾著作的完整目录，只是觉得他的著作太多太多，岂止"等身"！自是难以读完。

一九八七年春天的一个下午，我在濮院大街的文化站翻阅书刊，突然听到大街上人声鼎沸，文化站干部周敬文说："他们在拍电视了，茅盾的《春蚕》。"这使我莫名的激动，站在门口探头探脑地看剧组人员拍摄。后来才知道，《春蚕》是中央电视台与浙江电视台联合摄制的电视剧，濮院是主要的拍摄基地，大街、严家汇、众安桥、语儿桥、古河道、老茶馆、永越村等，成为剧组的外景拍摄点。大街其实是一条不宽的老街，大多是明清建筑，剧组在大街中段的马头墙下写了一个繁体大字"當"——这后来成为众多摄影人、绘画者的创作取材之景。而对于我来说，当时感觉与文曲星曾是如此接近。

此后不久，我与同事出差德清新市，回程时乘坐航船到了乌镇。濮院与乌镇相距不远，但那时候的交通实在是不方便的，来回都需要从桐乡转车，班次又少，所以有机会到了乌镇，岂能错过拜访茅盾故居！

正是梅雨时节，细雨蒙蒙，问询了许多乌镇本地人，便从轮船码头寻寻觅觅赶到了观前街十七号的茅盾故居。

茅盾故居已修复一新，对外开放了。带着朝圣般的心情，我走进茅盾故居，流连在楼上楼下、院子内外，沉浸忘归。

就是在这座沈家宅院里，出了两位江南俊杰。茅盾作为一代文豪，名扬海内外，而他的弟弟沈泽民既是作家，又是翻译家，作为中国共产党早期的重要领导人，沈泽民于一九三一年出任中央宣传部部长，惜英年早逝，献身于中国革命。而他的夫人、石门女杰张琴秋是红军女将领，新中国成立后，担任了中华人民共和国纺织工业部副部长。

茅盾父亲因病去世那年，他才十岁，弟弟仅六岁，是坚强的母亲撑起了他们成长的天空。"幼诵孔孟之言，长学声光化电，忧国忧家，斯人斯疾，奈何长才未展，死不瞑目；良人亦即良师，十年互勉互励，雹碎春红，百身莫赎，从今誓守遗言，管教双雏。"这是茅盾母亲为丈夫撰写的挽联，在后来的孀居生活中，她含辛茹苦，坚持悉心"管教双雏"，培养两个儿子读书成才。而今在这故居中，依然可真切地感受到这位江南女子的伟大与远见，令人深深敬仰。

同事早就在催，说再晚了汽车赶不上，下次再来吧。也只好如此了，虽是走马观花逛了一圈，但心中是宁静的，又十分充实，因为我感受到了文曲星的气息，感受到了伟大的母爱，如天空飘洒的细雨一样滋润。

当然，重要的是在以后的日子里继续阅读茅盾的著作，以此表达一个晚生后辈对家乡先贤的敬意，并从中汲取文学艺术的营养。

二

茅盾认为文学的目的是"综合地表现人生""文学是时代的反映"。因此，他没有像当时一些作家那样逃避人生，逃避现实，躲进书斋写些风花雪月、无关痛痒的文章，而是以一支千钧之笔，以小说的形式纵横于当时中国的政治、经济、文化等各个领域，充分表现了一个优秀作家强烈的时代使命感和社会责任感。

茅盾敢于直面现实，把握时代脉搏，具有非凡的政治胆识与艺术洞察力。他的短篇名作《春蚕》《秋收》《残冬》，写出了中国人民从迷茫、挣扎到觉醒、反抗的历程。《蚀》三部曲（《幻灭》《动摇》《追求》）则细腻、真实而又深刻地反映了我国现代史上第一次大革命时期革命者的人生现实。长篇小说《子夜》的问世，因为揭示了现代中国社会的半封建半殖民地的性质，而成为我国现代文学小说创作具有"史诗"魅力的作品。短篇小说《林家铺子》同样让我印象深刻，在民族危亡之际，江南乡镇商业经济的绝望与崩溃，非常地触目惊心。《腐蚀》以震惊中外的皖南事变为背景，通过描写国民党统治中心重庆的特务活动，揭露了国民党在抗日战争中的劣迹和丑行。

茅盾的中、长、短篇小说多达数百万字，大多创作于二十世纪上半叶，映照出当时中国大革命失败到新民主主义革命胜利这样一个历史时期的社会现实与社会面貌，在现代文学史上产生了广泛而又强烈的影响。由此，革命家沈雁冰华丽转身为小说家茅盾。吾邑前辈朱汝瞳认为茅盾的小说具有"浓郁的时代气息，壮阔的生活图景，纷纭复杂的社会现象"，可谓中肯之论。

茅盾的文学成就，除了小说，还有散文、童话、戏剧、国学研究与文学理论，具有深厚的文化修养与造诣。他的同乡，文人木心说过："茅盾的传统文学的修养，当不在周氏兄弟之下。"而看了茅盾的文学理论著作，如《西洋文学》《六个欧洲文学家》《希腊文学ABC》《北欧神话ABC》《世界文学名著讲话》等，方知他在二十世纪二三十年代悉心研究过外国文学，真正的学贯中西，具有世界性的文学视野。也正因如此，乌镇的"茅盾书屋"，是少年木心"得以饱览世界文学名著的娜嬛福地"。

在漫长的文学生涯中，茅盾不仅是编辑家，还是书法家。我十分喜欢他的书法作品，隽秀，文雅，逸致，透露出江南的文化情韵。如我们经常阅读的《小说选刊》《小说月报》《文学报》等报刊名，就是出自茅盾的手笔。

茅盾为家乡题了很多字，其中就有《桐乡文艺》，桐乡的文学爱好者几乎都在这本杂志上发表过作品，我也不例外。一九五七年，茅盾在"敬祝桐乡文艺创刊"时勉励家乡的作者"努力学习，贯彻百花齐放、百家争鸣"，距今已六十多年，这样的勉励依然具有现实意义，殷殷教诲如在耳畔。

茅盾的"冠冕"很多，如中国现代著名作家、文学评论家、文化活动家、社会活动家。于我而言，茅盾是从家乡走出去的文学先贤，是堪为后人永学的一个榜样。这才是主要的。

三

二十世纪九十年代中期，美籍华人学者夏志清的《中国现代小说史》中文简体版在大陆出版，一时洛阳纸贵。夏志清以其个人的立场与观点评说现代小说家，虽有偏颇之论，然力求公允，见识卓荦。夏志清力推的是张爱玲、钱锺书、沈从文、张天翼、吴组缃、师陀等作家，然而，茅盾是他无法绕过的研究对象，他不看好《子夜》，但对《蚀》《虹》《霜叶红于二月花》等小说给予了客观的高度评价，如说到《蚀》："在中国现代的小说中，能真正反映出当代历史、洞察社会实况的，《蚀》可算是第一部。"他承认"茅盾无疑仍是现代中国最伟大的共产作家，与同期任何名家相比，毫不逊色"。当然，对于"共产作家"这枚标签，我觉得很奇怪，作家是以党派或信仰分类的吗？

这里需要宕开一笔。一九二一年，茅盾加入了中国共产党，是中共最早的党员之一，一九二七年八月南昌起义失败以后，他从此失去了与党组织的关系。一直到一九八一年逝世，在长达半个多世纪的岁月里，茅盾以无党派民主人士的身份参加工作，从事写作。当然，他始终坚持自己的信仰，且终生不变（在茅盾去世后第四天，中共中央决定恢复其党籍）。新中国成立后，茅盾以党外人士担任了国家文化部长，中国文学工作者协会（中国作家协会）主席。夏志清是从一九五二年起研读现代小说并写作《中国现代小说史》的，他的政治立场或者思想倾向，在某种程度上决定了他对于评价对象的取舍与远近。

夏氏之《中国现代小说史》一出，刺激了中国文学界的神经，各色人等粉墨登场，其中有一位教授为二十世纪中国文学大师重排了座次，座次上的小说作家依次是鲁迅、沈从文、巴金、金庸、老舍、郁达夫、王蒙、张爱玲、贾平凹。茅盾呢，当然被他驱逐出局了。要知道，在现代文学史上，茅盾是以小说名世的，他的创作成果最丰富，创作成就最突出，永远是一个巨大的存在。我真不明白这个教授的底气从何而来？这种排座座、吃果果的游戏，固然是十分可笑的行为，也丝毫动摇不了茅盾作为文学巨匠的地位。然而，尽管闹剧已收场，这种现象却值得文坛中人警惕。当时流行的颠覆风，连鲁迅这样的文豪，都被几个后生颠来覆去。今后这样的"人来疯"一定还会随时发作。重写文学史，重排大师座位，这些都没有问题，问题是一旦失去了公允之论，所有的评价都是荒谬的。

我想，那种否定一切的极端表现，不是出于无知，就是出于偏见。

这使我想起著名作家王蒙在《中国新文学大系》"小说卷序"中说的话："历史已经成为过去，记忆难以保持，以一种轻薄的态度抹杀前人的一切，很方便也很廉价——其实只是说明了自己的无知……不了解昨天的人实难与之语今天。"

四

茅盾的一生，情系文学，才华横溢，且孜孜不倦，他以一千四百多万字的文学创作实绩，如同山峰一般矗立在现当代文学史上，作为中国新文学的开创者，中国现代文学史上最优秀的革命现实主义作家，他无愧于"文学巨匠"的称号。

即使在晚年病重之际，这位来自江南小镇的文学巨匠依然热切地关注着祖国的文学事业，尤其是长篇小说的创作，他在遗书中这样写道：

为了繁荣长篇小说的创作，我将我的稿费25万元捐献给作协，作为设立一个长篇小说文艺奖金的基金，以奖励每年最优秀的长篇小说。我自知病将不起，我衷心地祝愿我国社会主义文学事业繁荣昌盛！

四十多年前的二十世纪八十年代初期，这是怎样一笔巨款？茅盾为什么不遗赠给家人？只有一个解释，茅盾真正把毕生的心血全部献给了文学事业。

这是一种"春蚕到死丝方尽"的伟大精神。如此高风亮节的胸怀，足以光耀千秋，足令那些宵小之徒、名利之徒黯然失色，更何况他还有千万言皇皇巨著在手！

茅盾文学奖，是以茅盾捐献给中国作协的稿费设立的，如今已成为中国具有最高荣誉的文学大奖。

这是一位文学前辈对后起的小说同行的深情润泽与殷切激励。

五

濮院毕竟相邻乌镇，交通也日益发达，我后来多次去过乌镇，多次瞻仰过茅盾故居。大师早已远去，只是去默默地追思或怀想一番而已。

乌镇越来越热闹了，茅盾故居也没再去过，就放在了心里。

唐代银杏宛在，昭明书室依稀。

这是茅盾先生晚年写下的两句诗，表达了他的满腹乡愁。自从抗战爆发后，茅盾为了抗日救亡与文艺事业而四处奔波，新中国成立后，他担任中央人民政府文化部部长而日理万机，一直没有机会再回家乡走一走、看一看，然而，身居北京的茅盾，永远难忘故里的风土人情，他说"漫长的岁月和迢迢千里的远隔，从未遮断我的乡思"。唐代银杏是乌镇的地理标记，昭明书室是乌镇的文脉所系。

我想，茅盾故居岂止只是乌镇的文化地标，毫无疑问也是中国文学的地标。

这是因为，在中国的文学史上，茅盾永远是一个巨大的存在，无法忽视，也无法绕开。

丰子恺：潇洒风神，智者风范

江南水乡物产丰饶，人杰地灵，以至于一路蜿蜒而来的京杭大运河，当流经杭嘉湖平原时，竟然依依不舍地在古镇石门绕了一个大弯，然后缓缓南去。

石门镇就这样安详地偎依在大运河的怀抱中，吴侬软语，脉脉含情。

孔子曰：智者乐水，仁者乐山。在这古运河畔的石门湾，一湾绿水，孕育了一位戴着圆形眼镜、抚着银白长髯欣然微笑、逍遥自在的智者——丰子恺。

一

我对这片热土上诞生的茅盾、丰子恺一直景仰不已。一位是文学巨匠，一位是艺术大师。一个使我崇敬，一个使我亲近。

在我的潜意识里，丰子恺确实是一个令人可亲可近的智者。他多才多艺，不仅在漫画、随笔、音乐、翻译诸领域颇多建树，成绩斐然，而且对于书法、教育、建筑等艺术门类都深有研究，独具真知灼见。

丰子恺是性情中人。在他的作品中，充满了一个中国文人的智慧与情趣。我感到，智慧与情趣，是构成艺术作品不可或缺的元素。在丰子恺的作品中，没有奇峰突起的神来之笔，也没有故作高深的惊人章法，如同缘缘堂附近的大运河一样，舒缓而质朴地流动着。流动就是生命。何况，这生命的血液里，跳跃着卓越的智慧和动人的情趣。这使得他那些朴素平凡的文字与图画，具有了隽永的美学意义和灵动的情感蕴含。

缺乏智慧的作品，流于枯涩；而没有情趣的文本，则显得呆板。大智若愚，大巧若拙。而丰子恺的艺术实践，把智慧与情趣表达得浑然天成，趣味横生。他的舐犊之情、艺术见解、哲思妙语、写景状物，无不至情至性，生动率真。如他的随笔《给我的孩子们》《儿女》《吃瓜子》《白鹅》，漫画《月上柳梢头，人约黄昏后》《人散后，一钩新月天如水》《弟弟新官人，妹妹新娘子》等，让人见微知著，过目不忘。并且，在我们心灵的湖面上，激扬起优美的涟漪，一层一层地荡漾着、荡漾着——最终掀起我们思想深处的狂涛巨浪：充满智慧而富有情趣地生活在艺术之中，是多么的诗意而幸福！

丰子恺就这样不露声色地点化着凡尘俗世中心乱意迷的人们，春风化雨般滋润着人世间那些终日追逐奔波、疲惫荒芜的心灵。

二

石门湾的缘缘堂，是一个淡泊悠然、率真本色的中国传统文人的精神栖憩之地。正直、高大、轩敞、明爽的缘缘堂，是丰子恺亲自设计的三楹高楼。他对缘缘堂的珍惜与喜爱，绝非常人可以体察。他曾在文章中写道："但倘使秦始皇要拿阿房宫来同我交换、石季伦愿把金谷园来和我对调，我决不同意。"

高楼三楹、朴素轩敞的缘缘堂建成于一九三三年，不仅拥有藏书数千卷，而且堂中有马一浮、吴昌硕、弘一法师等民国名流的珍贵手迹。"缘缘堂"匾额，是马一浮所题。一幅老梅中堂，原为吴昌硕手笔，内联是弘一法师所题《华严经》句："欲为诸法本，心如工画师。"外有主人自写的杜甫诗句："暂止飞乌才数子，频来语燕定新巢。"两边还有弘一法师《大智度论·十喻赞》的一堂大屏……当时的缘缘堂聚集了中国一流大师的笔墨丹青，是何等的流光溢彩！放到今天，无论是艺术价值，还是金钱价值，任何一幅作品都是难以估量的。当然，说到金钱价值就流俗了，老人家说过自己"平生不善守钱"。

缘缘堂既是丰氏一家人的生息之所，又是丰子恺的精神家园。"你是我安息之所。你是我的归宿之处。"丰子恺曾对缘缘堂这样深情表白。

走了五省，经过大小百数十个码头，才知道我的故乡石门湾，真是一个好地方。

在《辞缘缘堂》中，丰子恺如是写道。这个"好"，不仅仅是浙北平原的水乡风情，更因为是有缘缘堂的存在。

相信，丰子恺对于故乡的热爱，是发自肺腑的。

然而，一九三七年十一月下旬，侵华日军突袭石门湾，丰子恺率亲族老幼十余人仓皇逃难，永别了缘缘堂——一九三八年一月，炮火焚毁了缘缘堂，一切成了游子悲痛的记忆。丰子恺在《还我缘缘堂》《告缘缘堂在天之灵》《辞缘缘堂》等一系列文章中，如泣如诉、悲怆不已地念叨着缘缘堂。读着这些文字，我感同身受，情不自禁。

现在我们看到的缘缘堂，是桐乡市政府于一九八五年重建的，丰子恺生前的挚友、新加坡佛教总会副主席广洽法师慨然资助，共襄盛举。一九九八年，桐乡市政府在丰同裕染坊店旧址上兴建了丰子恺漫画馆，与缘缘堂连为一体。

今天的缘缘堂，仿旧而建，前楼后院，青砖黑瓦，朱栏粉墙，透露着旧式建筑之美。玻璃封存的一对大门焦痕斑驳，是旧时缘缘堂在日军炮火中的遗物，门楣上方有丰先生自题的"欣及旧栖"四字。

站在这对旧门前，仿佛亲历了那一场残酷的劫难。伫立在这门前，八十多年前的战火风云席卷而来。满腹经纶、一介书生的丰子恺带着家人，仓皇逃难。中华民族的耻辱与苦难，也是每一个炎黄子孙的耻辱与苦难。丰子恺和他的缘缘堂，同样承担了祖国的磨难与历史的重负。

丰子恺信佛，历来只"显正"而不"斥妄"。经此浩劫，他看到了人类残酷、悲惨、丑恶和黑暗的一面。"显正"必须"斥妄"，"斥妄"才能"显正"。这是艺术的辩证法，也是人生的辩证法。"凭五寸不烂之笔来对抗暴敌，我的前途尚有希望。"丰子恺自觉地把个人的命运与国家的兴亡紧密联系起来，"一心向前，勇猛精进。"佛家的隐忍，陶渊明的悠闲，在国难当头方显赤子之心：铁骨铮铮，激越高昂。

隐逸或者进取，消极逃避还是积极抗争，作为文人的丰子恺做了最好的回答和选择。

三

在一个"桂子月中落，天香云外飘"的中秋节，天气晴朗，我忽然起意去缘缘堂坐一坐。真的是去坐坐，而不是去逛逛，因为缘缘堂去过多次，楼上楼下都已很熟悉了，不用再走马观花地到此一游。

上午十时许，石门镇的老街一如既往地清静。当然，缘缘堂也是清静的。不似隔壁的乌镇，这会儿的汽车早已无处可停了，旅游景区人头攒拥，观前街的茅盾故居处在人流的喧哗声里，颇不宁静。倒不是文学有多吸引人，乌镇在尚未开发旅游时，茅盾故居也是清静的。

我喜欢这样的清静，想来丰子恺这样的文艺大师同样喜欢清静，否则，哪来那么多的生动漫画、锦绣文章？

院中，虽然过了季节，不见红了的樱桃，但高及楼顶的数株芭蕉依然绿着。堂门上方，有叶圣陶亲笔题名的"丰子恺故居"。

且在堂中小坐一会儿。抚髯微笑的主人不在了，不能对酌小饮，不能煮茶品茗，也不能谈文论艺了，只能默默地怀想一回。

还有谁能"草草杯盘供笑语，昏昏灯火话平生"？

家乡先贤，一向可好？不才晚辈带来了中秋节的问候。

缘缘堂中的陈设，想来与旧时缘缘堂大致相同，这可以从丰子恺的文章中对比出来。令人痛惜的是，原先的名流真迹、珍籍异本悉遭战火焚毁。如今，只能从仿本中追怀曾经的芳华时光。一九三八年二月，身在萍乡暇鸭塘萧祠的丰子恺看到上海传来"石门湾缘缘堂已全都焚毁"的消息后，悲伤地写下了《还我缘缘堂》一文，他借缘缘堂之灵发出了喑呜叱咤之声："我这里是圣迹所在，麟凤所居。尔等狗彘豺狼胆敢肆行焚毁！亵渎之罪，不容于诛！应着尔等赶速重建，还我旧观，再来伏法！"作为一个有佛心、有善缘的艺术家，丰子恺纵有再美好的愿望，也已无法复原他心中的圣灵之地了。

后院的小天井里，有一座葡萄棚架，荡着一副秋千，这是当年丰子恺儿女们的嬉戏之处。

仿佛依然可以听到他们无忧无虑的银铃般的笑声，因为他们的父亲是多么的呵护他们、疼爱他们。丰子恺画了很多很多充满童稚情趣的漫画，如《荡秋千》《瞻瞻的脚踏车》《阿宝两只脚，凳子四只脚》《快活的劳动者》《瞻瞻的梦》等，都是来自儿女们的真实写照，慈父之情跃然纸上。

只是，现在的缘缘堂，一派静寂。

那个时代，永是消逝了。时过境迁之后，繁华落尽，归于平淡。

说到底，还是故乡好。上海的丰子恺故居"日月楼"，在二〇一四年十月居然因为邻居的阻挠而暂停开放了。游子的根只有系在石门湾，缘缘堂主人的灵魂方能安妥。

我们一家人流连在缘缘堂时，没有新的游客进来。今天是中秋节，人们不是游山玩水，就是亲人相聚。昔日，性情中人的子恺先生亦十分注重亲情，关爱家庭。有亲人相守，一起团圆，赏月，吃月饼，桂花暗香浮动，这是多么美好的人间、多么幸福的俗世！

出得门来，夫人在缘缘堂服务部花十元钱买了一本《缘缘堂随笔选》，虽然家中有丰子恺的多种集子，她说："缘缘堂连门票也不收，就买一本丰子恺的书回去吧。"

四

丰子恺说过："我的心为四事所占据了：天上的神明与星辰，人间的艺术与儿童。"一个心灵明净的人，才真正是一个可爱的人。而今，天上升起了一颗"丰子恺星"，这是子恺先生超凡脱俗的心灵化成的星辰。

古运河犹在悠悠流淌，缘缘堂门前的重瓣桃花正欣然盛开。置身于物是人非的缘缘堂，我自然已难以领略当年丰子恺笔下的那般神韵与情趣了。匆匆过客的我，只能是浮光掠影地感受着一个文人美丽的憧憬与向往：春天，堂前燕子呢喃，窗内有"小语春风弄剪刀"的声音。夏天，红了樱桃，绿了芭蕉。秋天，夜来明月照高楼，楼下的水门汀映成一片湖光。冬天，屋子里一天到晚晒着太阳，炭炉上时闻普洱茶香。

景是情的映照。这情景交融的缘缘堂，只能是丰子恺所独有的精神归宿。

恋恋不已盘桓在缘缘堂，仿佛看到抚髯微笑的丰子恺散淡而平和地坐在缘缘堂的书房里，读书、绘画或者写作，对面墙上悬挂着弘一法师亲撰的对联：

真观清静观，广大智慧观；

梵音海潮音，胜彼世间音。

丰子恺先生一派潇洒风神、智者风范、大家风度，感悟着艺术，感悟着人生……

金仲华：世界风云收慧眼

梧桐之乡向来人杰地灵，现代知名人物茅盾、丰子恺、金仲华、徐肖冰、钱君匋，曾被喻为是从桐乡飞出去的五只金凤凰。这是多年前的说法，而今至少应该再加上两只金凤凰，一位是民国四大高僧之一的太虚法师，另一位是文艺大家木心。

金仲华的生平，通常是这样简介的：杰出的新闻工作者、国际问题专家、著名社会活动家和人民外交家。

让我难以平静的是，这只桐乡的金凤凰，在"文革"乱世中决绝赴死了。那是怎样一种风霜刀剑，居然摧毁了一个知识分子的精神世界，直至他的生命。余生也晚，那时还只是一个在乡村就读小学的儿童，没有经历过如此惊心动魄的历史动荡。而在长大之后，阅读了大量的报刊、书，方知有这么一个"十年浩劫"。真的是一场浩劫，无数人身陷其中，很多人丢了身家性命。而今想来，叫人心痛不已。

一

金仲华的父亲金汇芳是前清秀才，在老屋"静远堂"开设私塾，教书育人，名播乡里。老来得子的金秀才对宝贝儿子更是上心，而金仲华自幼就对识字学习极有灵性，四岁能读《千字文》，六岁读小学。金仲华从桐乡县立崇实小学起步，考入嘉兴县立第一中学，然后进入杭州的之江大学深造。之江大学是个"英语世界"，老师讲课，学生作业，都是英文，这为金仲华后来成为国际问题专家打下了坚实的基础。所以，这颗读书种子，既具国学功底，又有西洋之学。

金仲华获得之江大学文学学士学位之后，前往上海应聘"美的书店"的编辑工作。这家书店的总编辑张竞生可是大名鼎鼎，民国第一批留洋博士，法国里昂大学授予博士学位，回国后曾任广东金山中学代理校长、北京大学哲学教授。他所编著出版的《性史》，在当时的中国引起了轩然大波，各地报刊纷纷对张竞生口诛笔伐。所以，张竞生后来南下沪上，先是担任开明书店总编辑，然后与朋友合伙开办了美的书店。

然而，初出茅庐的金仲华对美的书店出版的《性育小丛书》之类书籍，一点儿也不感冒，他觉得从事这样的编辑工作是与他的理想格格不入的，道不同，不相为谋，只能舍弃这第一次应聘的工作。

金仲华第二次应聘的是商务印书馆，老乡沈雁冰（茅盾）主编的《小说月报》就是商务印书馆出版的。经过面试后，金仲华顺利地进入了商务印书馆，担任《妇女杂志》的助理编辑。这本倡导贤妻良母主义的《妇女杂志》与张竞生博士鼓吹的"性解放"当然是不一样的，金仲华十分珍惜这份踏上社会后第一次真正从事的工作，一方面精心组稿、编稿；另一方面开始为报刊撰写专栏文章。

从此，金仲华走上了新闻出版界的道路。从商务印书馆至塔斯社上海分社、美国新闻处桂林分处，而后与胡愈之一起创办《世界知识》杂志，开办生活书店，参加中国民权保障同盟，主编香港《星岛日报》……文质彬彬且妙笔生花的金仲华先后结识了叶圣陶、邹韬奋、宋庆龄、郭沫若、茅盾、何香凝、廖承志、胡愈之、埃德加·斯诺、柳亚子、伊斯雷尔·爱泼斯坦、潘汉年、周恩来、沈钧儒、毛泽东等一大批历史风云人物、文化与新闻名流。

作为一个民主进步人士，金仲华满腔热情地投身在抗日救亡、反对腐朽政权的工作中，思想日益成熟，立场日益坚定。

二

新中国成立后，金仲华担任了上海市副市长，上海市政协副主席，中国新闻社第一任社长，还担任了许多社会团体的领导职务。作为一个主管上海文教卫的领导，他对工作事必躬亲，认真务实，并善于团结、教育非党爱国民主人士，正如作家巴金在回忆文章所写的："仲华像一块吸铁石，吸引了许多人到他身边。"我们从中可以体会到金仲华为人的真诚与友善。

金仲华是一个著名的国际问题专家，对国际问题研究具有独到的见地，如必须坚持历史研究与现状研究相结合，政治研究与经济研究相结合，要由浅入深，从近到远，从部分到整体，成果既要有学术价值，又要有实际应用价值。他还经常出访世界各地参加国际会议，被称为"人民外交家"。

国际著名记者、作家伊斯雷尔·爱泼斯坦曾经这样赞誉金仲华："作为一位新闻工作者，他致力于向外部世界宣传中国的斗争，同时向中国的青年和进步知识分子宣传国外的进步斗争，加以声援。新中国成立以后，他致力于人民外交和中华人民共和国的国际宣传工作，同时又努力使中国人民了解他们自身的斗争同全世界进步人民的斗争之间所存在的紧密联系。"

金仲华是宋庆龄的"战友、助手和最信任的人"，他们相识于二十世纪三十年代的上海各界救国联合会，因为宋庆龄习惯以英文写作，经邹韬奋介绍，通晓英语的金仲华为宋庆龄所写的英文稿翻译为中文发表。从此开始，他们结下了深厚的友谊。无论是在保卫中国同盟，还是在"保盟"改名的中国福利基金会，金仲华协助宋庆龄做了大量的工作，成为宋庆龄最信任的战友。

然而，"文革"风暴无情地席卷而来，金仲华在劫难逃。上海方面针对金仲华的矛头，指向了"美国特务"这个罪名。造反派前来抄家时，把宋庆龄、周恩来、廖承志、黄华等人写给金仲华的八十七封信抄走了。这些珍贵的信函，内容涉及党和国家的一些核心机密。这是金仲华长期保存、视如生命的重要信件，"在金住处抄出金、宋之间往来信件80件（1945年到1967年），其他重要信稿7件，内有一件是关于宋庆龄在维也纳会议上发言问题、周总理给廖承志的信"

（上海市革委会《关于金仲华问题的报告》）。

宋庆龄写信有个习惯，让收信人"阅后销毁"，而金仲华相当珍惜这些信函，便保留了下来。宋庆龄十分信任金仲华，在通信中对时事、政治问题的看法比较坦诚，如果泄露，将会危害到他所尊敬的国母宋庆龄。虽然宋庆龄为国家副主席，但是同样也受到了"文革"的冲击。定居北京的宋庆龄，曾在"文革"之初来到上海想见一下金仲华都无法如愿。

金家有祖训："认真做事，认真做人。"正因为"认真"两字，金仲华成就了自我，同时又毁灭了自己。那一摞被抄走的信件，成为他惶恐不安的巨大心病。一个谨慎的知识分子，认真地审视现实，而现实令他心生绝望，他感到了真正的孤立无援，最后只能以赴死证清白。

一九六八年四月三日凌晨，一夜无眠的金仲华写下了三封遗书，一封留给母亲，一封给国际问题研究所，一封是交代文件、存单、书的存放地点和处理办法。金仲华给母亲的遗书中这样写道：

我对你们不起，对你们不起！……你们只知道我心情紧张，不知道究竟怎么回事。我一直也不敢告诉你们，不敢告诉任何人，现在不能不告诉你们了。我这样离开你们，丢下母亲、你们和孩子不管了，是很不负责任的。但事情到了没有办法的地步，我精神负担很重，拖下去只会做错更多的事。

母亲今年86岁了，你已经经不起一点冲击了。我这样害了你，心中真正难过到了极点……

有的哀痛无以言说，有的冤屈无处可诉，有的隐衷只能放在心中……不能对任何人表达，包括自己的亲人。这无疑是生命中的高压，是难以承受之重，最终，弦断了……

三

一九八一年一月，宋庆龄撰写了《怀念金仲华》的文章，其中这样写道：

"他是我一直非常尊敬的人。在过去的爱国和进步事业中，他不遗余力地帮助了我和我的同志们。"

生年六十有一的金仲华，在阔别家乡三十四年之久的一九六二年，曾与复旦大学校长陈望道等人前往新安江水库视察，回沪时途经桐乡，在梧桐公园逗留了片刻，然后就回上海了。事后有人问他，怎么不回老家看看？金仲华说："那里有我住过的祖屋，还有我的弟弟、弟媳和侄子们，我何尝不想回去看看，但我此次没有视察桐乡的任务，再说我不想惊动县里的领导，不能因为我回去而影响了他们的工作。以后总有机会再回故乡看看的嘛……"一个部级高官，如此自律，令人感慨。

然而，金仲华这一去，再也没有机会重回故乡了。

都说一个人的命运掌握在自己的手中，但在风云激荡的时代里，个体的生命往往是逃无可逃的，独善其身只是一种理想罢了，无论有多眷恋、有多痛楚，所有的一切只能自我承受，自我担当，即使是决绝赴死，也只能义无反顾。

他的家乡建有金仲华纪念馆，旧时因友人在此办公、编杂志，时常前往小憩茶叙。纪念馆十分安静，一方精致的庭院，植有花卉草木；一座江南的民居，陈列主人史料。置身其中，思绪万千，有一副题联映入眼帘：

铁笔鸿文世界风云收慧眼
丹心正气扬清激浊见精神

这是第八届全国人民代表大会常务委员会委员长乔石于一九九九年六月亲笔书写的，品读思之，我想，这是对金仲华光辉一生的贴切写照。

徐肖冰：中国红色摄影家

民国五年（1916年），徐肖冰出生在桐乡县城南门直街财神弄一号的徐家老宅，祖父为其取名"金奎"，含有振金兴文、光宗耀祖之意。当时徐家已衰落了，金奎的父亲徐品生开了一爿小小的杂货店，勉强维持着一家人的生计。然而，在金奎十岁那年，徐品生因病去世，抛下了六十多岁的父亲、三十多岁的妻子，还有四个未成年的孩子。过了四五年，金奎的爷爷亦忧郁而逝。在此之前，金奎的小妹已不幸夭折。徐家陷入了空前的困境，母亲毛源珍拉扯着三个儿子艰难度日。因此，仅仅读完了小学的少年金奎过早地尝遍了人生的悲与苦。

金奎十五岁那年，七娘舅把他带到了上海，前往天一影片公司去做学徒工。这一去，金奎跨入了电影、摄影的艺术领域；这一去，梧桐之乡又飞出了一只金凤凰。

金奎在沪期间，东北发生了"九一八"事变，上海发生了"一·二八"事变，作为一个热血青年，金奎把自己改名为"小兵"，立誓做一个抗击日本侵略者的小兵。后来，他通过工人夜校的学习，提高了文化素质，改了更文雅的名字"肖冰"，这个名字沿用了一生。

在民国战乱时期，徐肖冰先后任职于天一影片、电通影片、明星电影（二厂）、太原西北电影公司等，结识了一大批文化界人士，照相、摄影技术突飞猛进，打下了扎实的基础。

一九三八年九月，经中共中央副主席周恩来批准，徐肖冰在山西参加了八路军，当年十月，他奔赴延安。作为八路军总政治部宣传科的摄影干事，徐肖冰从此走上了"红色摄影家"的革命道路。

当时，年轻的徐肖冰以手中的相机、摄影机，拍摄了中共领导人、八路军将领、抗日战场的大量照片，为峥嵘岁月的伟大历史存档。在抗战的烽火岁月里，延安创建了"八路军总政治部电影团"，作为摄影师的徐肖冰与他的同事们，先后完成了《南泥湾》《延安与八路军》等电影纪录片，成为延安电影事业的拓荒者。抗战胜利后，徐肖冰奔波在东北、北平，记录了长春解放、毛泽东等中共领导人"进京赶考"、国共和平谈判、欢迎宋庆龄进京、开国大典等历史场景。来自江南小县城桐乡的徐肖冰成了历史的记录者与见证人。从这个意义上说，他同样是一个英雄。

一九四九年十月一日的开国大典，无疑是中国历史上的重要时刻。徐肖冰与夫人侯波是特定的摄影人员。侯波是山西人，投奔到延安参加了革命，在女子大学学习期间，与徐肖冰相识，在徐肖冰的不懈追求下，志同道合的他们结成伉俪。在开国大典上，徐肖冰扛着摄影机拍纪录片，侯波则举起照相机拍照片，那幅举世闻名的经典之作《开国大典》，就出自侯波之手。

新中国成立后，徐肖冰进入北京电影制片厂担任编导，而侯波成为中央警卫局摄影科科长。这个红墙里的专职摄影师，她的主要任务是拍摄毛泽东、刘少奇、周恩来、朱德等中央领导的活动照片。抗美援朝战争爆发后，徐肖冰两赴朝鲜，拍摄了战场实况（新闻纪录片《抗美援朝》）、板门店停战谈判等宝贵的历史影像。

徐肖冰、侯波的作品，无论是动态镜头，还是静止聚焦，都是宏大的历史叙事，光影里的峥嵘岁月，是如此的壮怀激烈，激荡人心。

徐肖冰是一个自学成才的人，以小学生学历终成一代摄影大师；是一个具有坚定信仰的人，自二十二岁参加八路军后，从此走上革命道路，一生无怨无悔；又是一个充满桑梓情怀的人，运河之子，根之所系，乃我梧桐！

晚年的徐肖冰，与家乡保持了密切的联系，关注家乡经济、文化的发展。一九八三年，徐肖冰携夫人侯波返乡寻亲，在此之后，他们几乎每年都要回乡一次。有摄影界朋友告诉我一则逸事：民国时期，少年徐肖冰在参加革命工作以前，经常到濮院来，最喜欢吃濮院的酥羊大面与臭豆腐干，晚年回乡来还念念不忘，为此，这位朋友陪同他们夫妇专程来濮品尝。濮院是我家乡，闻此甚是高兴。徐肖冰、侯波夫妇在桐乡举办了"徐肖冰侯波摄影作品展览"，创作出版《徐肖冰侯波和摄影家们眼中的乌镇》，倡议建立"徐肖冰侯波少儿摄影艺术学校"，这对艺术伉俪还把一生创作的两千七百多件电影、摄影作品捐献给了家乡，如今珍存在徐肖冰侯波纪念馆，有益于促进桐邑一地摄影艺术、文化事业的繁荣发展。

一九六一年十二月一日，时任国家副主席宋庆龄亲笔题字："以精湛的艺术，显示我们伟大时代的光辉。"这是对徐肖冰、侯波伉俪"红色摄影家"的高度概括与肯定。

下卷

武松：草莽英雄出市井

　　武松之所以是妇孺皆知的英雄，乃源于施耐庵的《水浒传》。施耐庵对武松这个人物形象极是喜爱，用了整整十回的篇幅描写武松，通过景阳冈打虎、斗杀西门庆、醉打蒋门神、大闹飞云浦、血溅鸳鸯楼等故事情节，栩栩如生地展现了武松无畏无惧直面险恶且一往无前的非凡神采，使这位刚正、神勇的猛士拥有了一代又一代铁杆粉丝，使无数国人的英雄情结在武松的形象中得到了完善的诠释与寄托。

　　然而，读罢兰陵笑笑生的《金瓶梅》，对武松这个人物形象颇觉纳闷。因为，《水浒传》的武松是一位元气淋漓的英雄，到了《金瓶梅》中，武松的行为只是一个莽汉罢了。

　　武松在《金瓶梅》第一回就出现了，说来应该是一个重要角色，实则不然，他在书中总共出场了五回，从第一回、第二回、第九回、第十回至第八十七回，在一百回中所占的篇幅极少，甚至不如王婆。但是，武松的出场，对于推动全书故事情节的发展起到了至关重要的作用，由武松引出武大郎、潘金莲，引出西门庆、王婆这一干人等，引向了广阔纵深的社会现实。

　　在《水浒传》中，武松是核心人物，西门庆、潘金莲是次要人物。而在《金瓶梅》中，西门庆、潘金莲是主角，武松只是配角了。

　　《水浒传》的视角是江湖英雄，而《金瓶梅》的落笔是市井世情，因此，武松在两部巨著中的形象自是迥异。

一

阳谷县的武松为了寻找他的哥哥武大来到清河县，路经景阳冈时，赤手空拳打死了一只吊睛白额老虎，清河知县见其"仁德忠厚，又是一条好汉"，便参他做了清河县的巡捕都头。这个场景，《金瓶梅》与《水浒传》正好调了个个儿，也就是说，兰陵笑笑生把人物的舞台放在了清河县，而不是阳谷县。当然，对于我们的阅读而言，这是无关紧要的。

《水浒传》中做了巡捕都头的武松，在街上偶遇了挑担子卖炊饼的嫡亲哥哥武大，兄弟俩相见，自是欣喜异常，武大邀请兄弟到了县西街的家里，就这样，武松第一次见到了嫂嫂潘金莲。

《金瓶梅》接下来的故事便风生水起了。人称"三寸丁谷树皮"的武大曾经结过婚，前妻不幸早逝，育有一女迎儿，时已十二岁了。原先，父女俩住在大街坊张大户的临街房中，武大以卖炊饼为生，忠厚本分，与张大户家的下人的关系甚好，大家都是底层百姓，所以下人们经常在主人面前为武大说好话，结果张大户连武大的房租都免收了。更令人意想不到的是，张大户还倒赔房奁，把使女潘金莲嫁给了武大。而且，从此之后，张大户更加看顾他，"若武大没本钱做炊饼，大户私与他银两。"张大户当然是有自己的目的，一方面是为遮人耳目，骗过妒忌心极强的主家婆余氏；另一方面则是暗度陈仓，继续与如花似玉的潘金莲私会厮混。而在旁人看来，眨眼之间武大财色双收，仿佛交了一场天大的红运。

丑陋的武大娶了美丽的潘金莲，悲剧之帷幕就此徐徐拉开了。

武大与武松相逢于清河县时，那会儿张大户早已病死，主家婆余氏把武大一家赶出了张宅，现在武大一家住的县西街上下两层四间房屋且带两个小院落，是潘金莲交出了自己的钗梳、由武大凑了十数两银子典来的，属于自有房屋。当时，武大无钱典房，潘金莲说："没有银子，把我的钗梳凑办了去，有何难处？过后有了再治不迟。"从中可见潘金莲处事果断，且有主见。

潘金莲一见武松便心生欢喜，她在心中思量："一母所生的兄弟，怎生我家那身不满尺的丁树，三分似人七分似鬼，奴那世里遭瘟撞着他来！如今看起武松这般壮健，何不叫他搬来我家住？想这段姻缘却在这里了。"由于与武大的不对称婚姻，让无比委屈的潘金莲始终耿耿于怀，充满无尽的悲哀。因此，当潘金莲看到了打虎英雄武松后，便似乎看到了光明，她要想方设法成就与武松的"这段姻缘"，目的是十分明确的。

武松初见潘金莲，"只把头来低着"，为什么？因为潘金莲"十分妖娆"。炫目的美人，是可以折煞英雄好汉的，但武松谨守本心，不为所动。更主要的是，潘金莲是他的嫂嫂，绝不可乱了礼数。

在那段日子里，潘金莲满面春风，盛情邀请武松来家里住，为他烧汤净面，给他做菜烫酒……她低三下四地做着这一切，一心一意地为了与武松的"这段姻缘"。

那一年，武松二十八岁，潘金莲二十五岁，皆是人生好年华，然而，潘金莲有心姻缘，而武松却无意眷属。因此，尽管潘金莲主动挑逗，武松只是被动应对。

潘金莲的种种暗示，作为男人的武松当然明白，但他为了顾全这个家庭，只是百般隐忍着。然而，潘金莲等不得了。在一个雪夜，武松从县衙回来，武大卖炊饼还没有回家，潘金莲早已治了菜、暖了酒，端在武松房里，迫不及待地要"撩斗"武松。酒是热的，令潘金莲春心荡漾；火盆更热，潘金莲已是"酥胸微露，云鬟半躲"。面对这样一个绝色女子的"进攻"，武松"只把头来低了，却不来兜揽"。满心的无奈与纠结！而潘金莲步步为营，非要拿下武松不可，她"筛一杯酒来，自呷了一口，剩下半盏酒，看着武松道：'你若有心，吃我这半盏儿残酒'"。想来，此时的潘金莲是何等的娇媚、何等的风情！谁能坚守阵地不沦陷？唯有武松。只见他夺过酒来泼在地下，又险些把潘金莲推倒在地，睁眼说道："武二是个顶天立地噙齿戴发的男子汉，不是那等败坏风俗伤人伦的猪狗！嫂嫂休要这般不识羞耻，为此等的勾当，倘有风吹草动，我武二眼里认的是嫂嫂，拳头却不认的是嫂嫂！"

这般决绝的语气，是武松经历了无比激烈的内心挣扎之后的大爆发。无论是《水浒传》，还是《金瓶梅》，我们可以看到：武松终其一生，最接近过他身心的女人，只有一个潘金莲。那么，在潘金莲情试武松的过程中，他到底有没有过哪怕一瞬间的心头颤动？我想，从武松如此过激的反应来看，答案不言而喻。

对潘金莲而言，这是她一生中唯一一次主动追求自己的爱情，尽管是不伦之恋。她希望能够主宰自己的"姻缘"，从而改变自己的命运，因此不惜飞蛾扑火，然而，武松以一盆冰冷的水坚决地浇灭了潘金莲心中的"邪火"，透心凉，冰到底。

二

武松与潘金莲决裂以后，立刻引了士兵来收拾行李，搬去县前客店住宿歇了，以免再生瓜葛，惹来麻烦。武松处事相当果断。

却说清河知县吩咐武松前往东京，给殿前太尉朱勔送去一担金银。武松放心不下哥哥，买了酒肴前来武大家等着，潘金莲余情未了，心想："莫不这厮思想我了？"当然，这仅是她的自作多情了。武松因为知县差往东京，明天就要启程，多则两三个月、少则一个月才回，所以特备酒食，嘱咐武大："你从来为人懦弱，我不在家，恐怕外人来欺负。假如你每日卖十扇笼炊饼，你从明日为始，只做五扇笼炊饼出去，每日迟出早归，不要和人吃酒。归家便下了帘子，早闭门，省了多少是非口舌。若是有人欺负你，不要和他争执，待我回来，自和他理论。"又对潘金莲说："我的哥哥为人质朴，全靠嫂嫂做主。常言表壮不如里壮，嫂嫂把得家定，我哥哥烦恼做什么！岂不闻古人云：篱牢犬不入。"武松这番话说得入情入理，可谓金玉良言，武大自是听在了心里，然而潘金莲受不了了，指桑骂槐，恨意难消。她自认"是个不戴头巾的男子汉，叮叮当当响的婆娘！拳头上也立得人，胳膊上走得马"，怎能受得如此屈辱？

武松与哥哥洒泪而别，临行前又千叮咛、万嘱咐，甚至让哥哥不要出去做买卖了，要"仔细门户"。其实，武松真正放心不下的是嫂嫂潘金莲，怕的是潘金莲不守妇道，引狼入室，为哥哥惹来祸害。

谁料想怕什么来什么，兄弟俩从此一别，便是天上人间。

潘金莲与清河豪强西门庆勾搭成奸，既是偶然，也是必然。如果潘金莲放帘子时那叉竿没有失手打中西门庆，那么一切便风平浪静；如果西门庆不是"嘲风弄月的班头，拾翠寻香的元帅"，平白无故让美女手中的叉竿打在了头上，那么最多发作一把，然后走散了事；如果潘金莲的邻居不是那个"调弄嫦娥偷汉子"的王婆，与西门大官人设定了"挨光（偷情）十计"，那么"此事便休了"。然而，潘金莲的叉竿偏偏打到了西门庆的头上，而西门庆看到这样一个绝色美女偏偏不会放过，开茶坊的王婆又偏偏贪图钱财，"生交巫女会襄王"。在王婆的一力撮合下，一切水到渠成，西门庆与潘金莲终成巫山云雨之事。潘金莲在武松身上得不到的性爱，在西门庆这个情色高手中实现了。

卖时新果品的郓哥去王婆茶坊找西门庆，是为了把一篮儿雪梨卖给他，不料王婆把住门，对郓哥既骂又打。郓哥就把潘金莲红杏出墙的事儿告诉了武大，并与武大定计捉奸，以泄愤慨。

此时此刻的武大已忘记了武松的切切告诫，在郓哥的配合下，义愤填膺地去王婆茶坊捉奸了。"三寸丁谷树皮"的武大为什么有勇气去捉西门大官人的奸？当年，张大户经常来私会潘金莲，有时武大撞见了两人在偷情，却是"不敢声言"的，如今呢？已此一时彼一时了，他的弟弟是打虎英雄，又是县衙的巡捕都头，他的身后有武松，怎能再容忍这奇耻大辱！

天可怜见，自不量力前去捉奸的武大被西门庆一脚踢中了心窝，口吐鲜血，躺在了床上。潘金莲巴不得武大早日死了，严禁武大的小女迎儿给武大送汤递水，武大气得发昏，对潘金莲说："你做的勾当，我亲手捉着你奸，你倒挑拨奸夫踢了我心。至今求生不生，求死不死，你们却自去快活。我死自不妨，和你们争执不得了。我兄弟武二，你须知他性格，倘或早晚归来，他肯干休？你若肯可怜我，早早服侍我好了，他归来时，我都不提起。你若不看顾我时，待他归来，却和你们说话。"这可是一道催命符，待潘金莲传到了王婆、西门庆那儿，一不做，二不休，王婆使计、西门庆供药、潘金莲动手，便残忍地鸩杀了武大。尔后，西门庆以一锭雪花银子收买了仵作团头何九，收殓烧化了武大的尸骨。

远在东京的武松还不知道自己的哥哥遇害归天了，他日夜担心的事情已成了无法挽回的噩耗。

三

武松在东京的差事完毕，赶回清河县，已是数月之后了。他先去见了知县，交了回书，领了知县十两赏银，然后来找哥哥武大了，结果不见了哥嫂，迎儿在楼穿廊下撺线，见了叔叔，"吓得不敢言语"，隔壁的王婆慌忙出来应付，武松哪里会相信哥哥是得了心疼病死了，当晚重设武大灵位，点烛化纸，痛哭祭奠。次日，经街坊邻居指点，武松找到了郓哥，郓哥看在十两银子的份上，愿意陪武松打官司，他把武大捉奸、西门庆踢中了武大心窝的经过一五一十详细说了，只是他不知道武大如何就死了，只知潘金莲已嫁入了西门府。武松再去找仵作何九，何九早已走了，不知下落。

武松请人写了状子，带了郓哥去县衙鸣冤告状。知县当然甚是为难，武松是本县巡捕都头，而西门庆与县衙一干人等皆有首尾（勾结），特别是西门庆得知消息后，又连夜使银子打点了县里的官吏，既是得人钱财，便要与人消灾，而且批驳武松的状告，又具有充分的法理依据："但凡人命之事，须要尸、伤、病、物、踪，五件事俱完，方可推问。"

"捉奸见双，杀人见伤"，这是老百姓都知道的道理，武松是巡捕都头，自己知道既无法提供完整的证据链，又因西门庆是清河豪恶，有财有势，知县不可能听任他的意见，将西门庆、潘金莲、王婆执来当堂尽法。武松明白不能通过法律制裁西门庆了，只好以一己膂力为遇害的哥哥复仇。

在《金瓶梅》中，武松此前的言行皆是有理有节的，但他接下来的表现却是令人大跌眼镜。

武松寻仇到了狮子街大酒楼上，正在与县衙李皂隶喝酒的西门庆透过临街的窗，看到武松杀气腾腾地赶来，心头一紧，立即开溜，这下李皂隶可就倒霉了，凶神恶煞般的武松找不到西门庆，把李皂隶从二楼扔到了街心里，跌个半死，武松又赶过去，对着李皂隶兜裆又是两脚，当即丧命了。书中写道：

众人道："这是李皂隶，他怎的得罪都头来？为何打杀他？"武二道："我自要打西门庆，不料这厮晦气，却和他一路，也撞在我手里。”

　　这当然是武松之莽夫托词了。尽管李皂隶非良善之人，但罪不至死，且武大之死与他毫无关联，武松没有除去谋害哥哥的主谋，却枉杀了一个县衙的同事。所以，从此开始，武松已不是《水浒传》中那个智勇双全的武松了。

　　正如清河知县所责怪武松的："你岂不认得他是县中皂隶！"是的，武松必须为自己的鲁莽行为付出代价。尽管，知县是受了西门庆的贿赂，但站在法理的立场上，他必然可以义正词严地指责武松不遵法度，枉杀他人，并且拶了武松用刑逼供。此时此刻的武松居然申冤求饶了："小人也有与相公效劳用力之处，相公岂不怜悯？相公休要苦刑小人！"全无打虎英雄的气概了。

　　清河县衙的一干主事者虽然都受了西门庆的贿赂，但还是念及武松是个义烈汉子，有心放他一条生路，只以武松因在酒醉中向李皂隶索讨前借钱三百文，双方纷争斗殴，造成李皂隶致死的罪名，解送至东平府发落。可见，这李皂隶是一个没有背景的人，死了也是白死。

　　东平府尹陈文昭是个"贤良方正号青天"的父母官，看了清河县呈送的文书，详审武松，知道了前因后果，马上"行文书着落清河县，添提豪恶西门庆，并嫂潘氏、王婆、小厮郓哥、仵作何九，一同从公根勘明白，奏请施行"。西门庆得知消息后，心中大惊，立即"使家人来旺星夜往东京下书与杨提督。提督转央内阁蔡太师"。紧要关头，他必须通过朝中的关系网摆平这杀身之祸。果然，蔡太师一封密书送至陈文昭，而陈文昭又恰是蔡太师的门生。在这样的情况下，武松死罪可免，活罪难逃，东平府尹陈文昭判其脊杖四十，刺配两千里前往孟州充军。

　　武松与两个公人出了东平府，来到清河县，变卖了自己的家产，以打点公人路上的盘缠费用，又央托左邻姚二郎看管迎儿。读至此，我想这时的武松一定是迷茫而悲凉的，此去孟州两千里，路途遥远，生死难料，而兄长血仇未报，凶犯自在逍遥。武松对姚二郎说："倘遇朝廷恩典，赦放还家，恩有重报，不敢有忘。"他期望有朝一日赦放回家，实际上除了报恩以外，更重要的还是复仇。而这正是小说家埋下的伏笔。

四

草蛇灰线，伏延千里。再见武松，已是《金瓶梅》第八十七回了。

武松在这六七年间，《水浒传》中写到的醉打蒋门神、大闹飞云浦、血溅鸳鸯楼等精彩经历在《金瓶梅》中简要提了一笔，孟州的朋友施恩介绍武松去安平寨躲避，封了一百两银子给他，正在路上时，因逢太子立东宫，大赦天下，遇赦的武松旋即回家，到清河县下了文书，官复原职，依然担任巡捕都头。

这个时候，西门庆已丧命归天，吴月娘容不下潘金莲，叫来王婆领出了西门府，潘金莲又成了待嫁之身。在此之前，西门庆呼风唤雨，侵财猎色，而潘金莲在西门府中情色疯狂，也算是过了多年好日子。

在武松遇赦回乡之际，至少有两个人一心一意要把潘金莲救赎出来。一位是西门庆的女婿陈敬济，他与潘金莲"刮刺"上了以后，一往情深，愿意使钱娶出潘金莲；还有一位是潘金莲的女婢庞春梅，她嫁给了周守备，得知潘金莲近况后，哭求周守备娶来做伴。怎奈王婆视钱如命，咬死了非一百两银子不可，陈敬济便前往东京取银子去了，而守备府大管家周忠与王婆较上了劲，故意拖延了些日子，就这样，天赐良机给了"旧仇在心"的武松。

这回武松略施小计，对王婆说要"娶得嫂子家去，看管迎儿，早晚招个女婿，一家一计过日子"，其时，迎儿已十九岁了。潘金莲听得武松所言，犹自天真地想道："我这段姻缘还落在他手里。"那王婆看到武松兑来的一百两银子，又有五两媒银，心中乐开了花，对武松开玩笑道："你今日帽儿光光，晚夕做个新郎。"岂不知，潘金莲与王婆都已大祸临头了。

待武松收拾定当，到了晚上，当王婆领了"带着新鬏髻，身穿红衣服，搭着盖头"的潘金莲进了门，看到灯烛明亮之下是武大的灵牌，她明白悔之已晚了。武松喝了四五碗酒，提了一把朴刀，威逼之下，潘金莲供出了武大之死的全部经过，武松毫不犹豫地对她剜心割头，祭奠亡兄，而王婆亦是人为财死，尸首两分。

时潘金莲三十二岁。当年初识武松在二十五岁，着了意，使了情，原以为可成一段姻缘，岂料落花有意，流水无情，造化弄人，姻缘不成，反致冤家，这七年间的变故何其大也！

《金瓶梅》中的武松杀嫂，与《水浒传》中的武松杀嫂，判若两人。《水浒传》中的武松不愧为一县巡捕都头，心思缜密，请来左邻右里，执来潘金莲与王婆，问明案由，录好状子，方动手杀嫂，并前往狮子桥下大酒楼取了西门庆的性命，提了那把朴刀与两颗人头，押着王婆，四家邻舍为证人，径往县衙投案了。他知道自行处决人犯是非法的，所以游走在法理的边缘，寻求法律的保障，可见其有勇有谋。

而在《金瓶梅》中，武松依然与七年前误杀李皂隶一样，不遵法度，逞匹夫之勇，了结了潘金莲与王婆的性命。

杀人偿命，自古皆然。武松当然明白，只能选择仓皇逃命。书中写道：

那时有初更时分，倒扣迎儿在屋里。迎儿道："叔叔，我害怕！"武松道："孩儿，我顾不得你了。"

读到这儿，终是让人无法释怀。

迎儿是个可怜的女孩，作为武大的女儿，她早年失母，潘金莲进门后，经常对她"朝打暮骂，不与饭吃"，特别是在经历了亲生父亲遭到三人组合谋鸩杀、叔叔手刃潘金莲与王婆等惊天大祸，本就智商平平的她更添了精神障碍，在深更半夜里，武松把她关在血腥弥漫的屋子里，一个人独自面对潘金莲与王婆惨不忍睹的尸首，饶是强人汉子都难以承受，何况她只是一个不经世事的女孩子，武松何其残忍也！所以，迎儿忍不住说了一句话："叔叔，我害怕！"这也是她在书中说过的唯一一句话，不禁令人悸动，然而武松绝情地说道："孩儿，我顾不得你了。"对武松来说，迎儿是他唯一的血脉亲人，而对迎儿而言，叔叔若不保护她，她只是个无依无靠的人。

武松逃命前没有忘了王婆那儿的银两，跳过院子，打开箱笼，把银子与钗环首饰包裹而去，上了梁山。武松没有给迎儿留下一文钱，倒是左邻姚二郎见其可怜，"将此女县中领出，嫁与人为妻小去了"，使迎儿总算得到了一个归宿。

五

《金瓶梅》中的武松，只对自己的快意恩仇负责，哪管身后洪水滔滔！

施耐庵在创作《水浒传》时，对武松这个人物是相当喜爱的，故极尽美化之词，将其塑造成一个完美的英雄。清初文学家金圣叹盛称道："武松，天人也。"而兰陵笑笑生创作《金瓶梅》时，把武松这个人物形象颠覆了，让武松从传奇回归市井，从英雄回归草莽。

作为一位伟大的小说家，兰陵笑笑生对市井世情具有独到的理解和诠释，而武松这个人物形象的设置与走向，自始至终服从了《金瓶梅》的创作旨归，从而实现作者的创作思想。

或许，"草莽英雄"才是武松最原始的人物形象，这才是接地气的、真实可信的武松。

潘金莲：往事堪嗟一场梦

《金瓶梅》中的潘金莲可谓千古淫妇，但她又是一个文艺女青年，这使得潘金莲这个人物形象活色生香，无比生动。

一

纵观潘金莲的短暂一生，其命运极是悲惨。她九岁那年，因父亲亡故，南门外做裁缝的母亲便把她卖到了王招宣府，王府对这个小女孩倒是悉心培养，"习学弹唱，闲常又教她读书写字。她本性机变伶俐，不过十二三，就会描眉画眼，傅粉施朱，品竹弹丝，女红针黹，知书识字，梳一个缠髻儿，着一件扣身衫子，做张做致，乔模乔样。"潘金莲的文艺范儿是在王府培养出来的。然而，好景不长，潘金莲十五岁时，王招宣死了，"潘妈妈争将出来，三十两银子转卖于张大户家。"

年已六十多岁的张大户，虽有万贯家财，惜膝下无儿无女，主家婆余氏甚为愧疚，出资买来潘金莲、白玉莲两个有才艺的少女，一个学琵琶，一个学筝，给老爷唱曲解闷儿。

过了两三年，潘金莲出落得美艳绝伦，《金瓶梅》第二回中有如是描述：

但见她黑鬒鬒赛鸦翎的鬓儿，翠弯弯的新月的眉儿，清冷冷杏子眼儿，香喷喷樱桃口儿，直隆隆琼瑶鼻儿，粉浓浓红艳腮儿，娇滴滴银盆脸儿，轻袅袅花朵身儿，玉纤纤葱枝手儿，一捻捻杨柳腰儿，轻浓浓白面脐肚儿，窄多多一尖跷脚儿，肉奶奶胸儿，白生生腿儿……

果然绝美异常，更兼有文艺风范，这潘金莲整天在张大户面前晃悠，春风荡漾。张大户纵是已过了花甲之年，亦动起了心思，暗自收用了年已十八岁的潘金莲。主家婆余氏自是不容，况且，张大户这当口添了四五件病症，余氏归罪于潘金莲，对她百般苦打。

张大户便赌了气要倒贴房奁，为潘金莲寻嫁一个相应的人，张家大街坊有个租房客武大，来自阳谷县，以卖炊饼为生，外号"三寸丁谷树皮"，其矮短猥琐的形象可想而知。武大结过婚，但妻子已死，遗有一女迎儿。张大户看中了武大，是由于"早晚还要看觑此女，因此不要武大一文钱，白白地嫁与他为妻。这武大自从娶了金莲，大户甚是看顾他。若武大没本钱做炊饼，大户私与他银两"。张大户之所以这么做，就是遮人耳目而已。余氏看到张大户把这个小妖精嫁给了一个丑陋男人，当是觉得出了一口恶气。而武大突然之间赚得一个如花似玉的美女，还有大笔金钱，固然是天上掉下了馅饼，欢喜都来不及，就算是偶然撞见张大户与潘金莲私会偷欢，也就睁一只眼闭一只眼了，他默认了这个潜规则。

在张大户罩着下，潘金莲与武大那些年的日常生活还是平静的，然而在张大户一命呜呼之后，余氏便怒令家童把潘金莲与武大赶了出去。

武大只好寻租了紫石街西王皇亲房子居住。那潘金莲经张大户数年拨弄，自是精通男女承欢之道，耐不住春心的她，在武大挑担出门卖炊饼后，她就在帘子下嗑瓜子儿，还经常故意露出一对小金莲勾引门外的浮浪子弟，传来传去，武大脸面挂不住了，便要搬家，潘金莲拿出了自己的钗梳，交与武大变卖，凑齐了十数两银子，典了县门前两层四间带院落的房子。

而邻居恰是开茶坊的王婆，这可是个厉害角色，除了茶坊生意，她还做媒婆、做卖婆、做牙婆……随着故事的演绎，潘金莲之堕入深渊，王婆乃是首恶。

二

潘金莲既具美色，又通文艺，若终其一生守着"三寸丁谷树皮"肯定是一万个不甘心的。张大户在世时，虽然他是一个年老色衰的人，至少还能给她稳定的生活，而武大呢，无论是身体，还是精神，抑或物质，都满足不了她的需求，如她所唱的《山坡羊》："想当初，姻缘错配，奴把你当男儿汉看觑。不是奴自己夸奖，他乌鸦怎配鸾凤对！奴真金子埋在土里，他是块高号铜，怎与俺金色比！他本是块顽石，有甚福抱着我羊脂玉体？好似粪土上长出灵芝。奈何，随他怎样，到底奴心不美。听知：奴是块金砖，怎比泥土基！"唱出了满怀幽愤。及至遇到武大的嫡亲兄弟、打虎英雄武松，潘金莲忽然一惊，"谁想这段姻缘却在这里。"那一年，任职清河县巡捕都头的武松二十八岁，潘金莲二十五岁，正是青春好年华，然而，武松没有任何转圜地辜负了潘金莲的情思，她只能寄情到了"被叉杆打在头上"的西门庆身上。

西门庆是谁？"打老婆的班头，坑妇女的领袖"，当然不仅仅于此。他在县前开了家具有垄断性质的生药铺，且与朝中高、杨、童、蔡四大奸臣有往来，因此官商勾结，欺男霸女，财色兼收，发迹为一个荒淫残暴的清河豪强。

无论是财还是色，西门庆只要图谋得到，一定会使尽手段，巧取豪夺。

能言善辩的王婆无疑是个策划高手，凭着三寸不烂之舌，"甜言说诱，男如封涉也生心；软语调合，女似麻姑须乱性。藏头露尾，撺掇淑女害相思；送暖偷寒，调弄嫦娥偷汉子。"有了这样一个王干娘，潘金莲不中招才怪。

王婆之所以要与西门庆设定"挨光（偷情）十计"，一方面要在西门大官人面前显示她的高明手段，理直气壮地获得那十两银子；另一方面是潘金莲自幼在大户人家养成了文艺范儿，前戏如不做足，又怎么能够水到渠成？王婆步步为营，滴水不漏，使西门庆与潘金莲暗通款曲的故事上演得十分精彩。更重要的是，王婆把西门庆这个金主攥在了手心里，以谋求更大的利益。

风流倜傥的西门庆如愿以偿，以"潘驴邓小闲"彻底征服了潘金莲。也正是这样，潘金莲心中恶的魔盒真正打开了，美艳的外表，文艺的心灵，却集淫、狠、妒、毒于一身，演绎了一出恩怨情仇的旷古大戏。在王婆的唆使与西门庆的合谋下，潘金莲鸩杀了亲夫武大，在嫁入西门府后，她争风吃醋，荒淫无道且残忍无情，极显人性之丑。

三

作为读者，对潘金莲的文艺范儿，往往只记得她的巧舌如簧。是的，潘金莲伶牙俐齿，巧言令色，在西门府中没有一个人是她的对手，其实这正是她知书识字文艺范儿的表现。更重要的是，她不仅会自弹自唱，还会填词赋诗。

《金瓶梅》第八回中，潘金莲因想念西门庆情切，便"取过一幅花笺，又轻拈玉管，款弄羊毛，须臾，写了一首《寄生草》"。——"须臾"之间，潘金莲写成了这首词，可见其才思何等敏捷：

将奴这知心话，付花笺寄与他。想当初结下青丝发，门儿倚遍帘儿下，受了些没打弄的耽惊怕。你今果负了奴的心，不来还我香罗帕。

第十二回中，潘金莲又为西门庆写了首《落梅凤》：

黄昏想，白日思，盼杀人多情不至。因他为他憔悴死，可怜也绣衾独自！灯将残，人睡也，空留得半窗明月。孤眠心硬浑似铁，这凄凉怎捱今夜？

词句中表达了潘金莲炽热之爱、幽怨之情。

淫恶的西门庆精尽人亡之后，潘金莲的情欲转移到了西门庆女婿陈敬济身上，两人私通偷情。第八十二回，潘金莲剪了缕自己的头发，摘了一些松柏叶，连同一首词包好了给陈敬济，这词亦为《寄生草》：

将奴这银丝帕，并香囊寄与他。当初结下青丝发，松柏儿要你常牵挂，泪珠儿滴写相思话。夜深灯照的奴影儿孤，休负了夜深潜等荼蘼架。

在同一回中，潘金莲取笔在壁上写了四句诗：

> 独步书斋睡未醒，空劳神女下巫云。
>
> 襄王自是无情绪，辜负朝朝暮暮情。

第八十三回，依然是《寄生草》，写给陈敬济：

将奴这桃花面，只因你憔悴损。不是因惜花爱月伤春困，则是因今春不减前春恨，常则是泪珠儿滴尽相思症。恨的是绣帏灯照影儿孤，盼的是书房人远天涯近。

第八十五回，潘金莲填词曰：

我为你耽惊受怕，我为你折挫浑家，我为你脂粉不曾搽，我为你在人前抛了些见识，我为你奴婵上使了些锹筷，咱两个一双憔悴杀。

体现潘金莲文艺范儿的还有她的弹琵琶，如第八回，夜深人静时，潘金莲独自弹着琵琶，唱了一曲《绵搭絮》："谁想你另有了裙钗，气的奴似醉如痴，斜倚定帏屏故意儿猜，不明白。怎生丢开？传书寄柬，你又不来。你若负了奴的恩情，人不为仇天降灾。"又如第三十八回中潘金莲雪夜弄琵琶，"横在膝上，低低弹了个《二犯江水儿》。"她边弹边唱道："闷把帏屏来靠，和衣强睡倒。懒把宝灯挑，慵将香篆烧。捱过今宵，怕到明朝。细寻思，这烦恼何日是了？想起来，今夜里心儿内焦，误了我青春年少！你撇的人，有上稍来没下稍。"

无论是诗词，还是弹唱，潘金莲表达的都是情、欲、怨、恨、妒之情，极是契合人物的心境。

四

《金瓶梅》中潘金莲的词作，基本上出自明嘉靖间《雍熙乐府》，兰陵笑笑生在创作这部奇书时，选择了符合潘金莲性情与思想的词作并适当修改而成，并作为潘金莲的"原创"作品出现的。

美丽金莲，才女金莲，谁见了不喜欢呢？男人女人都喜欢这样的女子。在西门府中，潘金莲的形象最是生动活泼，若是缺失了这个人物，全书便暗淡无光。

然而，锦心绣口的潘金莲在那样一个时代里迷失了本性，成了恶的化身。

潘金莲的人生悲剧，是因张大户、王婆、西门庆之流荼毒了她的心灵，是因当时的社会现实残害了她的本质。贫寒的家境，悲惨的婚姻，使一无所有的潘金莲看不到幸福，也看不到未来，她非常清楚只有身体是自己的，她只能以命相搏，为了与西门庆结成"长久夫妻"，她虽手软而心狠，鸩杀了武大。为了维系富贵生活，她以滔天情欲迷煞西门庆，在西门府中演出了一场又一场丑恶闹剧，其中最恶的是因妒生恨间接谋害了西门庆与李瓶儿的儿子，还在事后指桑骂槐道："贼淫妇！我只说你日头常响午，却怎的今日也有错了的时节？你斑鸠跌了蛋——也嘴答谷了。春凳折了靠背儿——没的倚了。王婆子卖了磨——推不的了。老鸨子死了粉头——没指望了。却怎的也和我一般！"一连使用了四句歇后语，可见她的尖牙利齿，还有深不可测的歹毒心理，令人不寒而栗。她虽然是骂丫头，但谁都知道是骂李瓶儿的，只有受宠的李瓶儿倒霉了、更惨了，她才能找到一点儿平衡，这心理扭曲到何等的程度！果然，"恶语伤人六月寒"，李瓶儿的病情日渐加深，潘金莲的这番话成了李瓶儿的催命符。潘金莲与西门庆女婿陈敬济发生了不伦之恋，在西门庆还活着时，她就蛊惑陈敬济了，当然陈敬济与西门大姐并不恩爱，也实在喜欢这个五娘，两人勾搭成奸，直到东窗事发，最终皆被月娘逐出府去。潘金莲的所作所为，都源于她对自身命运的无力把握、对现实生活的极端恐惧所致。故作者忍不住叹曰："为人莫作妇人身，百年苦乐由他人。"其中可谓大有深意。

在西门庆的妻妾中，潘金莲没有显赫背景（如吴月娘），没有万贯家财（如李瓶儿、孟玉楼），只有"从头看到脚，风流往下跑；从脚看到头，风流往上流"的绝妙容貌，还有吟诗赋词弹唱小曲的才情，在一个金钱至上的男权社会里，这样一个弱女子该通过怎样的途径来实现与保障自己的尊严和幸福呢？这个从来没有得到过真正爱情的女子，无可救药地沉沦于荒淫无道的性欲中，不愿醒来，她企图以不凡的情色加持富贵的生活，然而走向的是人生的不归路。

当武松归来，时年三十二岁的潘金莲难逃剜心割头的大劫。那时，吴月娘已把潘金莲赶出了西门府，交与王婆聘嫁。陈敬济孽情至深，欲娶潘金莲回家，怎奈王婆咬住一百两银子不松口，便前往东京取银子去了。西门府中的庞春梅是服侍潘金莲的女婢，已嫁入守备府，她素与潘金莲亲近，念及旧情，哭求周守备娶金莲来做伴，又因王婆为了一百两银子作梗而稍怠了时日。正是这样的阴差阳错，给了武松复仇的机会。遇赦回到清河的武松，依旧当差做都头，他使计诈娶潘金莲，兑付给王婆一百两银子，又五两媒银，贪财的王婆只把其中二十两银子交割给了吴月娘。当吴月娘听是武松娶了金莲时，暗中跌脚，对孟玉楼说："往后死在他小叔子手里罢了。那汉子杀人不斩眼，岂肯干休！"利令智昏的王婆哪有吴月娘的这般见识，以为捡了个大便宜，结果当然也成了武松的刀下鬼。

书中有诗悼金莲：

> 堪悼金莲诚可怜，衣裳脱去跪灵前。
>
> 谁知武二持刀杀，只道西门绑腿顽。
>
> 往事堪嗟一场梦，今身不值半文钱。
>
> 世间一命还一命，报应分明在眼前。

面对潘金莲的惨烈之死，想起她的诗词、她的弹唱、她的风情、她的淫恶、她的罪孽、她的悲苦……兰陵笑笑生以巨大的悲悯情怀塑造了这样一个女性形象，令一代代读者深怀复杂纠结的情绪，既对潘金莲有"仇人相见"之痛绝，又忍不住为她掬一把同情的泪水。

西门庆：泼天富贵皆云烟

《金瓶梅》第五十七回中，西门庆对继室夫人吴月娘说：

> 咱只消尽这家私广为善事，就使强奸了嫦娥，和奸了织女，拐了许飞琼，盗了西王母的女儿，也不减我泼天的富贵。

那时的西门庆正是春风得意之际，烈火上烹油，鲜花中着锦，便露出了暴发户不可一世的嘴脸。

作为区区清河一县的豪强，西门庆睥睨一切的底气究竟来自何处？答案只有两个字：金钱。

在西门庆的生活实践中，唯有金钱能通神，可以让他获得地位、攫取权力、掌握财富、征服女人……从而成就他的"泼天富贵"。

西门庆的人际关系

西门庆本是寻常的富二代。他的父亲西门达是走川广贩药材的，在清河县前开了一家规模较大的生药铺。在小说开篇，我们可看到，西门庆家虽然"住着门面五间到底七进的房子。家中呼奴使婢，骡马成群"，但不是大富大贵的豪族，只是清河县中一户殷实的人家。西门达夫妇就西门庆一根独苗，生前对他宠溺至极，所以西门庆读书甚少，是个浪荡子，特别是在父母去世后，西门庆更是毫无管束，"专一在外眠花宿柳，惹草招风，学得些好拳棒，又会赌博，双陆象棋，抹牌道字，无不通晓。"这是西门庆人生的起步。父亲西门达留给他的生药铺，固然能使他衣食无忧，但是西门庆远比他那个一生贩卖药材的父亲有头脑、有手段，因此，不满足于现状的西门庆注定要显山露水，创出一番业绩。

作为一个生药铺的掌柜，西门庆的人际关系可谓深广。他既处市井，又通庙堂，处心积虑地经营自己的交际圈，不成功才怪呢！

西门庆之所以成为"嘲风弄月的班头，拾翠寻香的元帅"，这与他身边有一班市井朋友有关，如应伯爵、谢希大之流，按西门庆继室夫人吴月娘的说法，这干人"那一个是那有良心的行货！无过每日来勾使的游魂撞尸"。吴月娘是本县清河左卫吴千户之女，自是瞧不起他们，但西门庆可不是这么看的，他认为应伯爵"本心又好又知趣"，谢希大"不失为个伶俐能事的好人"，故与他们结拜为十兄弟。这就是西门庆的过人之处，因为这班兄弟，可不仅仅只是陪他花天酒地的，他们分散在清河县城的角角落落，是接地气的一群人，谁家有美色，谁家有家财，谁家有背景，他们一清二楚，此乃西门庆伸向社会生活的触角，亦是他侵财掠色的帮闲。

在现实生活中，作为富家公子的西门庆与底层人物的相处，表现出了异乎寻常的"情商"，如以卖时新果品为生的郓哥，就"时常得西门庆赍发他些盘缠"。那天郓哥提着一篮雪梨，又要去找西门庆赚钱，找来找去，找到了王婆的茶坊，王婆自是阻止他进门，两人口角对骂，郓哥心生恨意，就把西门庆与潘金莲的奸情告知了武大，他的目的是"糟蹋了你（王婆）这场门面"，并不是针对西门大官人的，由此引发了一场武大捉奸被西门庆踢中心窝、潘金莲在王婆与西门庆的合谋下鸩杀亲夫的血案，这是西门庆与郓哥都始料未及的结果。如果西门庆昔日摆起土豪的谱，对郓哥此类角色不理不睬，就不会惹此祸根了。

而西门庆的上层人际关系更是惊人，清河县衙不用说了，根基极深，他与前妻所生的女儿西门大姐许给了东京八十万禁军杨提督的亲家陈洪的儿子陈敬济，再往上可是通天了，两淮巡盐御史、山东巡按，朝中高俅、杨戬、童贯、蔡京四大权臣……直至进京上朝觐见了皇帝。西门庆结交权贵，自是一掷千金，绝不含糊的。如左丞相崇政殿大学士兼吏部尚书太师鲁国公蔡京对前来送礼的西门庆伙计来保说："累次承你主人费心，无物可伸，如何是好？"收礼收得似乎不好意思了，便"擅恩锡爵"，将西门庆列衔金吾卫衣左所副千户、山东等处提刑所理刑，西门庆这重礼下得太值了，转眼间成了五品大夫。蔡太师一高兴，把押送生辰担的伙计来保封为山东郓王府校尉、冒充西门庆小舅子的吴典恩封为清河县驿丞。

可怜天下读书人，头悬梁，锥刺股，寒窗苦读，为的是有朝一日获取功名，光宗耀祖，然而此路漫漫，大多数读书人终其一生亦不得志，别说五品了，就连仕途的门儿也进不了，而"不甚读书"的西门庆硬是用金钱砸开了封拜侯爵的大门，兰陵笑笑生写到此处，不禁叹道："富贵必因奸巧得，功名全仗邓通成。"

西门庆抓住一切机会攀权附贵，趁赴京庆贺蔡太师寿诞之际，拜认蔡太师为义父，"两个喁喁笑语，真似父子一般。"按太师府管家翟谦所说，自此之后西门庆还要"升选官爵"。果然，时隔不久，西门庆从副千户扶正为提刑大人。

在西门庆经营官府人际关系的过程中，翟管家是极其重要的人物。作为一个管家，翟谦能够翻云覆雨，成为蔡太师权力寻租、卖官鬻爵的得力助手，可见当时官场的生态。而西门庆紧紧抓住翟谦这个"贵人"，呈上厚礼，选送美女，结为了亲家。

有权有势的西门庆，在清河一邑只手遮天，大显身手。他利用职权徇私枉法，谋财谋色，把权力为己所用的精髓发挥到了极致，可谓"任性的权力"。

大手笔投资经营人际关系的西门庆，最终目的当然是利益。如翟谦介绍新擢状元、蔡太师假子蔡蕴与西门庆相识，两次相见，西门庆不仅热情款待，而且以财色相贿赂。及至蔡蕴摇身一变为两淮巡盐御史，正好西门庆与乔大户有"淮盐三万引"，蔡御史便投桃报李："我比别的商人早掣一个月。"要知道当时"商人支盐如登天之难"（朱廷立《盐政志》），然而西门庆居然可提前一个月支盐，早入市就早得益，这三万引淮盐当然可以卖得一个好价钱，自是获利巨大。

以金钱获得权势，以权势攫取金钱，西门庆深谙权钱交易的本质，操练自如，得心应手。

西门庆的情色

西门庆赴京为蔡太师贺寿时，安歇在翟管家后边书房里，自是"暖床绡帐，银钩锦被"，但没有女人，故这一夜西门庆是独自一人眠宿，书中这样写道："独宿——西门庆一生不惯，那一晚好难捱过。"这里透露出了一个明确的信息，西门庆原是夜夜笙歌，偎红倚翠，否则这夜晚"好难捱过"了。

欲壑难填的西门庆，除了权势，最得意的便是情色。西门庆前妻陈氏早逝，续弦夫人是吴月娘，妾有李娇儿、卓丢儿、孟玉楼、潘金莲、李瓶儿、孙雪娥，此乃"一妻六妾"。西门庆淫过的丫头春梅、迎春、秀春、兰香等；淫过的仆妇宋蕙莲、来爵媳妇、王六儿、贲四嫂、如意儿等；外遇有林太太；占有妓女李桂姐、吴银儿、郑爱月……正可谓眠花卧柳，阅女无数。

欲海中的西门庆不仅战斗力惊人，而且花样百出，什么银托子、相思套、颤声娇、胡僧药齐来上阵助威，这样一个西门庆，征服了多少性欲亢奋的女人，正如李瓶儿所说的："谁似冤家这般可奴之意，就是医奴的药一般，白日黑夜，教奴只是想你。"

《金瓶梅》自问世以来，向为历朝禁书，我想，除了作者揭露了明代中叶社会现实的黑暗腐败以外，还有就是充斥全书的淫秽描写。当然，有洁癖的读者自可选择洁本来读，即使是洁本的《金瓶梅》，同样可领略这部世情小说的杰出神韵，可谓独步小说之林。

西门庆之情色之路，目的性很明确，一是猎色，二是掠财。

且以潘金莲、孟玉楼、李瓶儿为例。西门庆与潘金莲，完全是他贪婪其美色所致。西门庆第一次看到潘金莲时，就惊得目瞪口呆："头上戴着黑油油头发鬏髻，一径里蜇出香云，周围小簪儿齐插。斜戴一朵并头花，排草梳儿后押。难描画，柳叶眉衬着两朵桃花。玲珑坠儿最堪夸，露来酥玉胸无价。毛青布大袖衫儿，又短衬湘裙碾绢纱。通花汗巾儿袖口儿边搭剌。香袋儿身边低挂。抹胸儿重重纽扣香喉下。往下看尖翘翘金莲小脚，云头巧缉山鸦。鞋儿白绫高底，步香尘偏衬登踏。红纱膝裤扣莺花，行坐处风吹裙袴。口儿里常喷出异香兰麝，樱桃口笑脸生花。人见了魂飞魄丧，卖弄杀俏冤家。"

这样一个让人"魂飞魄丧"的美女，"拾翠寻香的元帅"怎能放过？西门庆一天三次赶到王婆的茶坊，费尽心机，幸得见钱眼开的王婆设计牵线，挨光（偷情）成功，始成巫山云雨之美事。待得后来武大横遭鸩杀、仓促火化后，西门庆便把潘金莲婆进了府中。

西门庆之婆孟玉楼本质为财，而孟玉楼本意是为爱。孟玉楼比西门庆大了二岁，因为贩布的丈夫死有一年多，一直独身守寡，她虽然比不得潘金莲美色，但也颇具姿容："月画烟描，粉妆玉琢。俊庞儿不肥不瘦，俏身材难减难增。素额逗几点微麻，天然美丽；缃裙露一双小脚，周正堪怜。行过处花香细生，坐下时淹然百媚。"更重要的是，卖翠花的薛嫂在向西门庆介绍孟玉楼时，特别强调了她"手里有一分好钱"：

> 南京拔步床也有两张。四季衣服，插不下手去，也有四五只箱子。金镯银钏不消说，手里现银子也有上千两。好三梭布也有三二百筒。

孟玉楼无疑是个富婆，西门庆当然中意，而孟玉楼倒也痴情，尽管母舅张四力图"破亲"，她还是非西门庆不嫁，坚决地说："况姻缘事皆前生分定，你老人家到不消这样费心。"

孟玉楼是个好性情的女人，她既不因为丧夫守节而放弃追求自己的幸福，又非水性杨花而放纵自己的欲望，她有自己的处世方式、自我的伦理纲常，故在嫁给西门庆后，合府上下，皆能与人为善，和睦相处。因此，在偌大的西门府中，孟玉楼堪为一个相对正面的女性形象。

李瓶儿是个标准的"白富美"，原是大名府梁中书之妾，而梁中书乃是蔡太师的女婿，那一年梁山好汉李逵在元宵节杀了梁中书全家老小，梁中书与夫人各自逃命，而李瓶儿"带了一百颗西洋大珠，二两重一对鸦青宝石，与养娘走上东京投亲"。朝中花太监有个侄男花子虚尚未娶妻，便通过媒婆说亲，娶为正室。花太监在广南镇守任上告老还乡，回清河养老，一命呜呼之后，他的那一份财产就落在了花子虚手里。

花家与西门府相邻，花子虚是西门庆结拜十兄弟之一，排名第四。这花子虚终日沉沦于酒色之中，岂不料西门庆正觊觎他的女人，还有他的财产。这就是西门庆为人行事的无底线。《三国演义》中的刘备说过："兄弟如手足，妻子如衣服。衣服破，尚可缝；手足断，安可续？"正因为刘备的兄弟情义是这般的到位，所以桃园三结义的兄弟能够同生死、共患难。而相比之下，西门庆的行为则无疑是自断手足。

西门庆对于结拜兄弟的侵色谋财，可谓精心图谋。

那一日西门庆应花子虚所约，前往花家同去丽春院，不料先与李瓶儿撞了个满怀，当他看到李瓶儿"生的甚是白净，五短身材，瓜子面儿，细弯弯两道眉儿，不觉魂飞天外……"潘金莲让他"魂飞魄丧"，李瓶儿又使他"魂飞天外"，这一回西门庆不需要王婆的"挨光十计"了，而是自己使计来搞定隔壁的美少妇，可见其情色之路越走越自信。

结拜的十兄弟经常聚在丽春院饮酒作乐，西门庆有意把花子虚灌醉，然后把他送回家，以博取李瓶儿好感。后来，他又屡屡安排应伯爵、谢希大等人把花子虚"挂住在院里饮酒过夜"，自己则在花家门前晃来晃去，而李瓶儿心中有意，影身在门里，看到了西门庆便闪进屋子，西门庆走过了门口，李瓶儿又探出头来看，这一来二去，就勾搭上了。李瓶儿对酒色中的花子虚深为怨恨，以丫鬟迎春密约西门庆，每至夜深人静，候在花园中的西门庆听得暗号，便知花子虚不在家中，就越墙而过，窃玉偷香。李瓶儿的性爱之门就此打开，这是花子虚从未给予过她的——当然他没有西门庆的手段，也是无法给予的。

眠花卧柳的花子虚后院起火之时，族中兄弟花子繇、花子光、花子华给他火上加油了，他们都是花太监的嫡亲侄子，只因花太监临终前把自己的钱财交给了李瓶儿，他们一分钱也没有分到，便状告到东京开封府，把花子虚捉进去了。李瓶儿把三千两银子、四箱珍宝转移到了西门府中，并托西门庆打点官府。一场官司打下来，花子虚的银两、房舍、庄田都没有了，他要追查那三千两银子，结果被李瓶儿痛骂了四五日。西门庆原想找几百两银子给花子虚凑钱买房子，然而李瓶儿不肯，所以，花子虚使小厮再三去邀请西门庆赴酒席时，这结拜兄弟的老大硬是躲避不见。作者写至此，深为感慨："大凡妇人更变，不与男子汉一心，随你咬折铁钉般刚毅之夫，也难测其暗地之事。"气急攻心的花子虚得了伤寒症，挨了数日，便断气身亡。

李瓶儿等不得孝服期满，便欲急意嫁入西门府。西门庆为了迎娶李瓶儿施工盖房，而吴月娘却说出个一二三来，警告西门庆不好娶她。正在这当儿，朝中出事了，东京八十万禁军杨戬提督受到弹劾倒台，其亲家陈洪亦受牵连，陈洪打发儿子陈敬济、媳妇西门大姐赶紧带了箱笼细软避难至清河西门府中。西门庆闻知详情，"魂魄不知往那里去了"，终日紧闭大门，闷在家里。李瓶儿不知缘由，左等右等，再也见不到西门庆。六月初四是西门庆与她约好的准娶日，但毫无音信，打发媒婆冯妈妈去了两遍西门府，连门也叫不开。

李瓶儿相思成疾，"夜夜有狐狸假名抵姓，摄其精髓"，卧床不起。这时，大街口的蒋竹山出现了，他是太医院出身，对症下药，药到病除。李瓶儿康复后，备了一席酒肴与三两银子，以酬谢蒋竹山。"轻浮狂诈"的蒋竹山早就觊觎李瓶儿的美色，言语之间，知道李瓶儿欲嫁入西门府，便陈列了西门庆过往的恶行罪状，是一个"打老婆的班头，坑妇女的领袖"，还有最近朝中飞来的横祸，闹不好西门庆会倾家荡产。蒋竹山所说的事情，当然不是空穴来风，把李瓶儿说动了心，便使冯妈妈做媒，择六月十八日好日子招赘蒋氏入门了，还凑了三百两银子，让蒋竹山开了家大生药铺。

李瓶儿许嫁了蒋竹山——这可是西门庆钟爱的女人，而蒋竹山偏偏又是他看不起的"矮王八"；更可恼的是，自己的女人居然为"矮王八"出资开了家生药铺——这是西门庆的正经生意，几乎垄断了清河一县，霸道的西门庆岂能容忍？京城祸发后，西门庆即命家仆以白米五百石、金银五百两火速进京，当朝右相李邦彦见钱眼开，大笔一挥把生死簿上的西门庆改成了"贾廉"，这使西门庆成功地摆脱了株连之祸，然后他便要收拾蒋竹山了，唆使了草里蛇鲁华与过街鼠张胜前往蒋氏生药铺闹事。两个小混混一个称"债主"，一个称"保人"，无端地向蒋竹山发难，讨要本利四十八两银子，在生药铺里又闹又打，三人俱被捉拿进了提刑院。蒋竹山当然是冤枉的，他相信法理会还他一个公道，岂知西门庆已与夏提刑串通好了，因此夏提刑根本不容他分辩，喝令左右对蒋竹山"痛责三十大板，打的皮开肉绽，鲜血淋漓"。状告无门的蒋竹山只好哭求李瓶儿拿出三十两银子消灾免役。

西门庆出了这口恶气，就坐待李瓶儿上钩了。且说李瓶儿与蒋竹山成亲约两月，早就对蒋竹山不满了，原因是这位太医床上功夫完全逊色于西门庆，因此两人早已分居了，李瓶儿便借此机会休了蒋竹山，撵他净身出户，"还使冯妈妈舀了一盆水，赶着泼去"，这盆泼出去的水，深深地表达了李瓶儿的厌恶之情。

无论是悲催的花子虚，还是可怜的蒋竹山，都是李瓶儿的亲夫，但在花子虚落难、蒋竹山遇凶之际，李瓶儿表现出来的决绝与无情，无疑是令人瞠目结舌的。只是因为她心中有了西门庆——这才是"医奴的药"，若是没有了这副"药"，她可如何活下去？只是李瓶儿没有想到，这"药"不是她人生的灵丹妙药，在嫁入西门府后，尽管她温柔贤淑，善解人意，然而非但没有保住宝贝儿子（罪源在潘金莲驯养的白狮子猫儿，唬死了官哥），还因那"医奴的药"落下了病根，丢了自己的卿卿小命。

而西门庆除了以权势谋利，还通过女色掠财，在四五年间迅速完成了原始积累与资本增值。

西门庆的结局

颇具讽刺意味的是，百战不败的西门庆最终死于女色之手。书中有警句："二八佳人体似酥，腰间仗剑斩愚夫。虽然不见人头落，暗里教君骨髓枯。"可惜西门庆知已晚、悔已晚矣。

那一年西门庆才三十三岁，正是年富力强之时，却病入膏肓，无力回天了。只有在生死之际，这个清河县的强人方悲声哀叹，无论是富可敌国的家产，还是倾国倾城的美色，转眼间都抛下了。

西门庆临终时嘱咐吴月娘："我死后，你若生下一男半女，你姊妹好好待着，一处居住，休要失散了，惹人家笑话。"然而，大厦倾倒之后，西门府中上演了一幕幕更加荒诞无稽的黑色丑剧，如他的爱妾潘金莲与女婿陈敬济勾搭成奸；伙计韩道国卷了巨款与老婆王六儿潜逃东京；来保是西门庆相当信任的家仆，其时亦趁乱霸财欺主；狮子街丝绵铺、对门缎子铺等关门歇业，只有门首解当铺、生药铺还在维持经营；而府中妾婢仆从遣的遣、散的散、卖的卖，一个个"失散了"；西门庆的结拜兄弟呢，如应伯爵之流，全都树倒猢狲散，投往新的主子帮闲去了；更可笑的是，远在东京的亲家翟谦得知西门庆死后居然来信索要四个弹唱出色的女子。这种种的果，皆是西门庆邪淫的因。当然，最根本的原因是那个时代病了，与西门庆一样病入膏肓。

"眼看他起朱楼，眼看他宴宾客，眼看他楼塌了！"清代戏曲家孔尚任的《桃花扇》中有如是唱词，细细思来，这正是西门庆短暂一生的真实写照。

有研究者诠释《金瓶梅》书名的含义，最广泛的说法是取自潘金莲、李瓶儿、庞春梅三位女性角色名字中的一个字为组合，还有一种说法是以"金"喻财富，以"瓶"喻权势，以"梅"喻女色。我个人自是倾向于后者，财富、权势、女色，这是西门庆毕生所追求的功业，当然这也是大多数男人的梦想。

然而，诚如清初才子张竹坡评点《金瓶梅》时说这是"一部炎凉书"，这"炎凉"二字极精妙。权势财色如同烈火赤焰，令人疯狂追逐，欲壑无尽，何其热也！一旦梦断万事休，身后凄凄惨惨，何其凉也，又岂一个"凉"字了得？

花子虚：造化弄人无定数

《金瓶梅》是以"西门庆热结十弟兄，武二郎冷遇亲哥嫂"开场的。这一热一冷，便如张竹坡所说的，《金瓶梅》"是两半截书。上半截热，下半截冷；上半热中有冷，下半冷中有热。"

"炎凉"二字，是谓《金瓶梅》之总纲，道尽了人世悲欢。

西门庆结拜的兄弟们，多为帮闲者，其中花子虚这个人物的命运，令人感叹不已。

一

人情有冷暖，世态有炎凉。

实际上，西门庆热结十弟兄前，已显出冷来了。日常聚会的兄弟之一卜志道忽然死了，应伯爵、谢希大去"他家帮着乱了几日，发送他出门"，而作为老大的西门庆送去香楮奠礼了事，既没有前往帮忙，也没有祭奠一把，还假惺惺地说道："我前日承他送我一把真金川扇儿，我正要拿甚答谢答谢，不想他又作了故人！"所谓兄弟情分之凉薄，可窥一斑。其实哪是兄弟呀，西门庆是主子，其他九人仅是帮闲而已。应伯爵、谢希大之流应该也是清楚的，只是假装糊涂、甘作走卒罢了。

　　既是少了一人，须补足十人才好。西门庆沉吟之后，提出了一个人选——花子虚。这花子虚是住在西门庆隔壁的、朝中花太监的侄子，是个有钱、也肯花钱的主儿。应伯爵、谢希大自是欢喜。而更主要的是，花家有娇妻李瓶儿，是个"白富美"。后来，花子虚吃了一场官司，早已与西门庆发生了云雨之事的李瓶儿把金银财宝转移到了西门府中，这场官司打完后，花子虚已一无所有，得了伤寒，一命呜呼，随后李瓶儿及其财产归入了西门大官人名下。可以说，从结拜兄弟的那一刻起，花子虚已落入了一个万劫不复的圈套之中，只是当时谁也未曾料到。因此，交友不慎，遇人不淑，实是人生大患。

　　这年的十月初三，众兄弟相约到了玉皇庙，由吴道官主持结拜仪式，西门庆、应伯爵、谢希大、花子虚、孙天化、祝念实、云理守、吴典恩、常峙节、白赉光十人结为异姓兄弟，拜投昊天金阙玉皇上帝的疏纸说得好啊：

　　伏念庆等生虽异日，死冀同时，期盟言之永固；安乐与共，颠沛相扶，思缔结以常新。必富贵常念贫穷，乃始终有所依倚。情共日往以月来，谊若天高而地厚。伏愿自盟以后，相好无尤，更祈人人增有永之年，户户庆无疆之福。

　　多么感人肺腑的誓言！然而，随着故事情节的展开，所谓的肝胆相照，所谓的生死与共，仿如美丽的谎言，在相互背叛中彻底幻灭。

　　在结拜的十兄弟中，花子虚最后一个入场，却第一个出局。在短暂的结拜期内，他还来不及为西门庆做帮闲，更谈不上做帮凶，充其量只是与结拜兄弟喝过花酒、嫖过妓女罢了。

　　仿佛一场华丽的酒宴，花子虚刚刚端起酒杯，来不及喝上一口，就被自家兄弟一把夺走，一切稀里糊涂地结束了，幻成虚空。

二

　　花子虚在十兄弟中排名第四，在《金瓶梅》中虽然戏份不多，却是十分重要的角色——因为他的夫人是李瓶儿，在金、瓶、梅三位女主角中排到了第二位。

花子虚的出场，主要是引出李瓶儿的亮相。

李瓶儿既是美娇娘，又是见过大世面的。她早先是东京蔡太师女婿、大名府梁中书之妾，北宋政和三年（1113年）正月上元之夜，"黑旋风"李逵杀了梁家老小，梁中书与夫人各自逃生，李瓶儿"带了一百颗西洋大珠，二两重一对鸦青宝石，与养娘走上东京投亲"。其时，朝中的花太监升任广南镇守，因为侄男花子虚尚未成家，便使媒婆说亲，娶李瓶儿为正室，同去广南，半年之后因病告老，归里清河，没过多久便亡故了，花太监的那份财产就落到了花子虚手里。

潘金莲与李瓶儿都是西门庆看中的女人，作为她们的丈夫，无论是武大还是花子虚，都是不幸的，可谓悲惨之极。武大之死，乃是王婆使计、西门庆供药、潘金莲动手，是被他们联手鸩杀的。而花子虚呢，同样难逃劫数。

花子虚的悲剧源头是他有了西门庆这样一个邻居。常言道"远亲不如近邻，休要失了人情"（《水浒传》第二十四回），好邻居可在急难时帮衬一把，坏邻居呢？当然不会雪中送炭，更有可能落井下石。因此，孟母为了管教好孟子，择邻三迁，为的是给儿子找到一个良好的学习环境。对人的日常生活而言，择邻而居自是同等重要。花子虚的邻居西门庆是"嘲风弄月的班头，拾翠寻香的元帅"，而花子虚既家有财产，又金屋藏娇，这可惹到了西门庆的心思。

西门庆把花子虚拉入十兄弟之时，李瓶儿已经在他心头了，他吩咐玳安儿去邀请花子虚时说："你二爹若不在家，就对他二娘说罢。"二娘就是李瓶儿。玳安儿去了，花子虚果然不在家，李瓶儿"好不欢喜"地代为回复："既是你西门爹携带你二爹做兄弟，那有个不来的。"西门庆当着应伯爵、谢希大的面夸李瓶儿"好个伶俐标致娘子儿"。

小说在这里已经埋下了伏笔，这一来一回的话，是西门庆与李瓶儿暗通款曲的前奏。花子虚自是不明就里，在第十三回，院内吴银姐生日，花子虚邀请西门庆同去一叙，而且是要"过我同往"，西门庆便去了，在二门里台基上与李瓶儿撞了个满怀——这一撞，撞出了一段孽情。西门庆虽然昔日与李瓶儿见过一面，却未看个真切，今日对面一见，因为李瓶儿"生的甚是白净，五短身材，瓜子面儿，细弯弯两道眉儿"，令他"不觉魂飞天外"——这下可糟了，于花子虚而言，是典型的"引狼入室"。

当时，花子虚正好不在家。李瓶儿对西门庆说："今日他请大官人往那边吃酒去，好歹看奴之面，劝他早些回家。两个小厮又都跟去了，只是这两个丫鬟和奴，家中无人。"这段话是有意思的，前后两段话似乎是闲聊天，其实大有深意，对寻花问柳的西门庆来说，是一种暗示。暗示了什么？随着情节的展开，便有了分晓。

西门庆自是答应李瓶儿"伴哥同去同来"，而在酒席上故意把花子虚灌得酩酊大醉，然后再伴他一同回来。这就是西门庆勾引妇人之巧妙了，既守了信用，博得了李瓶儿的好感，又在言语中有意挑唆（如西门庆莫名其妙地说花子虚喝醉了还要去粉头郑爱香儿家，是他力劝回来的），以此离间花氏夫妇感情，李瓶儿深信不疑，对西门庆感恩道："往后大官人但遇他在院中，好歹看奴薄面，劝他早早回家。奴恩有重报，不敢有忘。"这已经不是暗示了，在这一回小说里，"恩有重报"，她说了不止一次，言下之意当是"以身相许"。

西门庆当然听得懂李瓶儿的弦外之音，他加快了偷香窃玉的图谋，"屡屡安下应伯爵、谢希大这伙人，把子虚挂住在院里饮酒过夜"，自己则腾出时间来勾搭李瓶儿。可叹应伯爵、谢希大这一班人，明知西门庆怀有不良的企图，却甘愿同谋陷害结拜兄弟，帮闲帮到这般地步，也是无德无良至极了。

三

沉沦在酒色中的花子虚哪里知道家中已红杏出墙——不，是结拜兄弟的老大西门庆越过院墙把他家的红杏采了。

无巧不成书，正值此时，花子虚的族中三兄弟来添乱了，到东京开封府告了他一状。他们都是花太监的嫡亲侄子，但是花太监临终前把自己的财物都交给了李瓶儿，他们一分钱也没有分到，当然是心有不甘，一纸状告，花子虚便入了监。李瓶儿央求西门庆寻人情打点，搬出来三千两银子，她为了防备"吃人暗算"，还有四箱珍宝也要转移到西门庆家中。吴月娘对西门庆说："银子便用食盒叫小厮抬来。那箱笼东西，若从大门里来，教两边街坊看着不惹眼？必须夜晚打墙上过来方隐秘些。"她想得很周全，隔了一堵墙的近邻果然好啊，月娘只是没有想到自家男人正是越墙偷情的。

一道院墙拦不住猎色窃财之路，正如武松对潘金莲说的"篱牢犬不入"，李瓶儿的身子给了西门庆，她的心也给了西门庆，这可是"医奴的药"，区区一堵院墙，怎可挡得住她的决绝背叛！——早已篱松而犬入了。

经过一番稀里糊涂的折腾，花子虚最终落到了人财两空的地步。太监大宅、南门外庄田分别卖给了王皇亲、周守备，与西门庆一墙之隔的住居小宅，自是没人敢买，李瓶儿促使西门庆拿她寄放的银子买了下来，还对西门庆说："到明日，奴不久也是你的人了。"——瞧这瓶儿，早已留好了后路。花家的宅田变卖以后，所得银两由族中三兄弟悉数分讫，花子虚丝毫未得，便追究起那三千两银子来，吃瓶儿骂了一通，而且接连骂了四五天：

呸！魍魍混沌，你成日放着正事儿不理，在外边眠花卧柳，只当被人弄成圈套，拿在牢里，使将人来教我寻人情。奴是个女妇人家，大门边儿也没走，晓得甚么？认得何人？那里寻人情？浑身是铁打得多少钉儿？替你添羞脸，到处求多多告奶奶。多亏了隔壁西门大官人，看日前相交之情，大冷天，刮得那黄风黑风，使了家下人往东京去，替你把事儿干得停停当当的。你今日了毕官司，两脚站在平川地，得命思财，疮好忘痛，来家到问老婆找起后帐儿来了，还说有也没有。你写来的帖子现在，没你的手字儿，我擅自拿出你的银子寻人情，抵盗与人便难了！

花子虚刚争辩二三句，李瓶儿又夹枪带棒地骂将过来：

呸！浊蠢才！我不好骂你的。你早仔细好来，囤头儿上不算计，圈底儿下却算计。千也说使多了，万也说使多了，你那三千两银子能到的那里？蔡太师、杨提督好小食肠儿！不是恁大人情，平白拿了你一场，当官篙条儿也没曾打在你这忘八身上，好好儿放出来，教你在家里恁说嘴！人家不属你管辖，你是他甚么着疼的亲？平白怎替你南上北下走跳，使钱教你！你来家也该摆席酒儿，请过人来，知谢人一知谢儿，还一扫帚扫得人光光的，到问人找起后帐儿来了！

在整部《金瓶梅》中，李瓶儿一口气说了这么多话，而且都是责骂，这是唯一的一次，这与她面对西门庆，尤其是两人偷欢时的莺声燕语形成了鲜明的对比。

对于李瓶儿，花子虚曾说"娘子好个性儿"，吴月娘说她"好个温克性儿"，西门庆评价更高："有仁义好性儿。"就连仆人小厮也称赞她谦让、和气。那么，这样一个好性儿的李瓶儿，为什么会如此刻薄地痛骂自己的丈夫花子虚呢？因为，她有了"医奴的药"——西门庆，心就变了。

此时此刻，李瓶儿已把身体给了西门庆，财产也已转移到了西门府中，只想着去做隔壁的第六房妾了，而花子虚是她实现这个梦想的唯一障碍了，她巴不得花子虚一怒将她休了，或者指不定她盼望花子虚早点挂了呢，因此，瓶儿的恶言恶语便如江水波涛汹涌而来，花子虚能不"闭口无言"吗？

花子虚哪里明白这糊涂账的底细，备了酒席邀请西门庆过来，想着趁机问个清楚。西门庆原想找几百两银子给他买所房子，可李瓶儿不答应，还让他"休要来吃酒"，西门庆便避之不见。

人还在，钱没了，这般惨痛无处可诉说。无奈之下，花子虚拼凑了"二百五十两银子，买了狮子街一所房屋居住"。他气结在心，又患了伤寒。那时候，李瓶儿还与他住在一起。"初时还请太医来看，后来怕使钱，只挨着。"是花子虚怕使钱还是李瓶儿怕使钱？书中没有交代。于花子虚而言，得了这口重气，已心灰意冷，生又何欢？对李瓶儿来说，她手里有钱，寄放在西门府中，治个伤寒症又花不了多少钱，但她却不愿意救这条命，如她所愿，没过多久，花子虚便命归黄泉了，年仅二十四岁。

这一回的题目是"花子虚因气丧身"，极是确切。人财两空后的花子虚想必已明白导致他落到这般境况的根源，但他实是无能为力，因为李瓶儿的背后是西门庆，是他结拜的大哥，是他躲不开又惹不起的人，心中既悔又恨，落了精气神，因气致病，因气丧身，临终时的悲凉无以言说。

生命的代价太过沉重，只是人生没有假设，也无法重来。

四

以西门庆和李瓶儿的情色进程，即使没有族中三兄弟来闹这场官司，花子虚同样注定要踏上这条不归路的，这与西门庆、潘金莲偷情而致武大郎惨死的结局是一样的，只是过程不同、时间快慢而已。

评点《金瓶梅》的晚清文人文龙为此深感不平："真兄弟争我财，不过困我身，仍未得我财，所分者胞叔之遗产耳。而妻则败我家，友则要我命，而致我死，劫我财又将占我妻。子虚身死，而心能死乎？"这是模拟花子虚心理状态发出的怨恨之问，接着，文龙不禁感叹道："武大郎死于金莲之手，花子虚死于瓶儿之手，而实皆死于西门庆之手。"

悲催的是，花子虚结拜的其他八位兄弟是明白其中缘由的，可有谁在他落难时帮衬一把？没有，就是连面也没有露一下。因为，他们都知道分寸的，大哥是不能得罪的，否则没了"帮嫖贴食"的主子不说，说不定同样会莫名其妙地惹祸上身。

趋利避害是人的本性，那么，结拜时火热的兄弟道义呢？

吴典恩：情义歧路无点恩

吴典恩这个人物形象，始终令我再三思之意难平。

看到鲁迅先生说帮闲的伎俩："帮闲，在忙的时候就是帮忙，倘若主子忙于行凶作恶，那自然也就是帮凶。但他的帮法，是在血案中而没有血迹，也没有血腥气的。"（《帮闲法发隐》）想起《金瓶梅》中的帮闲人物，除了鲁迅所说的以外，还有更丰富的意味在其中。如从吴典恩所表现出来的行为中，可洞见"人性的黑洞"，其黑暗幽深，让人一叹再叹。

一

《金瓶梅》作者兰陵笑笑生介绍吴典恩："乃是本县阴阳生，因事革退，专一在县前与官吏保债，以此与西门庆往来。"因而成为西门庆结拜的十兄弟之一。

在第三十回，吴典恩大放异彩了一番。西门庆要向东京蔡太师进献生辰礼物，选定了两个人押送生辰担，第一个是他充分信任的家仆来保，第二个便是吴典恩，充任"吴主管"。这生辰担的价值及意义非同小可，押送的人当然要能说会道，办事牢靠，还必须是西门庆信得过的人。

蔡太师可是当朝位极人臣的宰相，一个小小清河县的暴发户岂能送得进礼？

但是西门庆能，因为他通过亲家陈洪结识了太师府管家翟谦，这翟管家可是西门庆从清河县通往最高权力中心的桥梁。新任的守门官吏不认识来保他们，骂道："贼少死野囚军！你那里便兴你东门员外、西门员外？俺老爷当今一人之下，万人之上，不论三台八位，不论公子王孙，谁敢在老爷府前这等称呼？趁早靠后！"话糙理不糙，他道出了实话，"一人之下，万人之上"的太师府，确实不是随便能进的，但是金钱能开路，来保连忙取出银子，给三个官吏每人一两，"那官吏才有些笑容儿"，帮助请出了翟管家。翟管家虽然是朋友了，但礼是不能少的，西门庆给备了"一对南京尺头，三十两白金"，所谓"南京尺头"，即是产自南京的上好衣料，加上白金三十两，自是一份厚礼。

翟管家禀过太师后，令来保、吴主管进见，跪呈寿礼揭帖，并献上寿礼，但见："黄烘烘金壶玉盏，白晃晃减毂仙人。锦绣蟒衣，五彩夺目；南京纻缎，金碧交辉。汤羊美酒，尽贴封皮；异果时新，高堆盘盒。"蔡太师见了，"如何不喜"。

兰陵笑笑生用了"如何不喜"四个字写出了蔡太师的心理状态，作为一朝权臣，他当然不会表现出"喜形于色"，而且还要假惺惺地推辞一番，慌得来保又是叩头，又是求告——这是他此行东京太师府的使命，若不能完成，如何向主子交代？蔡太师当然不会为难他的，无非是做个姿态罢了，当是悉数照收。

蔡太师收了西门庆这份价值连城的生日礼物之后心情大好，纡尊降贵地与来保聊起天来，得知西门庆尚无官役之后，即时"签押了一道空名告身札付"，西门庆"列衔金吾卫衣左所副千户、山东等处提刑所理刑"。蔡太师意犹未尽，对来保说："你二人替我进献生辰礼物，多有辛苦。"他问跪在来保身后的是你什么人？来保刚要说是伙计时，那个进入太师府没有说过一句话的吴典恩，突然抓住了电光火石的那一瞬间，向前说道："小的是西门庆舅子，名唤吴典恩。"

吴典恩能不着急吗？看到蔡太师"擅恩锡爵"如囊中探物，结拜大哥瞬间成了从五品的武官，他敏锐地意识到这可是个千载难逢的机会，立即谎称自己是西门庆的舅子，把身份提高到了西门庆家人这层关系上，可不是吗？西门庆的夫人是吴月娘，而他也姓吴，五百年前不就是一家嘛。蔡太师自是不知就里，既是西门庆的舅子，仪表又好，就给吴典恩赏封了个"清河县驿丞"的官衔，又赏封来保为"山东郓王府校尉"。

吴典恩当然要磕头如捣蒜，这一趟来得太值了，蔡太师出手这么大方，转眼间成了官场中人，睡梦里都会笑醒来。

二

吴典恩完全是沾了结拜大哥西门庆的光而戴上了那顶小小的乌纱帽，这是他走向仕途的关键一笔，也是他人生的重大转折。

然而，吴典恩家徒四壁，身无分文，上任参官要备见面礼，要摆酒招待，至少还得置办几套像样的衣服等，估算下来得需七八十两银子，这下可犯愁了，只好跪请应伯爵找西门庆借银子，并许诺酬谢十两银子。

吴典恩知道自己的分量，虽然都是结拜兄弟，但只有应伯爵才能与西门庆说得上话，西门庆也会给应伯爵这个面子。关键还有一点，应伯爵是个热心人，倘若是个高冷的主儿，那也肯定是指望不上的。

应伯爵果然乐意成人之美，他还教吴典恩把文书改成一百两，若成竹在胸，说道："恒是看我面，不要你利钱，你且得手使了。到明日做了官，慢慢陆续还他也不迟。俗语说得好：借米下得锅，讨米下不得锅。哄了一日是两晌。"两人到了西门府，应伯爵先是闲聊，后是游说，西门庆自是不驳这个人情，还"取笔把利钱抹了"——正如应伯爵所愿，到时只要还了本钱即可。

吴典恩拿了一百两银子，欢欢喜喜地回了家。那应伯爵随后也来了他家，吴典恩早已封好了十两银子，双手递上，且磕下头去。西门庆借了银子给他，倒没见他磕头，反而对中人应伯爵磕了头。应伯爵当然不客气，收了银子，还自我标榜道："若不是我那等取巧说着，会胜不肯借与你。""会胜"是一个特殊词语，含有"无论如何"或"反正"之类的强调语气，应花子（书中常称"应二花子"）的意思是，如果不是我能说会道，西门庆无论如何不会借钱给你的。

拿了人家的酬银，还要人家落个人情。

兄弟情义虚假到了这般地步，那结拜还有什么意义？除了相互勾结、相互利用、相互算计，几乎感受不到一丁点儿真情实意，岂不让人心凉！

三

按人之常情，因为西门庆，吴典恩才做了官，也借到了银子，且抹了利息，使得他能够水溜光滑地去上任，这份恩不能忘，这个情也得报。

然而，吴典恩却反其道而行之。

第七十九回，西门庆因"贪欲丧命"，在临终前，他将一笔笔账目向夫人吴月娘、女婿陈敬济吩咐清楚，最多的五万两银子，最少的五十两银子，都一清二楚，唯独不提吴典恩没有归还过的那一百两银子。

读此思之，显然，这不是西门庆遗忘了，而是有意为之，他要为家人留一条后路，毕竟吴典恩在驿丞任上，说不定还要往上升职，在西门庆身后，倘若府中有个三长两短，这吴典恩看在往日情分上或可照应一把。西门庆是官场中人，深谙其中分寸。

西门庆之死，是清河县中的一件大事，"亲朋吊丧者不计其数"，然而，驿丞吴典恩仿佛消失了一般，不见踪影。结拜兄弟中的云理守，也没来祭奠，他当时已袭职山东清河右卫指挥同知。是不是官职人员不得参加官场中人的吊唁活动？非也，西门庆的同僚何千户就来吊孝了，并且吩咐"手下该班排军，原答应的，一个也不许动，都在这里伺候。直过发引之后，方许回衙门当差。又委两名节级管领，如有违误，呈来重治"。又考虑到西门庆生意场上的债务问题，特意对吴大舅说："如有外边人拖欠银两不还者，老舅只顾说来，学生即行追治。"从这个表现来看，何千户实不枉同事一场。而吴典恩、云理守除了官职身份，可是西门庆正儿八经结拜的兄弟，然而未见动静，倒是应伯爵约了谢希大等六位结拜兄弟，每人出了一钱银子，置办了一桌祭礼、一幅轴子、一篇祭文，来到西门庆灵前祭奠。当然，他们这班人是占惯了便宜的，每人讨到七分银子一条的孝绢，还有"三汤五割"的素餐可吃，然而相比起吴典恩、云理守来，这七位帮闲至少过了场面，不管是真心还是假意。

故事的进展终于轮到吴典恩做一回主角。第九十五回，吴月娘无意中撞见了西门庆的贴身小厮玳安儿与她的丫鬟小玉的奸情，为遮家丑，便不露声色地为他们配了婚。这可惹恼了平安儿，他也是府中小厮，且比玳安儿大了两岁，二十二岁了，吴月娘却没给他张罗妻室，心里有了气，偷了当铺里的一副金头面，一柄镀金钩子，然后去嫖私娼，不料起了纠纷，老鸨报了土番，拿下了平安儿。正好遇上了骑着马的吴典恩，他已从驿丞新升巡简了，吩咐土番将平安儿带到巡简厅审问。平安儿当然认得吴典恩，原是西门庆家的伙计，心想他一定会放了自己的。平安儿谎称这副金头面是吴月娘借给亲戚家，令他赶紧送去，却因时间晚了，城门关闭，便在坊子借宿一夜。吴典恩何等聪明，认定是他偷盗出来的，还动了刑法，夹棍一上，这平安儿忍不住了，说出了真相。平安儿这么一招认，事实已经清楚了，该收监的收监，该还赃的还赃。然而，吴典恩计从心来，忽然转了一个弯，他要把这文章做大："想必是这玳安儿小厮与吴氏有奸，才先把丫头与他配了。你只实说，没你的事，我便饶了你。"陷害主人，伤天害理，平安儿怎肯轻易指认，只说："小的不知道。"吴典恩又要把平安儿拶起来，非要做成铁案不可，平安儿只好按吴典恩的要求供认画押了。

这下吴典恩万事俱备了，"把平安儿监在巡简司，等着出牌，提吴氏、玳安儿、小玉来，审问这件事"。以前在西门庆面前低三下四惯了，这回吴月娘可落到他手里了，可要出口恶气了。

蒙在鼓里的吴月娘听得是吴典恩拿获了平安儿与金头面，便松了口气，道："是咱家旧伙计。"请吴大舅来商议后，写了领状，吩咐当铺的傅伙计前往巡简司领赃，哪知道吴典恩根本不念及旧时分上，骂道："你家小厮在这里供出吴氏与玳安儿许多奸情来，我这里申过府县，还要行牌提取吴氏来对证。你这老狗骨头，还敢来领赃！"羞辱了一番，骂将出来。回来一说，吴月娘手脚麻木了。

当了金头面的人家天天来门前催讨，而吴典恩又存心作对，吴月娘实在是想不通这是为什么："他当初这官，还是咱家照顾他的，还借咱家一百两银子，文书俺爹也没收他的，今日反恩将仇报起来。"吴典恩借银子的文书，西门庆是收下的，当时还取笔抹去了利息。确实一直没见吴典恩来还银子，西门庆临终前也没交代这笔债，或是有意略过了。当然，西门庆生前是无论如何也想不到这个冒充他舅子而获得了官职、又解其燃眉之急（借给一百两银子）的结拜兄弟居然会如此无情无义。实乃此一时彼一时也。

吴典恩这么做，当然有他的如意算盘，一言以蔽之：贪利而忘恩。

幸好，还有一个庞春梅，在西门庆死后，吴月娘逼她净身出户，打发出来，后嫁与周守备为娘子。当初带走春梅的媒婆薛嫂正好路过西门府，吴月娘见了，便邀她屋里闲聊，说起故意刁难自己的吴典恩，不禁长吁短叹，"那眼中泪纷纷落将下来"，伤心至极。薛嫂便向吴月娘推荐了周守备，她说："如今周爷，朝廷新与他的敕书，好不管的事情宽广。地方河道、军马钱粮，都在他手里打卯递手本。又河东水西，捉拿强盗贼情，正在他手里。"吴月娘一听，果然是条路，顾不得往日与春梅有隙了，便通过薛嫂送去了说帖儿，那春梅倒没计旧恶，交与周守备处置。

吴典恩既要苛难、敲诈吴月娘，千不该万不该忘了顶头上司周守备，还企图绕过周守备申呈府县，藐视长官可是官场大忌，何况吴典恩如此诬害旧主，本是大逆不道之所为。因此，自作自受的吴典恩迎来了周守备的一番怒骂："你这狗官可恶！多大官职？这等欺玩法度，抗违上司！我钦奉朝廷敕命，保障地方，巡捕盗贼，提督军务，兼管河道，职掌开载已明。你如何拿了这件，不行申解，妄用刑杖拷打犯人，诬攀无辜？显有情弊！"周守备教训了这"狗官"之后，又将偷盗财物、肆言谤主的平安儿打了三十大棍，逐出守御府，把赃物发还了本家。

在这场丑剧中，吴典恩折了四两银子，受了上司教训，断了兄弟情分，落了个忘恩负义的小人名头。

四

吴典恩，谐音"无点恩"，按其所作所为，如此名号极是相宜。

早在西门庆热结兄弟前，吴月娘就表达过严重的不满："你也便别要说起这干人，那一个是那有良心的行货！无过每日来勾使的游魂撞尸。我看你自搭了这起人，几时曾有个家哩！"吴月娘是千户府中的大家闺秀，平日里又吃斋念佛，她看到西门庆的这班朋友无一益友，都是损友，实在是忍不住了，故恶语编排他们。在十月初一这天，各兄弟差人送来分资，出手大方的花子虚一两银子，其他人呢？吴月娘对西门庆讥笑道："你看这些分子，只有应二的是一钱二分八成银子，其余也有三分的，也有五分的，都是些红的黄的，倒像金子一般。咱家也曾没见这银子来，收他的也污个名，不如掠还他罢。"说到底，吴月娘并不是在乎这些小钱，而是不屑于或者说是厌恶于他们的人品。

西门庆难道不如吴月娘一个女人看得深看得透？不，他有自己的目的，而更深层次的原因，则是西门庆与其他九人的本质是相同的，是一条道上的人，正所谓"方以类聚，物以群分，吉凶生矣"（《周易·系辞上》）。

有今日之果，乃昔日之因。西门庆既死，吴月娘则代为受过而已。

除了吴典恩，还有西门庆结拜的应伯爵诸位兄弟、官场各色人等，包括府中的伙计、丫鬟、女妾，甚至女婿等，无不让吴月娘深扰于心，惶恐不安。云理守就是其中一位，让人如鲠在喉，不吐不快。

在第一百回，狼烟四起，金兵杀来。吴月娘带了吴二舅、玳安儿、小玉，领着十五岁的孝哥儿，前往济南府投奔云理守。西门庆死前，怀了孕的吴月娘曾去云理守家赴宴，而云夫人也正怀着孕，当下两位夫人约定："到明日两家若分娩了，若是一男一女，两家结亲做亲家；若都是男子，同堂攻书；若是女儿，拜做姐妹，一处做针指，来往亲戚耍子。"西门庆死后，云理守看到"吴月娘守寡，手里有东西，就安心有垂涎图谋之意"——图谋吴月娘的可不止吴典恩一个，还有那位与吴典恩一起获得蔡太师授官为"山东郓王府校尉"的家仆来保，也趁机坑主谋财，调戏月娘，真正可叹！云理守派娘子带了"八盘羹果礼物"前来看望吴月娘，方知月娘已生一男孩，乃是西门庆断气之时孝哥儿出生——实是已过了好几个月，可见兄弟之疏远，唯恐避之而不及也。云理守娘子生了一个女儿，便要按前约结亲，"遂两家割衫襟，做了儿女亲家，留下一双金环为定礼。"十五年过去了，云理守已调任济南府总兵官，夫人已死，女儿已长大。兵荒马乱之际，吴月娘就寻思着送孝哥儿前去完婚，以避战乱，未料路遇一老和尚普静师父，非要带走孝哥儿不可，说这是他的徒弟。因天色已晚，在普静师父的引导下，吴月娘一行在永福寺安歇了一夜。

寺中一夜，吴月娘做了一个奇怪的梦，说是他们到了济南府，找到了云参将寨门，儿女亲家叙毕礼数，月娘呈送了百颗胡珠、宝石绦环，云理守自是收了，因为新近没了娘子，他便央挽邻居王婆来陪伴月娘。这济南的王婆虽然不是清河的王婆，但都是媒婆、牙婆一类的角色，她向月娘挑明了云理守的心思，欲成"伉俪之欢"，令月娘大惊失色。到了次日晚，云理守请吴月娘吃酒，厚颜无耻地要与月娘"一双两好，成其夫妇"，月娘痛骂其"人皮包着狗骨"，然而云理守已砍了吴二舅、玳安儿的头，月娘情知不妙，诈取云理守使孝哥儿与云小姐合了婚，自己则不肯以身相许。儿女配，大人婚，这在吴月娘看来，无疑是失名节的荒唐事，是断断不可接受的。那云理守便恼羞成怒，提剑砍杀了孝哥儿。

一梦惊醒了吴月娘。梦，固然是虚幻的，但却是真实的折射。以吴月娘对西门庆那班兄弟的了解，都是没有"良心的行货"，吴典恩能够背恩诈财，那么云理守何尝不会侵色、害命、谋财呢？且又因普静师父禅杖指点，孝哥儿乃西门庆托生之身，任凭普静师父幻化了孝哥儿，取法名"明悟"。谓曰"一子出家，九祖升天"，以消西门庆生前之罪孽。

兰陵笑笑生通过月娘这一梦，入木三分地鞭挞了人性之恶，毫不留情，震撼人心。他告诫我们对人性的恶不要抱有任何幻想，亦强烈地表达了对人性善的呼唤。而且剧终的这一梦，呼应第一回的西门庆热结十兄弟，做了一个彻底的了结。

文龙评说《金瓶梅》："人为世间常有之人，事为世间常有之事，且自古及今，普天之下，为处处时时常有之人事。"思之古今人与事，文龙前辈所言甚是，甚是！

应伯爵：帮闲勤儿只为利

应伯爵，表字光候，作为西门庆身边帮闲的不二人选，从第一回活到了第九十七回，阳寿比西门庆长好多年。

在现实生活中，应伯爵这类人物只是帮闲的丑角而已，但在《金瓶梅》中，他却是绝对重要的，是一个不可忽略的角色，而在这个人物身上，又呈现出了多种色彩，耐人寻味。

一

应伯爵父亲应员外原是开绸缎铺的，作为他的第二个儿子，应伯爵可算得是一个富二代，至少也是出身于殷实人家，然而家道败落了，这应伯爵就"专在本司三院帮嫖贴食"，混吃混喝，因此，别人给他取了个诨名"应花子"。书上写到他"又会一腿好气毬，双陆棋子，件件皆通"。从中可窥他此前的生活境况。作为豪富身边的寄生虫，应伯爵善于察言观色，能说会道，深得西门庆欢心，他对夫人月娘这样点赞应二哥："本心又好又知趣，着人使着他，没有一个不依顺的，做事又十分停当。"

应伯爵在西门庆结拜的十兄弟中排名第二。在第一回的玉皇庙结拜仪式上，西门庆原是假意推辞一番，要以年岁排序，推应伯爵第一。这应伯爵听了，便伸着舌头道："爷，可不折杀小人罢了！如今年时，只好叙些财势，那里好叙齿！若叙齿，这还有大如我的哩。且是我做大哥，有两件不妥：第一不如大官人有威有德，众兄弟都服你；第二我原叫做应二哥，如今居长，却又要叫应大哥，倘或有两个人来，一个叫'应二哥'一个叫'应大哥'，我还是应'应二哥'应'应大哥'呢？"这一番话把西门庆说笑了，心中自是很舒服。在这里，应伯爵不仅恳切地把西门庆推上了头把交椅，而且顺势坐实了自己老二的位置，因为若以"财势"而论，家境殷厚的花子虚可排第二，这可是应伯爵眼中的"酒碗儿"——是可以指望依傍着吃喝的金主，但第三的位置是谢希大（清河卫千户官儿应袭子孙，因游手好闲而丢了前程），花子虚只轮到了第四，这说明了应伯爵、谢希大两人与西门庆的关系密切，帮闲也好，结拜也罢，显然都是分亲疏的。而稀里糊涂被拉进结拜兄弟的花子虚，残酷的命运从此揭开了真正的序幕。

应伯爵对老大西门庆的忠心是毫无疑问的，西门庆为了勾搭花子虚的夫人李瓶儿，不消多费口舌，应伯爵、谢希大这一班人就心领神会了，天天拖住花子虚在丽春院里喝酒过夜，时间不长，西门庆就乘机得手了，最终的结果是，花子虚因气丧生，而西门庆财色双收。

但是，趋利避祸是帮闲的天然本性。如西门庆正与李瓶儿打得火热时，朝中出了大事，兵科宇给事参劾了提督杨戬，不仅事涉蔡京（圣旨宽恩免罪）、王黼，而且牵连了西门庆的亲家陈洪，这条线下来，自是少不得西门庆。敏锐的西门庆意识到拔树寻根、身家不保的险境，立即分派家人来保、来旺携带金银宝玩前往东京，终日紧闭大门，封锁消息。那李瓶儿不知内情，太医院出身的蒋竹山乘虚而入，一来二去，便获李瓶儿招赘入门，李瓶儿还凑了三百两银子，让蒋竹山开了家大生药铺。应伯爵这干人等呢，影儿都没见，悄悄地避开了西门庆。

西门庆以金钱开路，通过蔡京之子蔡攸（祥和殿学士兼礼部尚书、提点太乙宫使）找到了当朝右相、资政殿大学士兼礼部尚书邦彦，这邦彦看到了五百两金银，哪里还肯撒手，况且这是易如反掌的顺水人情，他把西门庆的名字改成了"贾廉"，轻巧一笔就抹去了西门庆的罪名。至于官府发落下来能不能缉捕到"贾廉"其人，那是另一码事，反正西门庆就此脱祸了，逢凶化吉。一日，西门庆骑马走在大街上，撞见了应伯爵、谢希大，真是巧极了！应伯爵知道，西门庆大摇大摆出现在大街上就表明没事了，便发挥了自己的巧舌特长，故意问道："哥，一向怎的不见？兄弟到府上几遍，见大门关着，又不敢叫，整闷了这些时。端的哥在家做甚事？嫂子娶进来不曾？也不请兄弟们吃酒。"这番话说得甚是理直气壮，实际上是假语村言。张竹坡有夹批："贼竹山且知，况伯爵辈乎？十兄弟可笑。"蒋竹山尚且知道些原委，应伯爵等更是清楚，只是佯装不知罢了，而且又总要占个理，不让西门庆责怪下来方好。

聪明如西门庆岂能不明，只是他不做计较，一如从前对待应伯爵诸人，这使我想起狼与狈的关系，如李时珍所写的："狈足前短，能知食所在。狼足后短，负之而行，故曰狼狈。"应伯爵之流需要这种依存关系，西门庆同样如此。

应伯爵为西门庆成就了多少"好"事，除了李瓶儿，还为他梳拢美妓、介绍生意往来、说情借贷荐职……各种帮衬，奉迎附和，寻欢逗笑，只要哄得西门庆开心——而且他总能摸准西门庆的脉，把事情都做成，虽然有时还不惜损害西门庆的利益，但也是神不知鬼不觉的。

应伯爵所有行为的目的只有一个，那就是得到自己的好处，如蹭吃蹭喝，捞取油水，流连勾栏，狎妓作乐。他明白，只有紧紧笼住西门庆这个大财主，才会有他滋润的生活。

二

应伯爵生活在小利益中，西门庆亦是生活在大利益中，以利相交者，是一个尔虞我诈的虚伪关系。不过，以西门庆的财势，对应伯爵的种种伎俩，当然是睁一眼闭一眼的，无碍结拜兄弟的大局，因此，他与应伯爵最为亲厚，宽容到了几乎有求必应的地步。

应伯爵当然会利用好这种关系，使利益最大化。

第三十一回，十兄弟之一的吴典恩受西门庆委派，与来保一起前往蔡太师府进献生辰担，蔡太师"擅恩锡爵"，赏封西门庆列衔金吾卫衣左所副千户、山东等处提刑所理刑，来保为山东郓王府校尉，而吴典恩成了清河县驿丞，然而，见官摆酒，置办行头，需七八十两银子，但吴典恩身无分文，有心向西门庆借贷，但写好了文书也没有胆量去开口，只好跪求应伯爵，再三央求帮忙，还许诺酬谢十两银子。吾邑有句土话"天下没有白使人"，意思是你托人办事，不能空着两只手，谁愿意平白无故替你做事呢？吴典恩深谙其道，酬银十两可得说在前，这样应伯爵办事才有动力，他也深知只要应伯爵出面，这事儿就可搞定。果然，应伯爵替他出主意，把文书改成借银一百两，并自信地说西门庆看在他面上，也许利钱也不要的。确实如此，应伯爵带了吴典恩前去一说，那西门庆就取笔把利钱抹去了，还说"既是应二哥作保，你明日只还我一百两本钱就是了"——给足了应伯爵面子。吴典恩如愿以偿借到了一百两银子，回到家后，封好十两银子，一俟应伯爵来家，便双手奉上，磕头致谢。应伯爵甚是得意，对吴典恩说，要不是他取巧说道，西门庆无论如何不会借钱给你的。既收了酬银，还要落个人情。他觉得，这酬银可是理所当然，一是他解了吴典恩的燃眉之急；二是因为他的面子，西门庆抹去了利钱。如此这般，应伯爵自是心安理得了。

第三十三回，有位湖州客人何官儿，店里堆着价值五百两银子的丝线，急欲脱手归里，应伯爵来对西门庆说了，西门庆打了九折，许要了这批货。那一日应伯爵来取银子，西门庆与月娘说了这桩生意的前因后果，耽误了些时间，那应伯爵由陈敬济陪着在卷棚里吃完了饭，已等了好一歇，心里直冒火，然而，"见银子出来，心中欢喜，与西门庆唱了喏……"此句写得极妙，应伯爵首先入眼的是白花花的银子，而不是他的结拜大哥，见钱眼开，立马欢喜了。他与来保一起前往交易，实际上，他早已与何官儿杀好价了，四百二十两银子成交，另外三十两银子就悄悄地落入了自己的口袋，会来事的应伯爵"对着来保，当面只拿出九两用银来，二人均分了"。

西门庆的伙计贲四是应伯爵举保的，"生的百浪嚣虚，百能百巧"，得西门庆重用，与来招一起负责督建花园。现在的人都知道，基建的水很混，油水也足，古代的应伯爵也清楚，因为贲四只顾自己赚钱，不来孝敬他，心中有气，便在一次酒席上敲打了一下贲四，令他如坐针毡。次日，那贲四便"封了三两银子，亲到伯爵家磕头"，贲四怕的不是应伯爵，而是应伯爵与西门庆那种亲如兄弟的关系，倘若这位"二叔"在"老爹"面前说上贲四几句坏话，哪里还有他的好日子可过！贲四明白其中的利害。应伯爵收了银子，得意地对他娘子说："老儿不发狠，婆儿没布裙。"

作为一个帮闲人物，应伯爵在西门庆的庇荫下，想方设法捞油水，甚至还吃了原告吃被告。西门庆开的绒线铺有个伙计韩道国，妻子王六儿颇有姿色，与小叔子韩二勾搭上了，街坊里有车淡、管世宽、游守、郝贤四个浮浪子弟，谐音分别为扯淡、管事宽、游手、好闲，他们趁机捉奸送官。这叔嫂通奸，那可是绞罪，韩道国急忙找到应伯爵，跪求道："此事明日只怕要解到县里去，只望二叔往大官府宅里说说，讨个帖儿，转与李老爹，求他只不教你侄妇见官。事毕重谢二叔。""重谢"二字，必须说的，那应伯爵自是领会，前去斡旋。这山东提刑所，可是夏延龄与西门庆执掌的，夏提刑经常受得西门庆钱财，遇到这种事情，自由西门庆摆布。一番审案后，西门庆以翻墙破门非奸即盗为由，喝令左右对车淡四人上刑收监。剧情如此一反转，这四人意识到问题的严重性，赶紧托家人求情放人，最后兜兜转转，人情托到了应伯爵这儿，当然还有四十两银子。换了别人谁敢接这烫手的山芋？连应伯爵的娘子都说："你既替韩伙计出力，摆布这起人，如何又揽下这银子，反替他说方便，不惹韩伙计怪？"但应伯爵胸有成竹，他拿出十五两银子，赶往西门府，他可不是直接找西门庆，而是去找了西门庆的书童——这可是秘书的角色，而且又是西门庆的男宠。那书童当然是个伶俐人，不敢大意，拿了银子去买了一应菜蔬及一坛金华酒，送到李瓶儿房里，说了缘由。李瓶儿是西门庆的宠妾，自然是说得上话的。无师自通的应伯爵通过秘书与夫人，曲里拐弯地打通了西门庆的关节——应伯爵做得滴水不漏，连西门庆也是蒙在鼓里的。果然，西门庆与夏提刑一沟通，升厅上堂，对车淡四人戒饬了一番，便放了出去。应伯爵又酬谢了书童五两银子，自己最终得银二十两。

应伯爵没有正经营生，还要养家糊口，若不投机钻营赚取灰色收入，实在是无以为生的。饶是这样，应伯爵还是计穷途拙，难以安生。第六十七回，应伯爵的二房春花生了个儿子，因为手头没钱而发愁，连满月酒也办不起来，便欲向西门庆借二十两银子，西门庆倒也爽快，吩咐家人拿出一封银子，五十两，且连文书也不收。应伯爵甚是感动，打恭致谢道："哥的盛情，谁肯！真个不收符儿？"

西门庆固然是财大气粗，但也是看对象施舍救济的，如应伯爵，是他相交最深的市井中人，当然会雪中送炭，而且出手绝不吝啬。

就在这一回中，两个人言来语去，相互戏谑，完全是结拜兄弟亲密无间的关系，极是知心。

然而，应伯爵得意忘形时，也会无意中"冒犯"西门庆，如第五十四回，应伯爵与常峙节来邀西门庆前往城外内相花园游玩，席间，应伯爵讲笑话以调节气氛，说到一个秀才上京，船泊扬子江，晚见"江心赋"，识为"江心贼"，便让艄公泊往别处，那艄公讽他识差了，秀才强词夺理道："赋便赋，有些贼形。""赋"音同"富"，却有个"贼形"，其影射富而为贼之意。在座的人中，西门庆可是山东首富，常峙节首先说破了，西门庆亦会意，但只笑罚满面不安的应伯爵几杯酒，继续让他讲笑话，问题是这接下来的笑话又是讥讽富人的："孔夫子西狩得麟，不能够见，在家里日夜啼哭。弟子恐怕哭坏了，寻个牯牛，满身挂了铜钱哄他。那孔子一见便识破，道：'这分明是有钱的牛，却怎的做得麟！'"应伯爵一讲完，慌得赶紧掩口下跪，西门庆却不介意，未加追究。从中可察西门庆对应伯爵的宽怀。

三

在阅读过程中，我感到应伯爵之口才，体现在随口而出的、机智的笑谈中，既接地气，又烘托气氛。

有一回，丽春院的李桂姐因接客王招宣府的王三官惹来了麻烦，这王三官是六黄太尉的侄女婿，他妻子看到王三官耽沉院中，挥金如土，连她的头面也当了，便哭闹上吊，正好六黄太尉生日，这侄女前往祝寿，趁机一说，老公公自是恼怒，把名单交给了朱太尉，批行东平府捉拿一干人等到东京，大祸临头的李桂姐只好避祸西门府中。那时，李桂姐已认了月娘为干妈。

作为丽春院的粉头，李桂姐与西门府中的人物关系相当复杂。她的姑妈李娇儿是西门庆的二房，西门庆应是她的姑父。然而，李桂姐又是西门庆梳拢过的青楼女子，当时连李娇儿也喜的拿出一锭大元宝，"打头面，做衣服，定桌席，吹弹歌舞，花攒锦簇，饮三日喜酒"。西门庆当然是想独占李桂姐的，然而李桂姐又经常去"创收"，什么杭州贩绸绢的丁相公儿子丁二官人，什么王招宣府的王三官，西门庆心中甚是添堵。而且，这李桂姐又颇有心机，做了月娘的干女儿。因此，西门庆之于李桂姐，其身份从姑父、嫖客变到了干爹。瞧这关系，完全是颠三倒四的。

既然干女儿惹上了祸，月娘自是帮助说项，西门庆这个当"爹"的只能帮忙脱祸了。

那一日，西门府花园中设席，李桂姐弹起琵琶唱着曲，应伯爵在一旁插科打诨，当李桂姐唱道："思量起，思量起，怎不上心？无人处，无人处，泪珠儿暗倾"时，应伯爵说道："一个人惯溺尿。一日，他娘死了，守孝打铺在灵前睡。晚了，不想又溺下了。人进来看见褥子湿，问怎的来，那人没的回答，只说：'你不知，我夜间眼泪打肚里流出来了。'——就和你一般，为他声说不的，只好背地哭罢了。"李桂姐又唱："我怨他，我怨他，说他不尽，谁知道这里先走滚。自恨我当初不合他认真。"应伯爵又来了："傻小淫妇儿，如今年程，三岁小孩儿也哄不动，何况风月中子弟。你和他认真？你且住了，等我唱个南曲儿你听：'风月事，我说与你听：如今年程，论不得假真。个个人古怪精灵，个个人久惯牢成，倒将计活埋把瞎缸暗顶。老虔婆只要图财，小淫妇儿少不得拽着脖子往前挣。苦似投河，愁如觅井。几时得把业罐子填完，就变驴变马也不干这营生。'"

这番话把李桂姐说哭了，西门庆出来打了圆场。事实上，应伯爵说出了西门庆想说而没说的话，这一点西门庆自是心知肚明。

在更多的场合，凡有应伯爵就有笑场，而且他往往是笑场中的主角，化无聊为有趣，化尴尬为无形，同时，他的情商特别高，见人所未能见，发人所未能发，特会来事，又特会成事，这使西门庆颇为中意，应该说是真心欢喜。

第五十二回中，应伯爵在府中各处寻找西门庆，结果听到藏春坞雪洞儿里的男欢女爱声，正是西门庆与李桂姐在云雨中，应伯爵不管不顾，故意撞进门去，嬉闹一番，临走时还按着李桂姐亲了一个嘴。这个场景想想都让人发笑，人家赤身裸体地在做爱，应伯爵在一旁插科打诨，也只有应伯爵，才有胆量出现在西门庆如此私密的场合，而且还敢吃李桂姐的豆腐。换了其他人，任谁也不敢，除非他不要命了。

西门庆欢爱时，应伯爵在场添趣。西门庆悲伤时，应伯爵前来解忧。

李瓶儿之死，令西门庆感到了撕心裂肺的悲痛。他伤心至极，神思恍惚，骂丫头，踢小厮，不梳洗，不吃饭，只是守着李瓶儿的尸首悲恸，哭得连喉咙也哑了，吴月娘等妻妾、家仆都请他吃饭进茶，都请不动，他要么没好气，要么踢一脚。还是西门庆的跟班玳安儿一语中的："请应二爹和谢爹去了。等他来时，娘这里使人拿饭上去，消不得他几句言语，管情爹就吃了。"月娘自是半信半疑。应伯爵、谢希大两人来了，在李瓶儿灵前哭喊"我那有仁义的嫂子"，这与西门庆"我的好性儿有仁义的姐姐"相契，事先他们可没有对过词儿，完全是知心的人，才会如出一辙。他们哭罢，把西门庆让至厢房内，应伯爵说起昨晚做了一个梦，梦中西门庆取出两根玉簪儿，其中一根折了。而西门庆也做了一个相同的梦，说东京翟亲家那里寄送了六根簪儿，其中一根也折了。这可不是一般的巧合！难怪西门庆说应伯爵"本心又好又知趣"。然后，应伯爵发挥他的非凡口才，合情合理，层层推进，劝解西门庆，由家业、前程说到家人，最后解了西门庆的失亲之痛："……常言：一在三在，一亡三亡。哥，你聪明伶俐人，何消兄弟每说？就是嫂子他青春年少，你疼不过，越不过他的情，成了服，令僧道念几卷经，大发送，葬埋在坟里，哥的心也尽了，也是嫂子一场的事，再还要怎样的？哥，你且把心放开。"果然，"数语拨开君子路，片言提醒梦中人"，茅塞顿开的西门庆喝茶吃饭去了。

四

应伯爵最令读者诟病的是在西门庆死后的言谈举止。

西门庆纵欲丧命，作为最知心的帮闲应伯爵当然是悲痛的，"走来吊孝哭泣，哭了一回"。还以长辈的身份谆谆告诫西门庆的女婿陈敬济，凡事要仔细，遇事要多问两位老舅。在西门庆头七那天，应伯爵召集了谢希大、花子繇、祝实念、孙天化、常峙节、白赉光诸位结拜兄弟，花子虚死后由花子繇顶位，而云理守、吴典恩都是有官职在身，这七位兄弟都是蹭吃蹭喝的穷兄弟，作为老二的应伯爵自是义不容辞，组织他们送老大最后一程。应伯爵对大伙儿说道："大官人没了，今一七光景。你我相交一场，当时也曾吃过他的，也曾用过他的，也曾使过他的，也曾借过他的。今日他死了，莫非推不知道？"这段话是深情，他以往日西门庆对待众人的情分打动他们。然后，他的语调严厉起来："洒土也眯眯后人眼睛儿，他就到五阎王跟前，也不饶你我。"应伯爵的意思是，场面上的事必须要做，否则合府上下、官场中人、街坊邻居等岂不耻笑他们？就是大官人到了阴曹地府也不会轻饶他们。他提出了一个方案："如今这等计较，你我各出一钱银子，七人共凑上七钱，办一桌祭礼，买一幅轴子，再求水先生作一篇祭文，抬了去，大官人灵前祭奠祭奠，少不得还讨了他七分银子一条孝绢来，这个好不好？"七人凑上七钱银子，数目当然不大，但应伯爵怕这班穷兄弟因树倒猢狲散，连这一钱银子都不肯出，就算了一笔账，讨他一条孝绢值七分银子，完全是苦口婆心，这番话说道下来，谁还有异议，都道："哥说的是。"

应该说，应伯爵在这方面做得甚是合情合理，至少是过了场面。然而，就在这当口，他首要的是谋划好自己接下来的帮闲生涯。

来看看西门庆生前最后一笔大生意的始末。揽头李三、黄四承揽了朝廷的一桩香蜡生意，因为缺少本钱，便通过应伯爵向西门庆借贷了一千五百两银子，他们从此与西门庆有了经济上的往来。李三在生意场上的信息十分灵通，得知东京大兴土木，行文天下十三省搜购古器，东平府也坐派了两万两，有一万两银子可寻。大街上的张懋德，人称张二官，破费了二百两银子，要做这桩买卖。西门庆对生意何等敏感，立即写了书信封了礼，差了春鸿、来爵与李三一起找到宋御史，这宋御史与西门庆关系深厚，但其时批文已派下各府买办了，这时，作者笔锋一转："（宋御史）寻思间，又见西门庆书中封着金叶十两，又不好违阻了的。"这不是看谁的面子，而是看在钱的分上，见钱眼开，当然是不能违阻了。有了钱，权力就任性了，宋御史"随即差快手拿牌，赶回东平府批文来，封回与春鸿书中"。春鸿三人回家途中，一进清河县城，就听得西门庆死了，那李三便诱使春鸿、来爵隐瞒批文，投奔张二官，并各与十两银子。

回到府中的春鸿把李三的奸计向吴大舅、陈敬济告发了，这还了得？西门大官人虽然死了，但他与官场盘根错节的勾连极深，余威犹在，何况李三与黄四还欠着西门庆本利六百五十两银子，再图谋害债主家的权益，于情于理于法都说不过去，吴大舅便对应伯爵说要呈状告官，应伯爵一听，看到了隐藏在其中的重大利益，他连忙按下吴大舅，急忙找到了李三、黄四，先是对李三一番训责，然后为他们指明了一条亡羊补牢的路子，向吴大舅使银二十两，置一张祭桌祭奠西门庆，凑齐二百两银子先还进府去，余下的银两重写文书，挣钱后再归还，要让府中的人看到诚意，再讨出批文来。果然，一切按照应伯爵的谋划顺利进展，收了好处的吴大舅全部办妥，还给李三、黄四免了五十两银子。有钱真的能使鬼推磨，即使是自己的亲人，为了落进口袋的不义之财，照样毫不含糊地侵占他人的利益，可见人性是永远经不起考验的。

应伯爵拿到批文后，与李三、黄四同往张二官家去了，这是他投靠新主子的投名状。其实应伯爵哪里知道——大约因为忙着办理西门庆的丧事，陈敬济还没来得及说——西门庆临终前是惦记着应伯爵的，特意嘱咐陈敬济："又李三讨了批来，也不消做了，教你应二叔拿了别人家做去罢。"以西门庆精明的智商，他知道这笔买卖的批文价值几何，他也知道应伯爵没有其他经济来源，他就是死了，也为这个结拜兄弟留了一条生财之路，可见他对应伯爵的情义确实是真切的。

应伯爵若是听到了西门庆的这番临终嘱托，是否该大哭一场？可惜他永远没有机会听到了，可叹他只是以帮闲的惯性做着讨好新主子的事情，如他日逐（天天）前往张宅，把西门庆合府上下的大小事情全部告诉了张二官，如撺掇西门庆的二房李娇儿闹出府来，嫁与张二官；唆使西门庆的小厮、清秀并会唱南曲的春鸿投靠张宅；还挑唆张二官把潘金莲娶进门来，他说："西门庆第五娘子潘金莲生得标致，会一手琵琶。百家词曲，双陆象棋，无不通晓，又会写字。因为年小守不得，又和他大娘合气（怄气，赌气），今打发出来，在王婆家嫁人。"瞧这应伯爵，西门庆生前，他哥啊哥啊的何等亲热，如今已直呼其名，而且专挖西门庆的墙脚。

这便是应伯爵的可憎之处了。

事实上，饶是应伯爵如何趋奉张二官，他再也无法遇到西门庆这样的主子了，想必他的生活亦并不如意，没有先前那般滋润自如了，这从他黯然死去的景况便可窥一斑。第九十七回，嫁入周守备府的春梅要为陈敬济寻一女子，媒婆薛嫂说起应伯爵的二女儿，小说中这样写道，"春梅又嫌应伯爵死了"，读者方知应伯爵死了，死得无声无息。

五

那么，西门庆归西后，应伯爵应该如何生活下去？

想起《水浒传》中有位超级帮闲，他就是高俅，因为踢得两脚好气毬（即唐宋时代流行的踢蹴鞠运动）而被端王相中，"每日跟随，寸步不离"，陪同玩耍。不出两月，这端王摇身一变，成了皇帝，帝号"徽宗"。徽宗先是将高俅列名枢密院，未及半年，即抬举他为殿帅府太尉。这高太尉权势熏天，何等荣耀！

应伯爵没有高俅这般齐天洪福。西门庆若非青壮夭亡，以他的智商与人际关系，必会更加飞黄腾达，以应伯爵与西门庆的亲密关系，日子当然会好过的。然而，西门庆一命呜呼了，应伯爵的未来没有了保障。

作为西门庆身边的高级帮闲，应伯爵需要养家糊口，但又别无所长，谋生的技能只有帮闲。仔细想想，应伯爵除了投靠新主子继续帮闲外，似乎已没有第二条路可选。因此，应伯爵在投奔张二官之后的所作所为，即使泯灭人性、毫无底线，亦是符合这个人物的本能与本性的。

貂蝉：惊世出场，黯然谢幕

一

作为小说中的一个人物形象，貂蝉能够名列"中国古代四大美女"，不能不让人惊叹文学作品的巨大魅力与影响力。

貂蝉这个绝色女子真正步入中国传统文化的长廊，应是始于罗贯中的《三国演义》。千百年来，史学界对于历史上究竟有无貂蝉其人，一直探佚寻踪，争论不休。然而，貂蝉这个形象已成为中国人文历史中一个特定的文化符号，生机勃勃地存在于我们的文化记忆中。在遥远的历史长河中，无论是正史、野史，还是文学、戏曲，貂蝉其人虚虚实实、真真假假，给后人留下了无穷魅力与无限遐想。

汉末宫廷风云骤起，江山飘摇。拥兵自重的董卓引兵抵京后，为了独揽大权，飞扬跋扈的他废黜少帝，立陈留王刘协为献帝，自任相国，并且一不做二不休，命人入宫弑君：鸩杀少帝、太后，绞死唐妃。董卓入朝后，只手遮天，玩弄权术，"性残忍不仁，遂以严刑协众，睚眦之隙必扳，人不自保"。同时，他还放纵手下兵士四处劫掠，残暴百姓。

在《三国演义》中，董卓杀人如芥草之残忍不仁，从如下故事情节中可窥一斑：

一日，卓出横门，百官皆送，卓留宴。适北地招安降卒数百人到。卓即命于座前，或断其手足，或凿其眼睛，或割其舌，或以大锅煮之。哀号之声震天，百官战栗失箸，卓饮食谈笑自若。

又一日，卓于省台大会百官，列坐两行。酒至数巡，吕布径入，向卓耳边言不数句，卓笑曰："原来如此。"命吕布于筵上揪司空张温下堂。百官失色。不多时，侍从将一红盘，托张温头入献。百官魂不附体。卓笑曰："诸公勿惊。张温结连袁术，欲图害我，因使人寄书来，错下在吾儿奉先处。故斩之。公等无故，不必惊畏。"众官唯唯而散。

董卓以残忍手段虐杀降卒，以莫须有罪名处死大臣，震撼朝野，人人自危。"千里草，何青青；十日卜，不得生。"千里草，十日卜，合起来就是董卓的姓名。当时，长安民间广泛传唱的这首童谣，深刻地表达了东汉民众对董卓的极度痛恨，咒其早死。而他的义子吕布，擅长骑射，神勇无双，有"人中吕布，马中赤兔"之美称，亦是一个助纣为虐的名利之徒，为了功名富贵而砍下他的义父、荆州刺史丁原的首级，投奔了董卓，又拜为义父。这个三姓家奴与董卓联手主持朝政之后，沆瀣一气，滥施淫威，威慑臣民。故百姓有倒悬之危，君臣有累卵之急，朝野上下对董卓无不千夫所指，深恶痛绝，欲除之而后快，或兴兵讨伐，或设计诛杀，皆无果而终。

在这个虎狼相逐、群雄争霸的乱世，司徒王允府中的歌伎貂蝉在汉天下的政治舞台上闪亮登场了。地位相当于朝廷宰相的司徒王允巧使连环计，将貂蝉先许嫁于吕布，后献于董卓，以此离间这对皆为好色之徒的强权父子，达到以吕布之手取董卓项上人头之目的。

没有名列正史的貂蝉究竟何许人也？晋代陈寿编写的《三国志·吕布传》有一记载是：

卓常使布守中阁，布与卓侍婢私通，恐事发觉，心不自安。

董卓的这个侍婢显然不是貂蝉，或者说历史上根本没有貂蝉。而罗贯中注意到了这个细节，并铺陈开来，塑造了貂蝉这个人物形象，演绎了一出惊天动地的美人计。这样的情节安排，既使小说有了起承转折的看点，又使吕布诛杀董卓具有了合理的逻辑性。这就是一个小说家的权利。

罗贯中的妙笔虚构，使得扑朔迷离的遥远历史趣味盎然。《三国演义》中的貂蝉是司徒王允自幼选入府中的歌伎，王允一直以亲女待之。为了报答王允的养育之恩，除暴绝恶，重扶社稷，貂蝉受命实施"连环计"，甘愿"死于万刃之下"。果然，她勇担剪除巨奸、匡扶汉室之重任，并出色地完成了使命，改变了东汉政局的走向。

二

传说中的貂蝉既有闭月之容貌，又有过人之胆略。貂蝉午夜焚香拜月，月宫嫦娥自愧不如，隐入云中。其"闭月"之说由此而来。罗贯中在《三国演义》中没有写入貂蝉拜月这个传说，但是对年方二八的貂蝉，罗贯中有诗赞之曰：

原是昭阳宫里人，惊鸿宛转掌中身，只疑飞过洞庭春。按彻梁州莲步稳，好花风袅一枝新，画堂香暖不胜春。

意犹未尽的罗贯中又诗曰：

红牙催拍燕飞忙，一片行云到画堂。眉黛促成游子恨，脸容初断故人肠。榆钱不买千金笑，柳带何须百宝妆。舞罢隔帘偷送目，不知谁是楚襄王。

貂蝉色伎俱佳，跃然纸上。难怪吕布一见而钟情，董卓亦惊叹："真神仙中人也！"

舞台的帷幕既已拉开，且看貂蝉如何表演。一个深明大义的二八佳人，以弱柳之躯闯入龙潭虎穴，既与董卓投怀送抱，曲意逢迎，又对吕布秋波送情，含情脉脉。一来二去之间，貂蝉不露声色、环环相扣地依计行事，而董卓父子不知不觉地中了圈套，心存芥蒂，已然不睦。

凤仪亭的一出情感大戏，是貂蝉"连环计"的精彩之作，以"天衣无缝，炉火纯青"这八个字来形容她的演技当是恰如其分。貂蝉与吕布私会于凤仪亭，泣告吕布："此身已污，不得复事英雄；愿死于君前，以明妾志！"欲跳荷花池自尽，吕布一把抱住，相拥而泣，立誓明志。

董卓回府，寻见貂蝉与吕布正搂在一起卿卿我我，便怒不可遏，掷戟刺布，吕布仓皇脱逃。后董卓依李儒计言，欲赐貂蝉于吕布。面对残暴乖戾的董卓，貂蝉又一次展现了她天才般的表演才能。她又惊且哭曰："妾身已事贵人，今忽欲下赐家奴，妾宁死不辱！"欲拔剑自刎，董卓自是夺剑相抱。

正是貂蝉两度寻死觅活的表演绝技，巧妙地离间了董卓与吕布的密切关系而使他们反目成仇，其过程可谓惊心动魄，稍有不慎便将满盘皆输。通过凤仪亭这场风波，董卓对调戏他爱妾的义子吕布失去了最后的信任，而吕布对董卓也满怀夺妻之恨。没过多久，手执方天画戟的吕布一戟刺透了董卓的咽喉，如愿以偿地把貂蝉揽入了怀中。

红粉佳人，只手逆天。后人谓之"人中杰""女中英"。曾以著作《中国历代演义》而名世的蔡东藩对貂蝉如是评价："司徒王允累谋无成，乃遣一无拳无勇之貂蝉，以声色为戈矛，反能致元凶之死命，粉红英雄真可畏哉。"

三

董卓既已诛戮，群雄逐鹿，狼烟四起，三国之争自此揭开了序幕。

此时的貂蝉却黯然谢幕。我们只能从吕布东征西战的背后依稀看到貂蝉的身影。令人纳闷的是，在吕布每况愈下的境遇中，那个在"连环计"中谋略过人的貂蝉，却是一无所为，甚至目光短浅，如同一个乡村妇人。在《三国演义》第十九回，我们看到，下邳鏖战时，吕布已被曹军围困，手下将计突围，貂蝉却说："将军与妾作主，勿轻身自出。"吕布便坚守不出，与妻妾饮酒解闷。以吕布虓虎之勇，无人能敌，千军万马中亦能杀出重围，可叹英雄气短，儿女情长，惊若天人的貂蝉使他迟疑不决，最终被缚而殒命于白门楼，其后貂蝉神秘失踪，不见形迹。

罗贯中给予貂蝉如此结局，向为后人所诟语，谓其败笔。因而，貂蝉的前身后事，在各种版本的纷纭演绎中，终成传奇。无论是惨死，还是善终，貂蝉在世人的视野中从来没有消失过。据传，白门楼吕布殒命之后，貂蝉被俘，曹操重演"连环计"于桃园兄弟，遂赐貂蝉与刘备。关羽唯恐红颜祸水害了义兄，手执青龙偃月刀，欲月下斩貂蝉。然而貂蝉的美艳绝伦，令关羽不忍下手。犹豫之间，青龙偃月刀落地，砸在了月影下的貂蝉人形上，貂蝉随即倒地而亡，应了貂蝉"生于露，死于影"的民间传说。又传，曹操献貂蝉与关羽，欲使美人计扰乱刘备军心。貂蝉为不祸及桃园兄弟，引颈祈斩。忠义关公因而敬重貂蝉，亲自护送貂蝉出逃，当了尼姑。曹操得知后派兵抓捕，貂蝉毅然扑剑自戕。

惊世出场，黯然谢幕。惊鸿一瞥，已成永恒。

妲己：千秋骂名，美女无辜

一

我对于妲己最初的印象来自《封神演义》。在这部神话小说中，妲己以传奇的方式进入了我们的视野。

时年三月十五日，正是女娲娘娘圣诞之辰，因为首相商容动议奏请，殷商王朝的末代皇帝辛（纣王）便率文武百官，驾辇前往女娲宫进香。纣王在女娲宫中，忽见女娲圣像，顿起淫心。女娲之美，究竟如何模样？小说中如是写道："容貌端丽，瑞彩翩跹，国色天姿，婉然如生；真是蕊宫仙子临凡，月殿嫦娥下世。"

这纣王虽有三宫六院，何曾见过此般美色？情不自禁之下，在行宫粉壁题诗曰：

凤鸾宝帐景非常，尽是泥金巧样妆。

曲曲远山飞翠色，翩翩舞袖映霞裳。

梨花带雨争娇艳，芍药笼烟骋媚妆。

但得妖娆能举动，取回长乐侍君王。

　　贵为帝王天子，已有享不尽的江山美人，荣华富贵，偏还贪心不足，亵渎始祖之母，欲"取回长乐侍君王"。首相商容情知不妙，启奏纣王以水洗去题诗，纣王却一意孤行。

　　女娲娘娘岂容亵渎？成汤伐桀而王天下，享国已六百年，气数将尽。故纣王淫乱之心通往的是一条亡国之路。女娲娘娘招来轩辕坟中三妖——千年狐狸精、玉石琵琶精、九头雉鸡精，密旨它们借体成形，托身宫中，以迷惑纣王。

　　也是合该有事，纣王听信谗言，强征冀州侯苏护女儿苏妲己入宫侍君。性情刚烈、为人正直的苏护盛怒之下，在午门墙上题了反诗："君坏臣纲，有败五常。冀州苏护，永不朝商！"便离开首都朝歌，回到冀州。

　　又是诗歌惹祸！纣王发兵讨伐冀州，苏护为免灭门之祸，听从西伯侯姬昌劝告，只能无奈献女于朝歌。至恩州驿歇息时，千年狐狸精吸了妲己魂魄，化身妲己模样。纣王一见，惊为天人："九天仙女下瑶池，月里嫦娥离玉阙。"岂不知，与他颠凤倒鸾的这个绝色美女，竟是修炼了千年的狐狸精。

　　苍蝇不叮无缝的蛋。女娲娘娘从纣王的一首淫诗，看出了纣王这只蛋已破裂了，狐狸精便有机可乘了。设若纣王修身持德，专心治理国家，狐狸精是没有机会混入宫中的。是帝王的心魔乱了帝王的意志。

　　当然，狐狸精附身于妲己这个绝色女子，惑君乱国，断送江山，是文人泼向女人的一盆污水。在我国的传统文化中，狐狸曾经有过相当尊崇的地位，如在先秦两汉，狐狸与龙、麒麟、凤凰一起并列四大祥瑞。自汉代以降，无论在文人笔下，还是民间传说，狐狸的形象逐步走向了反面，或是坏女人的代名词，或是红颜祸水的象征。明代有《幼学琼林》中谓："三代亡国，夏桀以妹喜，商纣以妲己，周幽以褒姒。"皆把亡国的责任推到了所谓狐狸精——女人的身上。而在《封神演义》中，明代作家许仲琳把妲己贬称"狐狸精"，塑造了一个集美色与邪恶为一身的女性形象，铸成了一起震惊天下的千古冤案。此后，人们一说起狐狸精，便想起妲己，一说起妲己，便是狐狸精。狐狸精之于妲己，是洗刷不清的极端耻辱。所以，我觉得清代的蒲松龄确实是一个伟大的人道主义作家，他在《聊斋志异》中塑造的一系列的美女妖狐，或真或善或美，美狐化身的女性流光溢彩，闪耀着人性的光辉。

二

后来我才读到司马迁的《史记》。《史记》既是纪传体史学的奠基之作，又是传记文学的发轫之作，故鲁迅赞誉《史记》为"史家之绝唱，无韵之《离骚》"。

司马迁在《史记·殷本纪》中以史笔手法写到了纣王与妲己的关系："（纣王）爱妲己，妲己之言是从。"从这段描述来看，妲己能够让纣王宠爱到言听计从的地步，我想不外乎有两个必备条件：容貌美艳，能歌善舞。

纣王应是一个智勇天子，颇具雄才大略，"帝纣资辨捷疾，闻见甚敏；材力过人，手格猛兽"，他征战东南，开疆拓土，把中原文明传播到了淮河下游、长江流域，为统一古代中国奠定了基础。

但是，纣王有致命的缺点：好酒淫乐，又十分残暴。

纣王为了与妲己饮酒取乐，倾一国之财力，花七年之时间，建造了富丽堂皇、豪华盖世的鹿台。其中有沙丘苑台，设酒池肉林，纣王携妲己等宠臣爱妃，遣使一班男女裸体追逐游戏，狂歌滥饮，长夜不息。如同夏桀建"倾宫"，与妺喜日日宴饮，夜夜笙歌；周幽点烽火以戏诸侯，博美人褒姒一笑，而纣王为了取悦妲己、追逐享乐而构筑的鹿台，敲响了成汤江山的丧钟。在美女面前，贵为天子的一国之君为纵情声色而不顾江山，自古以来屡见不鲜。昔日读《红楼梦》，看到贾宝玉使晴雯撕扇子，以博美人一笑，想起夏桀在"倾宫"中每日命人撕裂丝绸、摔碎美玉，以供妺喜取乐，不禁顿生感慨：宝玉所为与帝王所为，应是如出一辙。幸好宝玉是个富家公子，最多也只是败了家业而已，宝玉如若是个帝王，为了美女，必亦会视江山如儿戏。所以，对男子而言，持家与治国一样，千万不能乱了心性。

在纣王建造鹿台这样一个宏大工程中，妲己起到了怎样一个作用，已不可知。但是，妲己虽然不能左右帝王的决策，她还是负有一定的责任。明知纣王宠爱自己，言听计从，若是具有美德之心，妲己应该凭自己的魅力，吹吹枕边风，设法劝阻纣王过度放纵，以维护锦绣江山。可惜的是，妲己也是一个贪图享乐的美女，而不是一个具有政治远见的宠妃。也许她丝毫没有想到江山社稷这一层，反而为了自己的荣华富贵而推波助澜。说到底，她只是一个颇具美色的凡俗女子罢了。——当然，作为狐狸精的妲己是负有特殊使命的。

在现实中，身在后宫的妲己，她的政治影响力应是微乎其微的。因为纣王是一个强势的帝王，而不是一个懦弱的帝王。为了消除异己，他以重刑治之。凡有异己、反叛者，纣王决不宽容，或上刑炮烙，或剁成肉酱，或晒成肉干，无不令人发指，毛骨悚然。

纣王对文武百官、各地诸侯施以暴政酷刑，就是对皇亲国戚的重臣也决不心慈手软。如孔子称为"殷有三仁"的微子、箕子、比干，曰："微子去之；箕子为之奴；比干谏而死。"因为纣王的暴虐，而走向不同的命运。微子是纣王的庶兄，因纣王无道，屡次劝谏无果，惧祸出走。箕子是纣王的叔父，官职太师，在位期间，纣王拒谏饰非，其志不得。后箕子装疯卖傻以求自保，还是遭到纣王囚禁。在商周政权交替之后，他远走朝鲜，建立了"箕子朝鲜"，这是朝鲜半岛历史上第一个王朝。而比干是纣王的皇叔，位居丞相。二十岁时就以太师高位辅佐帝乙，后又受托孤重辅帝辛，乃朝中元老。

《史记》中载曰：

纣愈淫乱不止。微子数谏不听，乃与大师、少师谋，遂去。比干曰："为人臣者，不得不以死争。"乃强谏纣。纣怒曰："吾闻圣人心有七窍。"剖比干，观其心。

比干是中国历史上第一个以死谏君的忠臣。后周武王封比干为"国神"。春秋时期，孔子亲率弟子凭吊比干墓，挥剑刻下"殷比干莫"四字，立石于墓前。据专家考证，这是目前国内发现的孔子唯一真迹。

纣王之败，实是败在他的荒淫无道，残暴施政。在殷末衰世、天下将危之际，奸佞当道，残害忠臣，民心尽失。所以当周武王率诸侯攻打朝歌、讨伐纣王时，纣王的命运注定走向了终点。众叛亲离的纣王败至鹿台，赴火自焚，其宠妃妲己被杀。享福作乐的鹿台，最终成为一代帝王的葬身之地。

司马迁在《史记》中，没有妲己参政乱国的记载，这应该是真实的历史。许仲琳在《封神演义》中，以小说家言，把妲己妖魔化成一个惑君祸国的女子，以诠释"最毒妇人心"之观念，这是文人泼向女人的一盆污水。

三

被妖魔化了的妲己，其美姿娇容，见于文人笔下，更显妩媚动人。在《封神演义》第七回中，有如是描述：

霓裳摆动，绣带飘扬，轻轻裙裤不沾尘，袅袅腰肢风折柳。歌喉嘹亮，犹如月里奏仙音；一点朱唇，却似樱桃逢雨湿。尖纤十指，恍如春笋一般同；杏脸桃腮，好像牡丹初绽蕊。正是：琼瑶玉宇神仙降，不亚嫦娥下世间。

这样一个绝色女子，是上天赋予人间的精灵，难怪纣王宠爱不已。试问天下男子，又有几人能够如柳下惠一般坐怀不乱？

小说中的妲己得有女娲娘娘密旨，前来迷惑纣王，以助武王伐纣成功，但她忘了女娲娘娘的警告：不可残害众生。这是小说家为了达到作品构思的目的，以先入为主的手法，把妲己推向了万劫不复的深渊。

且看小说家是如何演绎妲己之恶的？

所设"炮烙之刑"，是小说中妲己参政乱朝的杰作。骇人听闻的"炮烙之刑"，在《封神演义》中借妲己之口说得十分恐怖："此刑约高二丈，圆八尺，上、中、下用三火门，将铜造成，如铜柱一般；里边用炭火烧红。却将妖言惑众、利口侮君、不尊法度、无事妄生谏章、与诸般违法者，跣剥官服，将铁索缠身，裹围铜柱之上，只炮烙四肢筋骨，不须臾，烟尽骨消，尽成灰烬。此刑名曰'炮烙'。"——"炮烙之刑"是纣王用来惩治异己、威慑群臣的重刑，小说家大笔一挥，归罪于妲己。

为了树立、巩固后宫的地位，妲己勾结佞臣费仲设计以谋逆之罪陷害姜皇后，姜皇后自是不认莫须有的罪名，先被剜目，后又炮烙双手，被折磨而死。皇后一死，西宫黄妃等自然不是妲己的对手了，皆死于非命。为了彻底清除后宫，妲己于摘星楼下建了臭名昭著的"虿盆"。"虿盆"实际上是一座二十四丈阔、深五丈的大坑，内置无数毒蛇，一次便将无辜宫娥七十二人，跣剥干净推坑喂蛇，真乃惨不忍睹。

后宫既平，九头雉鸡精、玉石琵琶精便趁机化身入宫，与妲己一起惑君作乱。

以"炮烙"灭忠良，以"虿盆"平后宫，小说中的妲己所作所为，令人发指。但是，这还远远不够表现妲己之恶。

纣王因恐文王姬昌势大倒商，妲己又犯颜直谏纣王诛戮忠良，便将姬昌囚禁于羑里，故司马迁有"昔西伯拘羑里，演周易"之说。文王之子伯邑考进朝歌纳贡，代父赎罪。伯邑考是个敦厚仁爱的孝子，且长相俊美，琴艺绝伦。妲己一见，心生欢喜。如果是现实深宫中的妲己，与伯邑考邂逅，或许能真正产生一段爱情。因为身为帝王宠妃，大多身不由己，没有真正的爱情可言。问题是这个妲己是千年狐狸精，她动了欢喜之心，伯邑考当有性命之忧，倘若伯邑考是个奸佞男子，或许会与妲己沆瀣一气，勾搭成奸，遂了妲己之愿。然而，伯邑考是个正人君子，妲己以学琴为名，对伯邑考举止浮浪，巧言美辞，他亦不为所动，谨守人臣之礼，拒美色于千里之外。妲己因爱生恨，既然得不到伯邑考，就要毁灭他。恼羞成怒的妲己向纣王谗言诬告伯邑考不守礼节，调戏于她。妲己一番颠倒黑白，纣王大怒之下，竟把伯邑考剁成了肉酱。妲己犹不解恨，唆使纣王把伯邑考肉酱做成肉饼，赐予囚禁在羑里城的文王姬昌，以考证他究竟是否"能明祸福，善识阴阳"的圣人。文王演《周易》，卜卦已知分晓，为避杀身之祸，只能父食子肉，跪拜谢恩，以图释归。

妲己因鹿台筑成，请妖赴宴，因比干饮酒海量，奉旨陪宴。群狐化成群仙，皆醉酒露了本相，及归轩辕坟石洞，武将黄飞虎派兵跟踪，火烧群狐。比干挑选了上好的狐狸皮，制成一件袍袄，于严冬之日进献给了纣王。

妲己面对灭门惨祸，如刀剁肺腑，火燎肝肠，与九头雉鸡精化身的喜媚设计复仇，欲取比干的玲珑七窍之心，治愈妲己佯装的心痛之疾。昏君纣王果然准奏，以为借心一片，无伤于事。比干怒而奏曰："心者一身之主，隐于肺内，坐六叶两耳之中，百恶无侵，一侵即死。心正，手足正；心不正，则手足不正。心乃万物之灵苗，四象变化之根本。吾心有伤，岂有生路！老臣虽死不惜，只是社稷丘墟，贤能尽绝。今昏君听新纳妖妇之言，赐吾摘心之祸；只怕比干在，江山在；比干存，社稷存！"

然而，纣王不顾江山爱美人，比干自剜其心，出殿而死。

正是纣王的昏庸残暴，才会让姐己为所欲为。

时值大雪纷飞之际，纣王与姐己共饮于鹿台，看到一老一少跣足过河，老者不惧寒冷，行步甚快，而少年却惧冷行缓。纣王不解，姐己谓之老者骨髓皆盈、故不怯冷，少年髓皆不满、故不耐寒。为了验证姐己此言不虚，纣王居然传旨捉拿老少两人，斧断胫骨，验看之下，果然如此，引得纣王赞叹姐己神人灵异。

又，姐己自称能辨孕妇生育阴阳，纣王命人搜取孕妇三人至鹿台，以剖腹相验。太师箕子闻之，冒死哭谏，纣王怒命武士打死，幸得微子、微子启、微子衍三个纣王的皇伯、皇兄齐来谏诤，纣王依姐己之言，将箕子剃发囚禁，为奴宫禁。

四

自千年狐狸精化身姐己入宫，恃纣王宠爱，借纣王之手，以炮烙残杀忠臣，以虿盆茶毒宫人，以敲骨看髓、剖腹验胎残害百姓，真是罪不容诛，天地共怒，人神共愤。

只是，《封神演义》中的姐己不是商朝后宫中的姐己，也不是司马迁《史记》中的姐己，而仅仅是一个小说中的人物形象。

然而，因为小说家的妙笔虚构，狐狸精姐己几乎是妇孺皆知。

那个姓苏名姐己的绝色女子，因为得到了纣王的极端宠爱，而入了司马迁的《史记》，但不幸的是，纣王因荒淫残暴终成亡国之君，后世的文人学者便把亡国之罪归于姐己，欲加之罪，何患无辞？在《封神演义》中，姐己更成了一个最毒妇人心的集大成者，千夫所指，万民唾弃。

殷商王朝的姐己魂魄消亡已逾三千年，依然沉重地背负着狐狸精的千万载骂名。

　　在男子话语霸权下，把一个女子钉上历史的耻辱柱，无疑是一种更深的罪恶与耻辱。

　　江山有更替，而美女无辜！

林黛玉：肠断白蘋，泪尽沅湘

一

两弯似蹙非蹙笼烟眉，一双似喜非喜含情目。态生两靥之愁，娇袭一身之病。泪光点点，娇喘微微。闲静似娇花照水，行动如弱柳扶风。心较比干多一窍，病如西子胜三分。

——秉绝代之姿容，具稀世之俊美的林黛玉，是曹雪芹倾情塑造的小说人物形象。黛玉之美，超尘脱俗，秀外慧中，故王熙凤一见便惊叹："天下竟有这样标致人儿！我今日才算看见了！"而贾宝玉则谓之"神仙似的妹妹"。

在曹雪芹的神话笔法中，林黛玉的前生是灵河岸上三生石畔的一棵绛珠草，十分娇娜可爱，赤霞宫的神瑛侍者，每日以甘露灌溉，后绛珠草承天地之精华，又得甘露滋润，遂脱去草木之胎，幻化人形，修成女体——这个多愁善感的绛珠仙子，便欲以一生的眼泪报此甘露之恩："他若下世为人，我也同去走一遭，但把我一生所有的眼泪还他，也还得过了。"

若是还泪而生，当是泪尽而逝。如此，林黛玉的一生，其悲剧色彩一开始就注定了。世上偏有明白人，一个癞头和尚，在黛玉三岁那年，要化她出家。钦点巡盐御史林如海夫妇视黛玉若掌上明珠，自是不从。那癞头和尚便说："既舍不得，但只怕他的病一生也不能好的！——若要好时，除非从此以后总不许见哭声，除父母之外，凡有外亲，一概不见，方可平安了此一生。"疯疯癫癫的不经之谈，便成黛玉悲剧一生的谶语。年幼的黛玉，父母相继染病而逝，被外祖母接入荣国府生活。按癞头和尚的谶语，黛玉寄居在贾府，生活在外亲之中，这一生便是再也不能平安度过了。尤其是在她宿命般地遇上了表哥——荣国府的公子贾宝玉之后，她的悲剧命运更已不可逆转了。前世的绛珠仙子与神瑛侍者，今生的林黛玉与贾宝玉，不是冤家不聚头——宝玉就是黛玉欲报甘露之恩的神瑛侍者，转世下凡，衔玉而生。

宝玉所佩的这块五彩晶莹的玉颇有些来历，乃是女娲炼石补天多余的一块顽石，弃在青埂峰下。茫茫大士、渺渺真人邂逅此石，镌了"通灵宝玉"四字，坠入红尘，成为宝玉的命根子。

在这个"昌明隆盛之邦，诗礼簪缨之族，花柳繁华地，温柔富贵乡"的贾府中，宝、黛两小无猜，耳鬓厮磨，"日则同行同坐，夜则同息同止"，及至长大成人，演绎了一段悲欢离合的人间情爱故事。

客居荣国府的黛玉得到了老祖宗贾母的万般怜爱，饮食起居，一如宝玉。在宝、黛童稚天真的少儿时代，他俩是贾母房中的一对金童玉女。贾母庇佑之下的黛玉，孤高自许，目下无尘。贾母最为疼爱的两个人，就是两个玉儿。在荣国府的儿孙辈中，只有宝玉的面貌形象、才智气度与贾母之夫贾代善相仿佛，所以宝玉是贾母真正的命根子，贾母对宝玉的宠爱是没有原则的迁就，极其感性地护佑。而对黛玉的偏爱，乃是源于血脉相连——黛玉的母亲贾敏是贾母所疼的爱女，却不幸早逝。在贾母身边的两个玉儿如胶似漆，亲密无间，使得慈祥仁爱的贾母，对宝、黛更是倾注了非比寻常的感情。

二

宝、黛之间的爱情之路，因为宝钗的介入，似乎变得错综复杂起来。薛宝钗来自"珍珠如土金如铁"的薛氏家族，随母亲、兄长寄居于荣国府。雍容丰美，才学出众，待选宫主郡主入学陪侍，充为才人赞善之职。她随身佩戴的一把金锁，錾上了一个癞头和尚送的两句吉谶："不离不弃，芳龄永继。"而宝玉的通灵宝玉上，所镌篆文是："莫失莫忘，仙寿恒昌。"冥冥之中巧合的一对句子，暗示了癞僧、跛道设计的金玉良缘。

木石前盟是具有神话色彩的理想爱情，金玉姻缘则是尘世图景中的真实爱情。对黛玉而言，爱情是她的生命，甚至比生命更重要。她所要做的，必须确证宝玉对她的真情。尽管她无力改变自己的命运，改变人生的现实，但是她渴望拥有纯洁的爱情以慰藉孤独的心灵。而在庭院深深的荣国府、四季如春的大观园，木石前盟是虚幻的，现实充满了残酷的变数。特别是宝钗的到来，使敏感、痴情的黛玉明显地感觉到了压力与威胁，感觉到了"风刀霜剑严相逼"的凄凉与痛楚。她的心灵世界开始失衡了，纯净的心灵便被纠缠在尘世的烟云里。强烈的自尊向前迈一步，便成了无奈的自卑。为了自己的爱情和维护内心的自尊，黛玉爱使小性儿，其尖酸刻薄到了不可理喻的地步，因两枝宫花、一句戏言而计较、震怒，实际上就是自卑心理的折射。甚至，孤傲清高的黛玉有时候变得极是世故，贵妃元春省亲时，黛玉便欲"大展奇才，将众人压倒"，作诗《世外仙源》《杏帘在望》，可见其邀宠、颂恩之心。又，在贾母率王夫人、刘姥姥等人游览大观园时，黛玉表现得礼数周全，甚是殷勤。以黛玉彼时的境况而言，这样矛盾的心理变化与反映，应是真实人性的自然体现。黛玉失去了双亲，寄人篱下，深恐失去她在荣国府中的地位、失去她与宝玉的爱情、失去她所拥有的这一切，因而，这个具有诗人气质的女儿，对这个世界满怀恐惧与警戒，只能无可奈何地小心应对。

然而，这只是情痴黛玉一时的心灵遮蔽罢了——她所做的，只是为了她的心、为了她的爱。而真正的黛玉自是心高气傲、叛逆绝世的。宝玉曾把北静王所赠的一串香念珠郑重地转送给黛玉时，黛玉道："什么臭男人拿过的，我不要这东西。"须知这鹡鸰香念珠乃是圣上所赐，黛玉却不屑一顾，掷还不取。这个细节，极好地亮出了黛玉蔑视权贵的风骨。同时，黛玉并非天性偏执，锋芒毕露，相反，她单纯率真，敢爱敢恨。这一点，在小说中描写得十分清晰。当黛玉感受到薛宝钗、史湘云对她的爱情构成威胁后，便分外敏感，以致心存芥蒂，冷嘲热讽。而在对宝钗、湘云解除戒备之心后，黛玉便与她们肝胆相照，亲如姐妹。这就是本真朴实、惹人怜爱的黛玉。

黛玉是来自仙界的绛珠仙子，思凡下尘，爱情成为她唯一的生命追求。黛玉对宝玉说过"我为的是我的心"，而她的心就是情系宝玉。从宝玉赠帕、黛玉赋诗的那一刻起，黛玉就深深明白她在宝玉心中的重量了。但是，现实中的金玉姻缘，始终是木石前盟的巨大阴影。所以，栖身潇湘馆的黛玉悼落花而悟生死，感时事而悲未来。言为心声，从黛玉的诗句中，我们可深切感知黛玉的无限心事与满怀忧虑，如《咏白海棠》："娇羞默默同谁诉，倦倚西风夜已昏。"如《桃花行》："一声杜宇春归尽，寂寞帘栊空月痕！"如《葬花吟》："一朝春尽红颜老，花落人亡两不知！"因而，以兰为心、以玉为骨、以莲为舌、以水为神的黛玉，始终对宝玉有流不完的泪水，对宝玉满怀巨大沉重又无处可依的深情。

三

然而，宝钗却只是黛玉的一个假想情敌。与来自仙界坠入尘世的黛玉不同，宝钗是虽出世红尘却淡远清逸，盖因她儒道兼修而特立独行。素面朝天的宝钗从来不喜欢簪花抹粉，富丽堂皇，所居蘅芜苑，布置得"雪洞一般"素净，可见其骨子内的淡泊性情，豁达处世。她服用的"冷香丸"，是一个和尚送的海上仙方，集四时白花之蕊，四季雨露霜雪，精炼而成。脂砚斋批曰："香可冷得天下一切，无不可冷者。"冷香丸，代表了宝钗至高至洁的精神。因而，曹雪芹笔下的宝钗并不是一个圆滑世故的女儿，相反，她对于社会现实具有清醒的认识和强烈的批判精神，所作《螃蟹咏》一诗，痛斥禄蠹，激烈讽刺，引得宝玉击节叹道："骂得痛快！"所以，在荣国府中，表面看来宝钗颇识大体又善施小惠，拥有良好的人际环境。但是，宝钗耿介孤高、愤世嫉俗的高傲个性，与贾母、贾政等人心目中的淑女典范形象渐行渐远。

那么，对于所谓的金玉良缘，蘅芜苑的宝钗又是怎样一种态度呢？宝钗的母亲薛姨妈曾对王夫人说："金锁是个和尚给的，等日后有玉的方可结为婚姻。"——这是金玉良缘的由来，然而宝钗得知后，却"总远着宝玉"。在贵妃元春自宫中赐礼给荣国府众人时，唯独宝钗与宝玉的东西是一样的，黛玉为此醋意、妒意一齐来，而宝钗只是"心里越发没意思起来"，丝毫没有一点儿受宠若惊的感觉。于此而言，她对金玉良缘应是不以为然的。甚至，宝玉的第一次参禅解悟，亦是始于宝钗推荐的那首《山门·寄生草》：

> 漫揾英雄泪，相离处士家。谢慈悲，剃度在莲台下。没缘法，转眼分离乍。赤条条，来去无牵挂。那里讨，烟蓑雨笠卷单行？一任俺，芒鞋破钵随缘化！

——这使宝玉起了痴心，移性悟道。如果宝钗欲成金玉良缘，以她之机敏聪慧，绝对不会以此偈语曲文诱发了宝玉的出世魔心，这不是断送自己一生的幸福吗？

四

出于一份自然天成的情感，贾母对两个玉儿的木石前盟，无疑是一个最为坚定有力的支持者。

荣国府中人人皆知贾母用心，当家少奶奶凤姐曾对黛玉笑道："你既吃了我们家的茶，怎么还不给我们家做媳妇儿？"以凤姐在荣国府中的地位与权势，她的这个玩笑可不是随便胡诌的。而且，当时宝钗、宝玉、李纨皆在场，众人闻之无不大笑，可见宝、黛爱情在荣国府中是得到普遍认可的。

宝钗的母亲薛姨妈有一次当着黛玉的面，对宝钗说："我想你宝兄弟，老太太那样疼他，他又生得那样，若要外头说去，老太太断不中意，不如把你林妹妹定给他，岂不四角俱全？"可见薛家并没有把金玉良缘之说放在心上，何况，宝钗曾亲耳听得宝玉梦中喊骂："和尚道士的话如何信得？什么'金玉姻缘'，我偏说'木石姻缘'！"——宝钗深知宝玉心心念念的只有黛玉，而黛玉亦是以柔弱的生命坚守着自己的爱情。

荣国府的老祖宗贾母对宝、黛的姻缘自有主张，在前八十回中清晰可见。如第二十九回，贾母抱怨宝、黛这两个不懂事的小冤家儿，不是冤家不聚头。又如第五十回，黛玉的丫鬟紫鹃情辞试宝玉，开了个玩笑说黛玉要离开贾家回苏州了，结果宝玉信以为真，死去活来。贾母闻听后流泪道："我当有什么要紧大事！原来是这句玩话。"贾母流泪，当是感动于宝、黛的痴情挚爱，所说的话又有弦外之音，那就是宝、黛姻缘已是自然无疑的事儿，不会有生离死别的要紧大事。

脂砚斋是"红学"第一家，堪称曹雪芹的真正知己。其批点《红楼梦》，一而再、再而三，且一语中的，见识卓异。其中批语"钗与玉远中近，颦与玉近中远"，是解读黛玉、宝钗与宝玉关系的密码，极其可贵。脂评又言："钗玉名虽二个，人却一身，此幻笔也。"想来固不虚言。黛玉与宝钗，皆是曹雪芹钟爱的人物形象。她们两人同时出现在宝玉身边，并不是世俗的三角爱情关系，而是寄托了作者曹雪芹匠心独运的深意。

《红楼梦》之禅机与佛理，深藏在作者的谋篇布局、行文遣句之中，悲金悼玉是其表，参禅悟道是其质。曹雪芹借神瑛侍者携顽石降凡历劫，使毁僧谤道的宝玉觉悟人生，参透情爱，最终悟仙缘，却尘缘，遁入空门，归彼大荒。第五回《贾宝玉神游太虚境　警幻仙曲演红楼梦》应是全书提纲挈领的重要章节，作者的创作意图、思想取向，特别是金陵十二钗等人物命运的最终归宿，皆于此可见。其中"红楼梦十二支曲"的收尾曲《飞鸟各投林》，一个"空"字代表了看破浮华尘世之后的心境：

看破的，遁入空门；痴迷的，枉送了性命。——好一似食尽鸟投林，落了片白茫茫大地真干净！

因此，曹雪芹以小说中双峰对峙、二水分流的钗、黛形象，对于宝玉"悬崖撒手"的命运走向，使其承担起凄美的悲剧性使命，完成作者彻悟悲欣人生的艺术构想。

五

黛玉与宝玉堪称知己，彼此相爱至深，生死相许。在黛玉血泪痴情的影响下，宝玉亦是"任凭弱水三千，我只取一瓢饮"。他曾经对紫鹃发誓道："活着，咱们一处活着；不活着，咱们一处化灰、化烟。"宝、黛的爱情似乎已是水到渠成，但偏偏一波三折。颦与玉近中远。这近，是宝、黛心心相印的爱情。这远，是宝玉人生的入世与出世之遥远的距离。曹雪芹的过人之处就是，所谓木石前盟今生良缘的神话爱情故事，不过是水中月、镜中花，他要让黛玉未嫁而逝，泪尽归天，使宝玉从浓得化不开的深情中脱身出来，面对巨大的生死悲情完成第一次人生顿悟。

红学中向有"袭为钗影，晴为黛影"（脂砚斋）之说，美丽、叛逆的丫鬟晴雯冤屈早夭，暗示了黛玉的悲惨命运。宝玉之巨大伤痛，自《芙蓉女儿诔》中得到了深深的体现。这篇诔文是《红楼梦》全部诗文辞赋中最长的一篇。凄美、激愤、深情、悲伤……倾泻而来，才华横溢。诔文中所云"其为质则金玉不足喻其贵，其为性则冰雪不足喻其洁，其为神则星日不足喻其精，其为貌则花月不足喻其色"诸句，虚诔晴雯，实喻黛玉。故脂评认为，诔文"明是为与阿颦作谶"，"知虽诔晴雯，实乃诔黛玉也"。而宝玉作此《芙蓉女儿诔》时，巧遇芙蓉花中走出来的黛玉，她对宝玉的这篇诔文殊为钟爱，对"岂道红绡帐里，公子情深；始信黄土垄中，女儿命薄"一句提出了异议，两人探讨之下，宝玉改成了"茜纱窗下，我本无缘，黄土垄中，卿何薄命"。其时，"黛玉听了，怵然变色，心中虽有无限的狐疑乱拟，外面却不肯露出，反连忙含笑点头称妙。"

这篇诔晴雯之文，"似谶成真"，此般伏笔，已明确地揭示了宝、黛爱情的悲剧结局。作为这出悲剧的主角，黛玉怎能不肠断白蘋、泪尽沅湘？

事实上，在七十八、七十九回中，曹公雪芹已将宝黛爱情的悲剧推向了高潮。

六

黛玉既亡，木石前盟的美好梦幻便彻底破灭，对宝玉而言，无疑是他精神世界之万劫不复的重创。黛玉生命的消逝，是宝玉痛彻肺腑之殇。而宝玉灵魂的寂灭，更是他人生永殇之深渊。走出这人生的深渊，除了死亡的解脱，便是彻悟迷津，归彼大荒。宝玉尘缘已了，决意拒绝世俗，悬崖撒手。因而，现实中的金玉良缘亦成为一出令人感伤的悲剧。

在《红楼梦》前八十回中，我们可以看到，金玉良缘的主角宝钗——这个"任是无情也动人"的外儒内道的女子，她与宝玉最终的思想追求，是浑然相通的。她的豁达、淡泊、高傲与沉静，具有悠远清芬的儒道风骨。特别是她以那首著名的《山门·寄生草》"赤条条，来去无牵挂"，曾经给了宝玉思想层面上的巨大影响。所以，我十分认同有红学家给出的推断，在《红楼梦》八十回后，宝钗将以知己大爱的牺牲精神，承担起推动宝玉悟禅而出世的使命——这就是脂评所说的"钗与玉远中近"，当与曹雪芹塑造宝玉这个人物形象、与小说的思想主旨相吻合。

是否可以这样理解，黛玉是宝玉情感世界的知己，宝钗是宝玉思想世界的知己。对宝玉的人生而言，黛玉与宝钗都是不可或缺、不能取舍的。

多年以后，芒鞋破钵随缘化的宝玉，是否还记得当年他神游太虚仙境时警幻仙子演绎的那首《终身误》？或许从来不需要想起，但是永远也不会忘记：

都道是金玉良缘，俺只念木石前盟。空对着，山中高士晶莹雪；终不忘，世外仙姝寂寞林。叹人间，美中不足今方信：纵然是齐眉举案，到底意难平！

后记

　　这是一部中国人物的散文集。有历史人物，有小说人物，我当然一个也不认识，但我又分明觉得与他们甚为熟悉，恍如左邻右舍一般。他们当中，有大儒，有文豪，有革命家，有修行者，有暴发户，有大国名医，有名媛才女，有英雄俊杰，有帮闲小人……我与他们邂逅、相遇在书中，试图走近他们，认识他们，了解他们，懂得他们。

　　我觉得，无论是历史人物，还是小说人物，都是真实的人物。小说家创造的人物，在现实生活中通常是有原型的，西门庆也好，潘金莲也罢，相信都栩栩如生地存在于古往今来的尘世场景中，从未曾缺席。

　　真实或者虚构的界限，绝非如白昼黑夜那般分明。想起貂蝉，她是古典小说《三国演义》中的一个人物，居然名列了"中国古代四大美女"之一。又如妲己，司马迁在《史记·殷本纪》中写道："（纣王）爱妲己，妲己之言是从。"就这么简单一笔记录，小说家把她写进了《封神演义》之后，始得家喻户晓。《水浒传》《金瓶梅》中的武松，现实生活中是否有对应的人物原型？即使有这个名为"武松"的人，那么在小说中一定是经过了作者的想象与虚构，因此，杭州西湖之畔西泠桥边的宋义士武松墓，带给我们的是既虚幻又真实的感觉。潘金莲也一样，在其家乡河北省清河县的传说中，她乃名门淑媛，父亲官拜知州，丈夫武植以进士出任阳谷县令，是个相貌堂堂的七尺男儿，而非外号"三寸丁谷树皮"的以卖炊饼为生的武大郎。

再如范蠡与西施，距今已两千五百多年了，当然是史有其人，但是他们的传奇故事在民间传说或小说笔记中，演绎得更是风生水起，生动无比。千百年来，文人也好，百姓也罢，从未放弃过这个英雄与美人的题材，产生了各种体裁、各种视角的文艺作品（包括口头文学），这是一代又一代创作者巨大而又丰富的想象力的产物。

法国作家蒙田说，强劲的想象产生事实。小说人物与现实人物，孰真孰假？我想，这是文学世界中一个饶有趣味的话题。

> 假作真时真亦假，
>
> 无为有处有还无。

《红楼梦》中太虚幻境的大石牌坊两侧有这样一副对联。真与假、有与无，说不清道不明，就让人自个儿去参悟。

虚构的小说可以颠覆真实的人物，又或许是塑造了更为真实的典型。因此，在我们的集体记忆中，那些小说人物往往与方孝孺、吕留良、朱彝尊、赵一曼、鲁迅等历史人物一样地真实可信，作为历史文化符号，已深植于我们的心灵深处。

因而，我为之深深着迷，沉浸其中。他们中的每一个人物，或忠贞刚烈，或激越轩昂，或才华横溢，或柔美沉静，或锄强扶弱，或贪财恋色，或偷奸耍滑，或命运多舛……呈现出各不相同、各见独异的人生状态，这就是我们无限丰富而又繁复交错的现实世界，尤其是人性的多层次、多维度，总是予人以各种强烈感受：有爱有恨，有怨有悲，有敬仰有鄙视，有千古浩叹有歌哭飞扬……直教人百感交集。

而那些远去的乡邦人物，更令我亲切无比。

朝夕相处久了，仿如旧时相识。

任百年，又百年，他们仍在，他们永在。

有的人物我写下了札记，更多的人物我还放在心里。

只是，多年来陆陆续续写下的这些人物札记，或遣情，或沉湎，或抒怀，或记事，心境与语境皆非有机连贯，故在谋篇布局、文字表达上，惜无马良之神笔，常见稚拙，难得自如，且囿于学养不及，大多只是浅尝辄止而已——尽管我对笔下的每一个人物都是满怀真诚地去贴近、去解读，然而，似乎找不到一条途径能真正走进一个人的内心世界，更遑论彻底地懂得与理解——古人已远去，唯有怅然一叹，或者会心一笑。

想起十二岁那年小学毕业，尔后辍学在家，十六岁参加工作，一直至今，伴随我生活的始终是一册又一册书，因为坚持不懈的阅读，所以我的精神世界日益丰盈。而业余写作，只是读书生活的体现，底色皆是文史，而非才华或灵气的产物，这是我对自己写作的清晰认知。在过去的岁月中，我写下了许多虚构的文字，试图孕育文学之想象力与创造力，但是所获甚微，只待来日再努力。且珍惜眼前时光，多读书，读好书，精读细读，至要至要！

"春梦三更雁影边，香泥一尺马蹄前。难将灰酒灌新爱，只有香囊报可怜。深院料应花似霰，长门愁锁日如年。凭谁对却闲桃李，说与悲欢石上缘。"明代唐寅（字伯虎），居住在苏州桃花庵，庭前有地半亩，种植牡丹，花开时节，他邀请好友文徵明、祝允明在花丛中饮酒赋诗，"浮白其下，弥朝浃夕"，触景生情之际，有时会大喊大叫，伤心恸哭。待到花谢时，唐寅便命小童细心拾起落花，盛在锦囊中，葬于药栏之东畔，而他赋以《落花诗》为之送葬，共有三十首，伤春感时，葬花寄情。两百多年之后的清乾隆年间，问世了一部旷世名著《红楼梦》，其中有一个重要的篇章是"黛玉葬花"，那多愁善感的林黛玉"肩上担着花锄，锄上挂着花囊，手内拿着花帚"，收拾残红葬花冢。一曲《葬花吟》，如泣如诉，明心见性，尤其是："侬今葬花人笑痴，他年葬侬知是谁？试看春残花渐落，便是红颜老死时。一朝春尽红颜老，花落人亡两不知！"直教人泪湿春衫。

唐寅葬牡丹，黛玉葬桃花，花儿固然不同，但情感是相通的。清代曹雪芹在构思"黛玉葬花"时，有没有来自明代唐寅葬花的影响？

这就是读书的趣味，文字的魅力，只要沉浸其中，无论是唐寅还是林黛玉，都会生动地浮现在眼前，永远不会因为时间的无尽荒涯而湮灭。

　　春宵读宋词，遇见李清照的《声声慢·寻寻觅觅》，其中有词"雁过也，正伤心，却是旧时相识"，一行大雁飞过，犹似旧相识，何况人乎！此著汇集三十余则文字，分上、中、下三卷，上卷为历史名人，中卷乃我桐邑先贤，下卷则是小说人物，基本上以人物年代排序，书以《却是旧相识》为名，颇觉相宜。

　　　　　　　　　　　　　　　　　　　　　杂记于庚子中秋时节